HARPER in SUMMER

Cet ouvrage a été imprimé sur un papier issu de forêts gérées durablement, de sources contrôlées.

ISBN : 978-2-7002-5337-5

Couverture : © Mark Owen/Arcangel.

HANNAH BENNETT

HARPER *in* SUMMER

RAGEOT

TUPPA ♥ **MUMMA** (ma grand-mère maternelle)

(mon grand-père maternel)
A été **hippie**. Ne s'en est jamais remis.

Passe plus de temps à ses stages de développement personnel qu'avec sa famille. Défend l'artisanat péruvien au détriment de sa **crédibilité esthétique**.

MARK ♥ **BRITTANY**

(mon oncle, le frère de ma mère)
Passe son temps sur son ordinateur, son téléphone ou son **journal**.

(ma tante, sa femme)
Pense que le **catalogue** de chez Tiffany est un vrai livre.

REBECCA ♥ **ESTON** (mon père)

(ma mère) M'a laissé traverser la rue seule pour la première fois à onze ans et demi. A fait une crise d'**angoisse**.

C'est juste pour préciser que je ne suis pas orpheline. Vit en **Suède** avec un mannequin qui s'appelle Inger.

♥ **JUSTIN** (le petit ami de ma mère)

Ne mange que des légumes. Prend l'air **mal à l'aise** dès qu'il doit nous adresser la parole.

PRANNY ♥ **GRANNY** (la grand-mère de Josh)

(le grand-père de Josh)
Joue de la **guitare**.

Joue de la **guitare** et fait une **fixette** sur le génocide juif.

SEAN ♥ **LAUREN** (sa femme)

(le père de mon meilleur ami, **le meilleur ami** de ma mère)
Le père **le plus cool de la terre**.

Lit toute la journée.
Par conséquent, est la mère **la plus cool du monde**.

BEATRICE (ma cousine infernale)
A dû réussir à vendre son âme au **diable**, mais contre des **sweaters pastel**. Me pourrit la vie dès qu'elle en a l'occasion – à peu près quatre fois par an.

PENELOPE (ma cousine zombie)
Contrairement aux apparences, n'a pas vendu son âme au **diable**, probablement parce que signer son nom lui demanderait trop d'**efforts**.

HARPER
(moi)
Supercool...
Et terriblement drôle !

BENJI (mon petit frère)
Est un **cafard**. Surintelligent, d'accord, mais un **cafard** quand même.

JOSH
(mon meilleur ami)
Mon meilleur ami depuis la naissance. Vit de l'autre côté de la rue. **Basketteur** et, paraît-il, plutôt **mignon**. Drôle mais moins que moi...
C'est Josh, quoi !

POPPY (la sœur de Josh)
Gravement **perturbée**. A pour ambition dans la vie de courir toute **nue** et d'élever des bestioles dans des bocaux.

*Ce livre est dédié aux furets à bottes noires
et à George Michael.*

Chapitre 1

Ma mère a déjà eu des idées stupides.

Des tonnes, en fait.

La fois où elle m'a déguisée en brownie pour Halloween sous prétexte que j'étais scout et que les scouts de huit ans s'appellent les Brownies.

Ah ah.

(Ce qui n'était pas pire que le cas de Josh, mon meilleur ami, cela dit. Son père l'avait déguisé en bactérie.)

La fois où elle m'a laissée aller seule chez le coiffeur, parce que je l'avais suppliée, mais qu'elle l'a appelé dans mon dos pour lui donner des instructions. J'ai eu une coupe de Beatles pendant un mois.

La fois où elle a voulu me consoler de son divorce avec mon père et qu'elle m'a acheté un hamster qui s'est avéré complètement fou. Il passait tellement de temps à tourner sur sa roue et à vomir ses graines de hamster qu'on a fini par l'appeler Inger, comme la nouvelle petite amie de mon père qui est mannequin, suédoise et qui a quinze ans de moins que lui.

Sans parler des nombreuses fois où elle a organisé des sorties avec son « amoureux », Justin, pour nous « rapprocher » et qui ont toutes été d'un ennui profond – sauf l'épisode du raton laveur qui me fera toujours mourir de rire, ce qui n'est pas sympa pour Justin, je vous l'accorde.

Quand quelqu'un a une idée stupide devant moi, il y a toujours un gros signal d'alarme dans mon cerveau, comme si un camion de pompiers y tournait en rond en balançant des sirènes à tout va.

Avec ma mère, j'héberge carrément la caserne.

J'étais assise à la table de la salle à manger en train de manger un yaourt (un vrai yaourt, pas un de ces trucs au soja qu'elle achète depuis quelque temps parce que Justin-le-vegan vient de plus en plus souvent dîner à la maison), quand elle s'est assise en face de moi, avec sa tête des grands jours. J'ai fait semblant d'ignorer le fait qu'elle était devenue blonde entre le moment où je m'étais couchée et celui où je m'étais levée.

– Chérie ? a-t-elle commencé.

Je me suis méfiée et j'ai continué à manger mon yaourt en la regardant droit dans les yeux.

– Ne lèche pas la cuillère, c'est très grossier. Je me suis fait éclaircir les cheveux, tu as vu ? Tu en penses quoi ?

Alerte !

Ma mère me demandait mon avis sur sa coiffure. En général, elle évite tous les sujets qui pourraient me pousser au sarcasme : ses tenues vestimentaires, ses choix amoureux, ses goûts en décoration d'intérieur, sa musique (Dieu me préserve de ses playlists années quatre-vingt) et l'éducation de mon petit frère Benji qui est le gosse le plus inquiétant du quartier, ce qu'elle refuse d'accepter, malgré les nombreuses convocations de la psy de l'école.

– Ça rajeunit, tu ne trouves pas ?

Non, je ne trouvais pas.

Ma mère avait l'air exactement de celle qu'elle était avant de passer chez Andy Andrew, son « artiste capillaire », c'est-à-dire Rebecca Wills, quarante-quatre ans, deux enfants dont un pas vraiment normal.

La seule différence avec la veille, c'est qu'elle s'était fait délester de cent vingt-cinq dollars et d'une bonne partie de sa capacité de jugement.

Si jamais elle en a eu une.

Je n'ai évidemment pas pu m'empêcher de répondre :

– Est-ce que la voisine sait que tu as transformé son yorkshire en accessoire capillaire ?

Elle m'a regardée quelques secondes en silence, avec une lueur flippante dans les yeux.

– Ton argent de poche vient de faire un bond vers la mienne.

– La tienne ?

– Ma poche, a-t-elle soupiré.

– Le chantage à l'argent, c'est moche, ai-je répondu, sans oublier de me fendre d'un sourire. Mais si tu veux me payer pour mentir, ça me va.

– Par moments, je regrette vraiment d'avoir des gosses intelligents, a-t-elle râlé.

C'était un peu vache, étant donné que le sport favori de ma mère est de rappeler que je suis une vraie tête d'ampoule et qu'elle a refusé de me faire sauter deux classes pour, comme elle aime le rappeler, « me laisser vivre ma vie d'enfant ».

Elle a commencé à jouer avec son portable, nerveusement.

– Tu sais, à propos des vacances…

Les ennuis arrivaient.

Pendant le deuxième mois des grandes vacances, mon frère Benji et moi allons en Europe pour retrouver mon père qui est photographe. Si Benji déteste ça, moi, j'adore. Mon père m'amène sur ses shootings et parade d'avoir « une si grande fille alors qu'il est si jeune ». Le soir, il invite des amis dans sa maison d'architecte où tout est caché derrière des placards, fait le père cool et nous laisse utiliser son home cinéma sans contrôler ce qu'on regarde sur Netflix. Avec Benji, on se vautre devant des films d'horreur et on s'écœure avec de la pâte d'anchois.

(Même si regarder un film d'horreur avec Benji est une expérience assez pénible, à cause de ses commentaires sur la façon dont le sang devrait gicler.)

J'adore traîner avec les amis de papa. Ils sont tous créateurs, photographes, peintres, incroyablement bien habillés et drôles et ils me parlent comme si j'étais une adulte.

La seule chose que Benji aime là-dedans, c'est que toutes les mannequins sont anorexiques et lui refilent leur part de dessert.

À tous les coups, papa avait annulé. Il devait avoir un reportage quelque part en Europe, comme ça lui arrivait tout le temps quand il vivait encore avec nous.

J'ai commencé à avoir les larmes aux yeux.

Maman m'a contemplée, la bouche un peu tordue.

– Avec le travail et puis le divorce...

Ça continuait mal. Mes parents ont divorcé il y a trois ans mais quand ma mère est vraiment dans la mouise, elle continue à dire « avec le divorce... ».

J'ai aboyé :

– Quoi ?

– On ne dit pas « quoi », a rétorqué ma mère. Je te promets que ça va être bien.

J'ai répété :

– Quoi ?

Elle a encore soupiré et puis a lâché d'une voix précipitée :

– La réservation n'a pas fonctionné. Ce con de site...

L'autre grand prétexte de ma mère : Internet. Je rectifie donc. Quand les choses tournent mal, c'est soit le travail, soit le divorce, soit Internet.

Je n'ai pas relevé le « con de site ». J'étais occupée à ne pas pleurer à l'idée que je n'irais pas en Europe.

– C'est le billet d'avion ?

– Quel billet d'avion ?

– Pour la Suède. Tu te souviens ? Août, papa, la pâte d'anchois.

Benji et moi nous étions mis d'accord sur le fait qu'il valait mieux ne pas mentionner les films d'horreur et l'attitude ultra-cool d'Inger. La version officielle vis-à-vis de ma mère est toujours : « On a beaucoup visité Stockholm ». Quand elle nous demande si ça s'est bien passé avec Inger, je lève les yeux au ciel, avec l'air de dire « je la supporte » (ce qui est vrai) et elle semble contente.

– Mais non, ce n'est pas le billet d'avion, s'est énervée ma mère sans raison. C'est la réservation pour Laguna Beach.

J'ai poussé un cri de soulagement. Puis l'information a commencé à faire son chemin, à toute vitesse.

Tous les ans, nous partons dans un hôtel à Laguna Beach, Californie. Tous les parents s'entassent dans le même bungalow et nous en laissent un rien que pour nous, à côté du leur et qui donne sur la plage. Vraiment juste, la plage : une fois, avec Josh, mon meilleur ami, on a compté le nombre de sauts qu'on devait faire pour atteindre la mer depuis la terrasse.

Il n'y en avait que sept (huit pour moi mais Josh me dépasse d'une bonne tête et il est capitaine de son équipe de basket.)

– Tu ne peux pas savoir comme je déteste la technologie ! a ajouté ma mère, comme si ça allait effacer la mauvaise nouvelle. J'ai pourtant fait tout ce qu'il fallait.

– Qu'essaies-tu de me dire exactement ?

– Les plans ont changé pour les vacances, a-t-elle lancé à toute vitesse. Mais ça va, Sean et moi avons géré comme des chefs !

Dans mon cerveau, les minipompiers ont commencé à courir dans tous les sens en hurlant.

Chapitre 2

Sean est le meilleur ami de ma mère, depuis leurs sept ans, parce que mes grands-parents – « Tuppa » et « Mumma », ne cherchez pas, ma famille atteint des niveaux de démence incroyables de génération en génération – étaient eux-mêmes amis avec ceux de Sean. Ce qui consistait, d'après les photos, à porter des tuniques violettes et à faire cuire du tofu sur des barbecues bricolés.

Sean et ma mère sont tellement amis qu'un jour, ils ont décidé de ne jamais tomber amoureux l'un de l'autre. Tout le monde connaît l'anecdote. Ils étaient à la maison du lac, Sean a embrassé ma mère (même s'il dit que c'est ma mère qui l'a embrassé), ils ont trouvé ça bizarre et ils ont préféré en rester là.

Tout à fait le genre de Sean et ma mère.
« Nous avons préféré en rester là. »
Le romantisme à l'état brut.

Maman a rencontré mon père, Sean a rencontré Lauren mais, comme ils étaient toujours inséparables, ils ont monté leur société de communication ensemble et acheté des maisons en face l'une de l'autre.

« Parce que c'est plus pratique pour la société et les enfants. »

Si vous voulez mon avis, ces deux-là auraient dû être un couple. Ils se disputent autant.

La femme de Sean, Lauren – la mère la plus cool de la terre –, dit souvent qu'elle préfère ne pas se mêler de leurs histoires. Mais Lauren ne se mêle jamais de rien. De temps en temps, je me demande si elle ne débarque pas d'une autre planète.

Sean et Lauren ont eu Josh et trois mois après, je suis née.

À ce titre, mon meilleur ami estime qu'il est le plus sage et doit prendre les décisions importantes. C'est vrai que notre grande différence d'âge justifie que ce soit lui qui choisisse les films qu'on regarde et le type de pizzas qu'on commande.

Benji est né quatre ans après moi et Josh a hérité de sa sœur Poppy trois ans après l'arrivée de Benji. Mais je préfère ne pas insister sur ce traumatisme qui fait partie des nombreuses choses que nous partageons, Josh et moi.

On se souvient encore très bien de la période où nous étions enfants uniques, choyés par les parents, gardés par la même baby-sitter chez l'un ou chez l'autre et finalement comme si nous étions frère et sœur.

Avant l'arrivée des pestes.

Je pourrais vous raconter les tonnes de choses incroyables qu'on a vécues tous les deux.

C'est avec Josh que j'ai enterré mon chien Pete.

C'est avec Josh que j'ai perdu ma première dent de lait, en la lui plantant dans l'épaule sans faire exprès.

C'est avec Josh que j'ai donné mon premier baiser. Pas à lui. OK, dit comme ça, c'est très étrange.

C'est avec Josh que j'ai le plus rigolé et que je me suis le plus disputée aussi.

C'est avec Josh que je devais partir en vacances à Laguna Beach.

J'ai donc regardé maman en attendant le coup de massue.

Elle a grimacé puis a dégainé son sourire inquiétant :

– On a eu une idée d'enfer !

J'ai grimacé à mon tour, elle a froncé les sourcils et a encore souri.

– Nous allons tous à la maison du lac !

J'ai laissé ma tête tomber sur la table.

La maison du lac… LA MAISON DU LAC !

Remettons les choses dans l'ordre...

Donc, Tuppa et Mumma, les parents de ma mère, ont acheté, il y a à peu près deux mille ans, une maison sur le bord du lac Trout Creek dans le Montana, avec Granny et Pranny, les parents de Sean et grands-parents de Josh. Granny et Pranny étaient musiciens tous les deux, et Tuppa et Mumma professeurs, ce qui explique que Sean soit ultra détendu et rigolo et que ma mère passe sa vie à flipper pour tout.

C'était dans les années soixante-dix ou quatre-vingt, je ne sais plus, enfin la période où tout le monde se promenait en salopette en luttant contre la guerre et en faisant un concours de celui qui aurait la coupe de cheveux la plus ridicule. Tuppa a vite réglé ce détail en devenant chauve.

Si on regarde les photos de cette époque (et je peux vous dire qu'on y a été obligés très souvent, Josh et moi), on peut voir une bande de hippies se consacrer à des activités toutes plus stupides les unes que les autres, comme jouer de la guitare, observer les animaux de la forêt (mon Dieu...), construire des meubles en bois et prendre des poses soi-disant rigolotes sur des troncs d'arbres. Il y a même une photo où on voit Mumma et Granny filer de la laine en robes informes et une autre où elles font la vaisselle dans des bassines en métal.

Il y a aussi ce moment gênant où tout le monde peut constater que ma mère, mon oncle Mark et Sean enfants se promenaient totalement nus la plupart du temps.

Nous n'y sommes jamais allés de notre vie. Mon père a toujours refusé énergiquement d'y mettre un pied. Tuppa le rappelle chaque fois que nous le voyons.

– Ça va être supercool, a dit ma mère.

Ne plus jamais employer l'expression « supercool ».

– On va nager, chanter, faire des veillées !

À l'intérieur de moi, une petite voix m'a supplié de tenter aussitôt le suicide. Tout ce que j'avais à portée de main, c'était une cuillère. J'ai donc renoncé, pour regarder ma mère bien droit dans les yeux. Elle a soutenu mon regard, sans cesser de sourire bêtement.

– Et la meilleure nouvelle, tu sais ce que c'est ?

– Ils ont construit une centrale nucléaire derrière le lac ?

Ma mère a fait semblant de ne pas entendre.

– Ton oncle Mark, ta tante Brittany et tes cousines viennent avec nous !

J'ai blêmi. Vraiment. J'ai senti mon sang quitter mon visage et descendre quelque part vers mon estomac.

Pas Penelope et Beatrice, alias les sœurs Souffrance, mes horribles cousines.

Penelope a deux ans de plus que Josh et moi et a décidé depuis quatre ans que nous n'étions personne. Elle semble même avoir oublié nos prénoms. Les seules paroles que nous avons échangées depuis quatre ans commencent systématiquement par « toi ».

« – Toi, ta mère t'appelle.
– Toi, tu dégages de devant la télé. »

Le reste du temps, elle se contente de nous jeter des regards lassés, quand elle est vraiment obligée de nous croiser.

À savoir : quand elle arrive et qu'elle repart de chez nous à Noël et que ses parents la forcent à nous embrasser.

Elle porte les cheveux attachés en arrière, d'un noir qui n'a rien de naturel.

Beatrice vient de fêter ses quatorze ans – on a dû la skyper ce jour-là, merci bien. Elle est tellement pom-pom girl qu'on a l'impression que ses pompons ont été intégrés au bout de ses bras à la naissance. Elle a les cheveux châtains mais je suppose qu'elle finira par les teindre en blond comme sa mère – ma tante Brittany, autrement nommée miss Univers – et maintenant la mienne. Elle passe des heures devant le miroir ou sur son téléphone. Elle ne s'adresse à nous qu'avec un petit ton condescendant.

De temps en temps, elle me regarde et me dit : « Tu serais jolie si tu prenais soin de tes cheveux… » ou encore « Tu sais que plus personne ne porte ce genre de jeans depuis l'année dernière ? ».

Je résume : mes vacances de rêve viennent de se transformer en cauchemar absolu. Josh et moi allons nous retrouver dans une maison pourrie, au bord d'un lac glacé, avec nos frère et sœur, mes cousines qui nous détestent et sans doute des millions de moustiques, ce qui me paraît finalement être le moins inquiétant.

Nos parents vont passer les deux premiers jours à essayer de nous organiser des activités et, comme à chaque fois, finiront par nous dire de nous occuper tout seuls pour pouvoir discuter tranquillement, vautrés sur des transats, ou probablement des hamacs en chanvre.

(Ne me demandez pas ce qu'est le chanvre. Sean et ma mère, quand ils parlent de la maison du lac, n'arrêtent pas de dire des trucs comme « C'était du chanvre ! » et de rigoler comme des idiots juste après.)

Mon oncle Mark va sans doute travailler non-stop, accroché à son MacBook. Ma tante Brittany se plaindra de tout, et spécialement du manque de confort.

– Mais pourquoi ils viennent ? ai-je demandé. Il n'y aura sans doute pas de connexion wi-fi. Oncle Mark et Kim Kardashian vont faire une dépression nerveuse et se jeter dans le lac.

– N'appelle pas ta cousine comme ça. Mark est ravi ! Il a dit que ça lui rappellerait sa jeunesse et qu'il avait hâte de faire découvrir la maison aux filles.

Sûr qu'elles vont partager son enthousiasme, quand elles vont apprendre que les seules toilettes qu'il y a sont un trou dans une planche avec de la sciure au fond.

– Et ça t'a pris comme ça ? Il n'y avait pas d'autre solution ?

Ma mère a eu l'air embêtée.

– Écoute, Harper, je fais ce que je peux. Avec le divorce...

Elle a poussé un long soupir de martyre.

– Je me suis dit que ce serait bien de se retrouver, comme une famille, tu vois... Et on doit faire un peu attention...

Double mensonge. Mes parents n'ont jamais manqué d'argent. Leur train de vie est honteux, comparé à la plupart des gens. Papa a laissé la maison à maman qui gagne très bien sa vie, de toute façon. Et maman passe sa vie à répéter que nous resterons toujours une famille, quoi qu'il arrive.

– Et puis, ce sont des vacances écolos, non ?

Voilà.

On y était !

Justin-le-vegan avait fini par lui mettre ses idées délirantes dans la tête. Le fait qu'il fronce les sourcils en voyant notre poubelle ou le contenu de notre frigo n'était visiblement pas suffisant. Il fallait qu'il passe à la vitesse supérieure !

J'ai eu un doute affreux.

– Est-ce que Justin vient avec nous ?

Elle a souri nerveusement, cette fois-ci.

– Oui. Il adore la nature, tu sais bien.

Je ne savais que ça.

– Tu t'es renseignée sur l'éventuelle présence de ratons laveurs ?

Elle n'a pas du tout ri.

– S'il te plaît, Harper, évite de rappeler cet épisode à Justin.

Ma mère est d'une naïveté attendrissante. Il suffit qu'on me dise d'éviter quelque chose pour que j'aie aussitôt envie de le faire.

– Justin est très enthousiaste.

Tu m'étonnes ! Trois semaines dans une maison en bois à fabriquer lui-même ses vêtements…

– Il a même dit que ton grand-père avait eu une idée de génie en achetant cette maison et qu'il y avait un moyen de la rendre autosuffisante, a-t-elle continué.

– Autosuffisante ?

– De trouver notre propre nourriture sur place, tout ça…

– De chasser, tu veux dire ?

– Ne sois pas ridicule…

Je ne suis jamais ridicule.

– Justin est vegan ! a-t-elle rappelé. Il ne mange rien qui vienne d'un animal. Alors, imagine, la chasse…

– J'imagine très bien. De quelle nourriture parles-tu ?

– Eh bien, je ne sais pas… Des baies… des racines…

Je lui ai demandé si sa décoloration lui avait atteint le cerveau. Elle m'a demandé si je voulais être punie à vie.

À ce stade-là, je l'étais déjà largement et pour un crime que je n'avais jamais commis : celui d'être née dans une famille de dingues.

Elle m'a répété que ça allait être supercool, j'ai annoncé que je préférais mourir que de mettre un pied dans la maison du lac, elle m'a encore dit de ne pas être ridicule puis a prétexté avoir un coup de fil important à passer.

Toute seule à la table de la cuisine, j'ai longuement regardé le mur devant moi et j'ai fait la seule chose qu'il me restait à faire : j'ai appelé Josh.

Derrière lui, ça chauffait. Les cris de joie qui m'ont fait perdre un tympan venaient sans doute de Poppy. Par-dessus, j'ai entendu Sean qui hurlait à Josh d'aller dans sa chambre, ce qui était tout à fait inhabituel.

Josh lui a répondu qu'il y resterait avec plaisir jusqu'à sa majorité puis a juste eu le temps de me balancer : « Tiens la rampe, Harp' » avant de se faire confisquer son téléphone.

Voilà, je m'appelle Harper, j'ai quinze ans cet été, ma mère est amoureuse d'un type qui ronge des racines, mon père vit en Suède avec une fille qui porte des jeans dans lesquels je ne rentre pas, mon petit frère est officiellement fou, et je vais passer mes vacances dans la succursale écolo de l'enfer.

Chapitre 3

Josh a vraiment dû abuser avec son père, parce qu'il lui a interdit de voyager dans notre voiture. Que Sean interdise quoi que ce soit à ses enfants, c'est une révolution. Il n'y a qu'à voir Poppy...

J'ai dû rester à l'arrière avec Benji qui s'excitait sur sa DS, et supporter ma mère et Justin qui parlaient de trucs inintéressants que j'ai à peine écoutés.

Manque de bol, j'avais oublié de recharger mon lecteur MP3 et quand j'ai voulu le brancher sur l'allume-cigare, Justin m'a contemplée comme si j'avais jeté un emballage plastique dans un parc national.

La façon dont Justin nous regarde, Benji et moi, se situe toujours quelque part entre la trouille profonde et le jugement arbitraire.

Il m'a dit, de sa voix tellement calme qu'elle fait flipper :

– Euh... est-ce que tu sais combien la voiture consomme, à chaque fois que tu branches un appareil là-dessus ?

Je ne savais pas. Benji, si. Il l'a lancé triomphalement.

– Il y a un vrai impact sur la planète, tu sais, Benjamin, a répondu Justin, toujours un peu étonné par mon génie de petit frère.

– Oui, a répondu Benjamin, avant de se replonger dans sa DS.

Justin a jeté un regard vers moi, sûrement pour voir s'il y avait une ouverture pour que je m'intéresse à son speech sur l'avenir du monde mais je lui ai répondu d'un coup d'œil mou, de ceux qui mettent ma mère en transe. Il a préféré se tourner vers la route.

À la première pause, j'ai pu retrouver Josh dans la boutique de l'aire d'autoroute. Il essayait des lunettes de soleil en prenant des poses et en niant le fait qu'un antivol lui barrait le nez. De l'autre côté du rayon des barres chocolatées, deux filles de mon âge l'observaient en gloussant.

Je ne comprends pas ce que les filles trouvent à Josh. D'accord, il est plutôt mignon, avec ses cheveux bruns, ses yeux bleus et son allure de basketteur. Plus exactement : il est devenu plutôt mignon. Petit, il avait l'air d'un teckel qu'on aurait passé dans une machine à laver.

Aujourd'hui, toutes les filles de mon école se pâment dès qu'il apparaît. Une d'elles m'a même donné un coup de pied soi-disant « par accident » après l'avoir vu me prêter son pull parce que j'avais froid.

Elles sont malades !

C'est juste Josh !

Un type incapable de décrocher plus de quatre mots à toute personne qui n'est pas moi ou ses parents et qui estime que les conventions sociales sont facultatives. Un type qui peut rester quatre heures à envoyer un ballon dans un panier sans décrocher un mot. La seule fois où il a été invité chez un copain pour dormir, il est sorti de table en disant : « Je ne suis pas fatigué, c'est juste que je m'ennuie » avant de rentrer tranquillement chez lui, tout seul.

Et il n'avait que sept ans.

Depuis qu'il a grandi et qu'il fait partie de l'équipe de basket, les filles qui le méprisaient à l'école sourient bêtement quand il débarque. Il ne semble toujours pas s'en apercevoir, encore moins s'y intéresser.

– Tu t'amuses bien ? ai-je demandé.

Il a reposé les lunettes Elton John sur le présentoir pour en prendre d'autres, avec des strass.

– Comme un fou. Poppy a décidé qu'elle arriverait à mettre ses orteils dans ses narines avant la fin du voyage.

Poppy, la petite sœur de Josh, a neuf ans. Si Benji a un pète au casque, elle, elle est carrément cramée du cerveau.

J'ai ri malgré moi.

– Sois gentil, Josh, parle à ces filles, leur chaleur corporelle est en train de faire fondre tous les Baby Ruth du rayon.

Il a haussé les épaules.

– Est-ce que tu as un plan ? a-t-il dit en prenant une nouvelle paire de lunettes.

– D'évasion ? Je comptais sur toi. C'est toi le spécialiste.

Josh a toujours été le meilleur pour les grands plans. Parfois, en été, nous faisons le mur juste pour le plaisir, et nous nous retrouvons sur le muret entre nos deux maisons. Je sais, nous ne sommes pas vraiment des rebelles, surtout que nos parents ne nous ont jamais empêchés de sortir. Il est même probable que s'il prenait un jour à Josh l'idée stupide d'aller en boîte, Sean lui donnerait un billet de cent dollars et lui prêterait sa voiture, en lui disant quelque chose comme :

« Ne fais rien que je ne ferais moi-même. »

Ma mère m'obligerait sans doute à regarder plusieurs reportages sur les ados et la drogue et attendrait devant la boîte avec un chapeau et des lunettes de soleil, en tripotant nerveusement son portable, prête à avertir les flics.

Les deux ados qui fixaient Josh pour attirer son attention ont été appelées par leur mère. Au passage, elles m'ont jeté un regard noir.

– Elles sont tarées, celles-là, ai-je dit à Josh. On pourrait très bien être frère et sœur.

Josh a eu une tête bizarre.

– Non, on ne pourrait pas, a-t-il murmuré.

J'ai fait remarquer que c'était ridicule : Benji est blond alors que je suis châtain et ce n'est pas notre seule différence. Josh a baragouiné quelque chose derrière une paire de fausses Ray-Ban. Sean est arrivé avant que j'arrive à lui faire répéter.

Là, la mère des deux ados s'est mise à se trémousser à son tour. C'était, comme à chaque fois, horriblement gênant. Je me souviens très bien de la façon dont Mrs Griffin, notre professeur de primaire, se passait la main dans les cheveux à chaque fois que Sean venait nous chercher à la sortie de l'école. Et comme elle excusait l'attitude assez désinvolte de Josh pendant la classe. C'était tellement injuste, j'ai plusieurs fois maudit mon père de ne pas ressembler lui aussi à un mélange entre Orlando Bloom et Ryan Gosling, ce qui plaît visiblement à toutes les femmes de plus de trente ans.

– Joshua, ta mère demande si tu peux lui prendre une bouteille d'eau.

Josh a eu un rictus hargneux, qui ne lui ressemblait pas du tout mais il a obéi, en nous plantant là.

– Ça va, Harp ? m'a demandé Sean.

J'ai évité de répondre, par solidarité, et j'ai mis les lunettes à strass que Josh avait laissées sur le présentoir.

– Bien, a-t-il continué. Vous allez nous faire la gueule pendant toutes les vacances ?

– Je sais pas, ai-je répondu en prenant un accent français et en me tournant vers lui. Est-ce que vous méritez vraiment qu'on dépense notre énergie positive à... comment dites-vous déjà ? Communiquer ?

Sean a eu un petit sourire, pas vraiment amusé.

– Ne nous rendez pas les choses plus difficiles qu'elles le sont, Harper. Je sais que l'adolescence est une période compliquée. Je suis passé par là aussi.

Je déteste quand les parents font semblant de comprendre ce que peut être l'adolescence du haut de leur grande expérience. Surtout nos parents.

J'ai lancé un regard éloquent vers son sweat-shirt à capuche bardé de badges.

– Josh traverse une période difficile lui aussi, tu sais, a ajouté Sean. Quand on a grandi... Parfois, il y a une confusion de...

Il s'est arrêté.

– Je préférerais que tu aies cette discussion avec ta mère, a-t-il bredouillé, pas aussi cool que ça pour une fois.

Et il a fait semblant de s'intéresser à un rayon au fond du magasin, qui s'est avéré être celui des vestes de chasse. J'aurais bien voulu rester là, à regarder sa tête consternée, mais Josh est revenu avec son humeur maussade et la bouteille d'eau pour sa mère.

– Mon père t'a dit quoi ? a-t-il soudain aboyé.

J'ai sursauté.

– Les mêmes trucs que d'habitude. C'est dur d'être un ado mais il a survécu.

Josh a ricané.

– Oh, tellement…

– Et sinon, toi, tu as un plan ? ai-je demandé à mon tour.

– Survivre, a-t-il murmuré d'un air amusé en remontant les lunettes à strass sur mon nez.

Puis il s'est dirigé vers les caisses.

Ça a été notre seul échange avant une éternité. J'ai passé les quatre mille heures de voyage coincée entre les bruits de DS de Benjamin et les réflexions existentielles de ma mère et de Justin sur un groupe appelé les B-52's, apparemment dissous depuis le Néolithique. À chaque fois que je me retournais pour tenter de faire un signe de désespoir à Josh, je ne voyais que Sean concentré sur la route, derrière des lunettes miroir absolument horribles et Lauren qui lisait un énorme livre, les pieds sur le tableau de bord.

Parfois, la tête de Poppy et ses trois nattes apparaissaient pour me lancer le sourire le plus terrifiant du monde.

Sans portable pour m'envoyer des messages, Josh avait dû finir par s'endormir ou tenter de s'étouffer avec son ballon de basket.

Je pensais moi-même sérieusement à en finir en m'étranglant avec le cordon de mon iPod – mais Justin aurait probablement fait remarquer que ce n'était pas un suicide écoresponsable – quand j'ai vu le panneau Trout Creek.

Ma mère a poussé des petits cris de joie puis s'est vite calmée et pas seulement parce que Benji venait de marmonner d'une drôle de voix qu'il avait envie de vomir.

– Mais ce n'est pas le chemin du Paradis ! a-t-elle crié soudain, sans prendre la peine de donner un sac en papier à son fils cadet dont le visage virait doucement au blanc laiteux.

Sans rire ?

– Ils ont fait une vraie route ! a-t-elle encore hurlé, furieuse. Il n'y avait que le vieux chemin, autrefois !

J'étais plus contente que ce soit une vraie route, rapport à l'état de Benji et au fait que j'étais assise juste à côté de lui.

– Les choses changent, a dit Justin en posant sa main sur l'épaule de maman.

Ça l'a fait virer à l'hystérie.

– Je hais ce monde de surconsommation ! a-t-elle bramé.

Justin lui a caressé la joue et je leur ai fait remarquer qu'on était là.

– Voilà ce que connaît ta génération ! a crié maman. Du béton et des routes... des routes sans cahot ! Mon Dieu, quand Tuppa va voir ça ! Je me souviens encore de chaque cahot de la route du Paradis ! Dans le van, on...

– Un van ? C'est cool, a dit Justin.

Maman a souri brièvement.

– Supercool, a-t-elle minaudé. Avec Sean, on s'asseyait entre les sièges des parents. Oh, tu n'as pas connu ça, toi, a-t-elle continué en me jetant un regard outré, comme si j'étais responsable du fait qu'elle se soit acheté un 4 × 4 écologique. Vous êtes la génération des ceintures de sécurité !

Je me suis abstenue de faire remarquer que si elle avait pu nous obliger à porter un casque en voiture, elle l'aurait fait. Et de lui rappeler que je suis la seule gosse du quartier qui n'a pas eu le droit de faire du roller.

– Et des routes !

Justin lui a fait « shh shh » de sa voix calme et pendant un court instant, j'ai espéré qu'elle lui mette un pain, ce que j'aurais probablement fait à sa place. Elle ne l'a pas fait. Elle avait l'air prête à chouiner.

Je me suis renfoncée dans mon siège. Pendant tout le reste du trajet, je l'ai écoutée s'énerver contre la route et se faire shh-shhter par Justin, sans leur faire remarquer que Benji avait discrètement vomi dans son sac à dos.

Chapitre 4

En arrivant, j'ai bondi hors de la voiture, à la fois pour fuir les plaintes de ma mère et l'odeur de Benji. Poppy était déjà dehors et sautait dans tous les sens à la recherche de mon frère. Josh est descendu tranquillement, avec sa démarche à moitié endormie des grands jours et a émis un ricanement en voyant la tête de son père.

Des parents, en fait.

Sean et ma mère étaient debout à côté de leur voiture, en train de contempler le lac, les yeux ronds.

Ça ne ressemblait pas du tout à ce qu'ils m'avaient décrit.

Il n'y avait pas beaucoup d'arbres, pas de buissons, pas de « petit chemin serpentant dans le bois au pied de la montagne » mais une espèce de guérite ultramoderne, avec dedans un type au sourire enjoué, devant un parking.

Du côté droit du lac, on voyait des maisons blanches, des plages et des hors-bord attachés à des pontons.

– Je vais tuer mes parents, a murmuré Sean.

Josh a eu un nouveau rire ironique et sa mère lui a fait signe de se taire.

– Mais pourquoi ils ne nous ont rien dit ? s'est mise à pleurnicher maman, pendant que Justin lui tenait le bras en sh-shtant à tout va.

– Dieu merci, a dit Lauren, ils n'ont pas touché à notre côté.

J'ai tourné la tête.

Du côté gauche, il y avait bien au loin le paysage désolant et pourri décrit par Sean et maman : des cabanes en bois derrière des arbres, un vieux ponton et une espèce de démarcation en corde dans l'eau.

Un bruit de moteur a interrompu la jérémiade de ma mère et un jet-ski est apparu. Le type monté dessus nous a fait un signe de la main. Sean a fait une tête qui présageait le pire. J'ai cru qu'il allait ramasser une pierre pour la lui balancer. Au lieu de ça, il s'est passé la main dans les cheveux.

– Un complexe de vacances ! a hurlé maman.

Les adultes se sont tous mis à parler en même temps. Josh m'a fait un clin d'œil.

– Je crois que leur retour à la nature a foiré.

J'ai souri.

– N'est-ce pas l'odeur de la frite à l'huile de palme que nous sentons, mon cher Joshua ?

Il a éclaté de rire.

– Et du hot-dog transgénique ? Ma foi, ma chère Harper, je crois bien que si.

– Ferme-la, Josh ! a crié Sean.

Lauren lui a répondu de ne pas lui dire de la fermer puis ils ont commencé à se chamailler comme des gamins. Lauren a dit à Sean qu'il ne se conduisait pas comme un père et Sean a répondu que Josh lui courait sur le haricot avec ses sarcasmes. C'était tout à fait improbable de leur part.

Maman a embrayé en disant qu'elle aussi en avait marre de mes sarcasmes, ce qui était moins étonnant. Je me suis mise à me défendre, en soulignant cette injustice, vu que je n'avais presque rien dit. Elle m'a hurlé de ne pas la prendre pour une imbécile, puis a disputé Benji qui en profitait pour demander à Justin quel était le taux de pollution d'un jet-ski.

Pendant ce temps, Josh sortait des billets de ses poches en demandant s'il pouvait aller se chercher un hot-dog et, à la tête de Sean, j'ai bien cru qu'il allait se prendre la première gifle de sa vie.

Là-dessus, le type de la guérite est sorti, nous a demandé notre numéro de réservation et nous a signalé qu'il devait contrôler nos bagages, parce qu'il y avait des braconniers dans la région qui faisaient entrer du gibier en douce pour le vendre aux clients.

Quand Benji lui a ouvert son sac à dos sous le nez, il a fait une drôle de tête puis a dit qu'il ne nous connaissait pas.

Sean lui a répondu sèchement qu'il venait à Trout Creek avant même qu'il soit né et que son logo mal fichu ait été brodé sur son polo, maman a ajouté « Bien dit » et Lauren a fait remarquer à Sean qu'il fallait toujours qu'il se conduise comme un yuppie suffisant.

Le type de la guérite s'est mis à brailler à son tour que même si nous avions creusé le lac nous-mêmes, il fallait dégager les voitures du passage.

Puis tous les adultes ont couru après Poppy qui avait profité de la dispute générale pour enlever tous ses vêtements et dévaler la pente qui menait au lac, en hurlant comme une possédée.

Le type de la guérite les a regardés un moment, l'air ébahi.

– Vous vendez des hot-dogs ? a demandé Josh avec un grand sourire.

Le type n'a rien répondu et a refermé la porte de la guérite derrière lui, plus du tout enjoué.

Chapitre 5

Je pense que si Sean n'avait pas dit « On rigole moins, hein ? » à Josh, alors qu'on portait des sacs de trois tonnes sur le chemin le plus poussiéreux de la Terre, la seconde dispute n'aurait pas éclaté. Comme à chaque fois que Sean fait quelque chose, ma mère l'a imité et a commencé à me reprocher de ne pas faire attention à Poppy, que ses parents avaient réussi à convaincre de remettre au moins son short et qui marchait trop près de l'eau.

J'ai fait l'erreur de répondre que je n'étais pas responsable de Poppy, ma mère en a profité pour speecher sur l'importance des liens entre les gens, en plaçant au passage que je me conduisais souvent comme une égoïste. J'ai précisé qu'elle, elle n'avait même pas remarqué que son fils avait vomi dans la voiture. Elle s'est emballée. Heureusement, Benji a tenu à me soutenir en montrant le contenu de son sac et maman s'est dépêchée de rejoindre Justin et Sean à la tête du convoi.

Quand nous sommes arrivés, nous avons tout de suite su que l'oncle Mark et la tante Brittany étaient déjà là. Les deux maisons de nos grands-parents n'avaient visiblement pas changé : elles étaient toutes les deux en bois, avec des portes et des volets à la peinture écaillée et des petits porches.

Josh a demandé en rigolant si quelqu'un avait apporté un banjo et Justin lui a répondu fièrement que oui. Il y a eu un silence gêné. Puis nous avons entendu les cris.

Ils venaient de la plus grande maison. Ça chauffait sévère à l'intérieur. Beatrice et Brittany braillaient de leurs voix haut perchées et de temps en temps, Mark parlait plus fort pour leur demander de se calmer, ce qu'elles ne comptaient visiblement pas faire. Quand Penelope nous a vus depuis les marches du porche où elle était roulée en boule, elle a haussé les épaules et s'est levée pour disparaître dans la plus petite maison.

– Chaleureux accueil, a murmuré Josh.

Sean lui a aussitôt dit d'arrêter mais cette fois-ci, Lauren et lui n'ont pas eu le temps de se disputer, parce que ma tante Brittany est apparue, en brandissant rageusement un balai.

Je crois que c'était la première fois que je la voyais en train de faire du ménage. Elle n'avait évidemment pas la tenue adéquate. Ses boucles d'oreilles Tiffany remuaient aussi violemment que sa tête, alors qu'elle jetait à peu près trois tonnes de poussière hors de la maison. Je me suis demandé comment elle faisait pour être toujours impeccable, même dans ce genre de circonstances. Maman a dû se dire la même chose, vu la tête qu'elle a faite en la voyant dans son corsaire blanc immaculé et son petit haut en soie bleu ciel.

Quand elle nous a enfin remarqués, elle a souri, de façon assez crispée.

– Il n'y a pas d'aspirateur ! a-t-elle dit à maman en l'embrassant.

Elle n'avait pas du tout la petite voix mondaine qu'elle emploie d'habitude avec tout le monde.

– Et il n'y a pas d'électricité à l'étage de la petite maison, a-t-elle ajouté précipitamment. Mark est en train de regarder pour faire un raccord.

Je me suis demandé ce que l'oncle Mark connaissait à l'électricité, étant donné que tout ce que je lui avais jamais vu faire de manuel, c'était brancher le cordon d'alimentation de son Mac à une prise.

Tante Brittany m'a embrassée, tout en hurlant : « Mark ! Ils sont là ! », ce qui m'a vrillé le tympan droit. La dispute entre Beatrice et Mark s'est aussitôt calmée.

Maman a demandé à Benji de nettoyer son sac mais mon petit frère ne l'a évidemment pas écoutée. Il l'a jeté par terre et a couru sur le chemin qui partait de la maison vers l'intérieur des bois. Poppy l'a suivi, ce qui l'a fait redoubler de vitesse.

– Vous pourriez nous aider à rentrer les valises ! a crié maman.

J'ai regardé Josh. Il a fait la même chose. Nous avons posé nos sacs sur les marches et nous nous sommes mis à courir nous aussi, droit devant nous sur le chemin.

Quand nous nous sommes enfin arrêtés, nous arrivions à peine à respirer. Josh a posé ses mains sur ses genoux et m'a souri. Poppy et Benji n'étaient nulle part et ça nous allait parfaitement. La dernière chose dont j'avais envie était de devoir gérer les deux terreurs, alors que nous venions enfin de nous retrouver seuls, Josh et moi.

Josh a regardé autour de lui.

– C'est un peu cool, d'accord, a-t-il dit.

C'était vrai. Le chemin nous avait conduits dans le bois, où tout était tranquille, ce qui me faisait du bien après la série de disputes de l'arrivée. Nous entendions des oiseaux et le clapotis de l'eau derrière nous. Comme il n'y avait personne à agacer, je me suis abstenue de faire remarquer qu'il venait sans doute du mouvement des jet-skis et des hors-bord.

Josh a ramassé un bâton et s'est dirigé vers le lac en écartant les buissons sur son passage. Je l'ai suivi. Nous nous sommes assis au bord de l'eau.

– S'ils nous cassent trop les pieds, on pourra toujours venir là, a-t-il ajouté. Ça pourrait même être notre coin.

Je n'avais pas envie d'être de bonne humeur, malgré les tentatives de consolation de Josh, qui était redevenu le bon vieux Josh cool, depuis qu'il s'était éloigné de son père.

– Ils seraient capables de venir nous chercher ici pour nous obliger à chanter leurs vieilles chansons moisies.

Il m'a prise par l'épaule.

– Allez, Harp', ce n'est pas si moche. Avec un peu de chance, on pourra même emprunter un hors-bord aux gens d'en face.

– Ou vivre chez eux, ai-je répondu.

J'ai vu alors le poisson mort et j'ai poussé un cri. Josh a ri en me traitant de fille puis il a essayé de l'embrocher avec son bâton. Je lui ai dit qu'il était dégoûtant et il a de nouveau ri.

– Tu ne me trouves pas dégoûtant !

– C'est vrai, ai-je répondu. Je te trouve répugnant.

Il a fait de nouveau sa tête bizarre.

– Retire ça ou je te colle ce poisson sur la tête.

– Essaie !

Il m'a regardée un moment puis il a tenté de nouveau d'attraper le poisson mort avec son bâton. Comme il n'y arrivait pas, j'ai ricané. Il s'est jeté sur moi et nous avons roulé par terre. Puis il m'a bloquée sur le sol, toujours en riant.

Pendant à peine trois secondes, nous nous sommes regardés. Josh ne riait plus du tout. Il avait son air sérieux, et pas celui des bons jours.

– Ça va, les amoureux ? a soudain lancé la voix de Poppy, au-dessus de nos têtes.

J'ai poussé Josh et je me suis levée d'un bond. Josh a eu l'air affolé mais il ne cherchait pas, comme moi, d'où venait la voix de sa sœur. Il regardait le poisson.

Parmi les nombreuses étrangetés que Poppy a développées en grandissant, son obsession pour la mort est restée la pire. Poppy ne supporte pas la mort. Une fois, en rentrant de l'école, elle a vu un chat écrasé sur le bord de la route. Elle a été inconsolable pendant une semaine. Qui a déjà entendu pleurer Poppy n'a pas envie de revivre ça, ne serait-ce qu'une minute dans toute sa vie…

Sous l'effet de la panique, j'ai eu un réflexe complètement idiot. J'ai voulu cacher le poisson dans la poche de mon jean. Seulement, je n'avais pas de poche.

Je l'ai fourré entre mon tee-shirt et mon short. Le contact de sa peau molle dans mon dos a bien failli me faire hurler mais j'ai tenu le coup et réussi à grimacer une espèce de sourire.

– Descends de là, Poppy ! a crié Josh.

– Viens me chercher ! a répondu Poppy. Je vous ai vus ! Je vais le dire à papa.

– Tu ne vas rien dire du tout à papa !

Il avait l'air hors de lui.

– Si ! a bramé Poppy, dont la tête a émergé des branches de l'arbre où elle était montée. Je vais lui dire que tu as essayé d'embrasser une… une fille !

Josh est devenu écarlate.

– Ce n'est pas une fille ! a-t-il ragé. C'est Harper !

Je me suis sentie vaguement vexée. Josh a sauté pour attraper sa sœur et la faire descendre. Poppy s'est accrochée à la branche en poussant des hurlements stridents. Je me suis dit que je devais intervenir mais quand j'ai essayé de faire un pas, le poisson s'est mis à glisser dangereusement dans mon short.

– Il y a quelqu'un ? a alors hurlé une voix.

À ce moment-là, une silhouette est apparue, puis une deuxième. C'était une fille avec des cheveux blonds retenus en queue-de-cheval, vêtue d'un short en jean et d'un top rose sur son maillot de bain. On voyait ses bretelles, qui se nouaient derrière le cou. Exactement le genre de maillot que ma mère refuserait que je porte.

Derrière elle, un garçon dévalait le chemin. Il devait avoir seize ans et, visiblement, il avait trouvé facultatif de mettre un tee-shirt en sortant de l'eau.

Vous voyez les scènes dans les films ? Quand le beau gosse arrive et que la musique démarre ?

C'était exactement ça, sauf qu'il n'y avait pas de musique, seulement les pépiements de Poppy dans son arbre et Josh qui lui hurlait de se taire.

J'ai senti un gargouillement dérangeant remonter par ma gorge.

Objectivement, j'ai tout de suite remarqué ses yeux, d'un vert gris qui se confondait avec les couleurs du lac.

Non, objectivement, je n'ai pas réussi à détacher mon regard de son torse, parfaitement bronzé, et de ses épaules qui roulaient quand il a sauté la petite pente qui allait vers le lac. Il portait une corde enroulée sur le bras.

Et un sourire.

Je n'avais jamais vu quelqu'un porter aussi naturellement un sourire. Comme s'il était né avec. Comme si tout ce qu'il était se trouvait dans son sourire.

– Est-ce que tout va bien ? a demandé le garçon aux yeux couleur du lac en fronçant les sourcils.

Sa voix allait avec son sourire. J'ai cru que j'étais morte et soudain au paradis.

J'ai tenté de bredouiller quelque chose mais seul un rire stupide est sorti de ma bouche.

À côté de moi, Josh a arrêté de crier sur sa sœur et s'est rapproché, l'air fâché.

– Tu parles d'un coin tranquille, a-t-il murmuré, furieux.

– On a entendu des hurlements, a dit la fille.

Puis elle a trébuché et s'est rattrapée sur l'épaule du garçon.

Elle ressemblait à Beatrice mais elle avait au moins seize ans, comme le garçon. Blonde, yeux bleus, nez parfait, bouche parfaite, dents parfaites. J'ai tout de suite su que je la détesterais.

– Tu vois que ce n'était rien, Tristan, a-t-elle fait remarquer au garçon qui s'avançait toujours vers nous. Toi et ton esprit chevaleresque !

Elle m'a lancé un regard méprisant, pour bien me signifier que je n'avais rien d'une princesse en danger, surtout en sa présence. C'était le genre de fille à se débrouiller toujours pour être encore plus une princesse que les autres, et définitivement plus en danger.

– Excuse-moi, Quinn, lui a rétorqué Tristan. Mais quand j'entends un cri aussi perçant…

– C'était Poppy, ai-je réussi à articuler.

– Poppy ? a répété Quinn en réprimant un nouveau sourire de mépris.

J'ai montré la branche. Bien évidemment, Poppy avait disparu.

– Je suis Tristan, a dit Tristan.

– Je suis arrivée tout à l'heure, ai-je répondu.

Il a ri. Josh m'a jeté un regard consterné.

– Tu as un poisson mort qui dépasse de ton short, est intervenue Quinn.

J'ai eu envie de le lui jeter au visage.

Tristan m'a regardée puis s'est décalé pour mieux voir. Quand il a aperçu le poisson, il a esquissé un petit sourire.

– Original. C'est une nouvelle technique de pêche ?

Je me suis senti rougir.

– Non, c'est parce que Poppy ne supporte pas de voir des animaux morts.

– Poppy, votre amie imaginaire ? a ricané Quinn. Viens, Tristan, on doit encore traverser la décharge, si on veut avoir une chance d'être dépannés avant la nuit.

Puis elle est partie en prenant la direction de nos maisons.

Avant de la suivre, Tristan m'a décoché un sourire à faire fondre un iceberg.

– Salut, arrivée tout à l'heure, a-t-il lâché. Bonne pêche !

Une petite pointe de colère s'est formée quelque part dans mon ventre. Celle qui avait la repartie cinglante, habituellement, c'était moi !

J'ai cherché quelque chose d'intelligent à répondre mais tout ce que j'ai réussi à dire a été un « merci » pathétique.

Josh les a regardés s'éloigner puis s'est tourné vers moi.

– Vraiment, Harper ? Merci ?

– Qu'est-ce que tu voulais que je réponde ? ai-je grogné.

– Je ne sais pas... Va te faire voir, espèce de débile ?

C'était du Josh tout craché.

– Je pêche comme je veux ? a-t-il continué. Ou mieux : et toi, je te demande ce que tu as dans le...

– Arrête-toi là ! ai-je ordonné.

Il ne riait pas du tout. J'ai vu une espèce de lueur mauvaise dans son regard, comme je ne lui avais vu que la fois où je l'avais fait tomber exprès de son vélo parce qu'il avait refusé de me le prêter, au Thanksgiving de nos dix ans.

La seule fois où nous nous sommes réellement battus.

Puis il a fait quelques pas vers le chemin, avant de se retourner :

– Le poisson…

Je me suis figée sur place. Au loin, on entendait les cris de Benji et de Poppy qui nous appelaient. Josh a haussé les épaules.

– Je crois que le poisson n'est pas tout à fait mort, a-t-il continué.

Quand je l'ai senti bouger, je me suis mise à hurler à mon tour.

Chapitre 6

Bien que la seule douche de la maison du lac se soit avérée extérieure, alimentée par la citerne des eaux de pluie et gelée, j'y ai passé un bon moment.

Jusqu'à ce que ma mère vienne me dire qu'il fallait faire attention à la consommation d'eau et qu'elle en avait assez de mes lubies. J'ai soigneusement évité de lui raconter l'épisode du poisson mort qu'elle aurait pris un malin plaisir à raconter à tout le monde. Au passage, elle m'a quand même dit que Josh et moi avions encore trouvé le moyen d'être grossiers avec Beatrice en la laissant toute seule, sans même lui avoir dit bonjour.

À la tête qu'a faite Beatrice en me voyant arriver, je pense qu'elle s'en fichait. Elle m'a embrassée pour la forme et a disparu avec sa valise rose vers la petite maison.

La salle principale de la grande maison – et encore, « grande », c'est une façon de parler – ressemblait bien au genre de décoration que Tuppa et Mumma adoraient. Tout y était orange, vert et doré. Tout avait l'air d'avoir été confectionné par des enfants sacrés du Népal.

Mais plutôt des enfants de quatre ans.

Le canapé était sans aucun doute une création de Tuppa ou de Pranny, le grand-père de Josh, tout en rondins et couvert de coussins au crochet qui sentaient la mort. Malgré ça, Benji s'y vautrait avec sa DS pendant que Poppy le regardait avec adoration, ce qu'il faisait semblant d'ignorer. Josh, Beatrice et Penelope avaient disparu.

Justin expliquait à tante Britt qu'il avait apporté de la farine d'épeautre, meilleure pour la santé et l'environnement que la farine blanche dont elle sortait des paquets d'un sac de chez Bergdorf Goodman. Elle l'écoutait poliment, sans cesser de sortir d'autres sacs dont aucun ne portait la mention « Agriculture biologique ».

L'oncle Mark m'a embrassée distraitement, tout en consultant son téléphone portable. Maman ouvrait des placards et les refermait aussitôt, en jetant de temps en temps des regards inquiets vers Justin et tante Britt. Sean essayait de fixer le pied d'un vieux fauteuil, dans un coin de la pièce.

– J'ai fait la liste des aménagements, a dit oncle Mark. Et la répartition des chambres.

– Merci, Mark, a répondu maman, tout en écoutant Justin tenter de convaincre tante Britt de ne pas utiliser la nourriture qu'elle avait apportée.

– Brittany et moi prendrons la chambre de papa et maman, si ça ne te dérange pas.

Ma mère a haussé les sourcils, signe que ça la dérangeait.

– C'est la moins pratique, a soupiré tante Britt d'un air faux.

Comme d'habitude avec sa belle-sœur, maman a préféré ne rien dire mais j'ai bien vu qu'elle n'en pensait pas moins.

– Sean et Lauren prendront celle des parents de Sean.

– Tu leur as demandé leur avis ? a soufflé maman.

– Non, mais ça me paraît logique. Ça ne te paraît pas logique, Brittany ?

– Tout à fait, a répondu tante Britt.

– Ça me va, a confirmé Sean, sans lever la tête de son pied de fauteuil.

L'oncle Mark a hoché la tête.

– Poppy dormira avec eux, a-t-il ajouté.

– Vous devez être ravis, ai-je ricané.

Tout le monde se souvenait de l'été durant lequel Poppy avait décidé qu'elle était une chouette et de vivre la nuit. Et du fait qu'elle parlait pendant son sommeil.

L'oncle Mark m'a ignorée, comme il le fait souvent, même parfois avec ses propres enfants.

– Penelope prendra ton ancienne chambre, si ça ne te dérange pas, Becca.

Ma mère a encore tiqué.

– À son âge, on a besoin d'intimité, a fait remarquer tante Britt, d'une voix suave.

– Ce qui fait que Justin et toi pouvez prendre la chambre d'amis.

– C'est la plus jolie, a souligné tante Britt.

Ma mère semblait déjà à bout de nerfs. J'ai retenu un rire. C'était son idée, d'inviter son frère et sa famille.

– Et Josh et moi ? ai-je demandé, soudain inquiète.

– Josh et Benji dormiront sous les combles de cette maison, a dit oncle Mark.

– Comment ça, Josh et Benji ? me suis-je écriée.

Maman s'est avancée vers moi.

– Chérie…

– J'aimerais bien qu'on me réponde, ai-je encore crié. Comment ça, Josh et Benji ?

Tante Britt a levé les yeux au ciel et a continué à ranger les provisions.

– Josh et toi êtes désormais des adolescents… a commencé maman. Sean et moi avons pensé qu'il était temps que vous ne dormiez plus dans la même chambre parce que… parce que…

– Parce que quoi ?

Ma voix touchait à l'hystérie. Sean a laissé le fauteuil pour venir à côté de maman.

– Parce que… a-t-il murmuré.

Si je n'avais pas été aussi furieuse, j'aurais peut-être éprouvé de l'indulgence pour son air terrifié.

– Parce que vous vous embrassez au bord du lac, est intervenue Poppy, joyeusement.

Sean et maman se sont regardés. Puis Sean s'est mis à hurler :

– Josh !

Je me suis mise à hurler aussi, mais pour dire que personne n'avait embrassé personne.

Josh est descendu par un escalier qui semblait prêt à s'écrouler à chaque pas.

– Tu peux m'expliquer ? a demandé Sean.

– T'expliquer quoi ? a aboyé Josh, soudain crispé.

– On devrait peut-être s'isoler pour parler de ça, a fait remarquer maman.

– Pour parler de quoi ? a encore aboyé Josh.

– Ne réponds pas sur ce ton à Rebecca ! a grondé Sean. Je savais que ça allait tourner comme ça.

Josh l'a contemplé puis, sans rien dire, est sorti en claquant la porte.

– Ah, les garçons ! a lancé tante Britt avec un rire aigu. Je suis bien contente d'avoir eu des filles, quand je vois ça !

Sean n'a pas répondu et est sorti à son tour, en claquant aussi la porte. La mère de Josh a alors déboulé d'une pièce au fond du salon et a couru derrière eux.

– Est-ce que Josh et Harper ont le droit de s'embrasser ou pas ? a demandé Poppy à maman qui lui a dit d'aller se laver les mains.

Juste à ce moment-là, Benji a trouvé intelligent de lever les yeux de sa DS pour balancer :

– Vous savez que Harper met des poissons dans sa culotte ?

Tout le monde m'a regardée, en silence.

Je me suis promis de le lui faire payer plus tard et j'ai quitté la pièce.

Chapitre 7

Quand je suis arrivée dans « ma » chambre, j'ai constaté ce que je craignais depuis le début de cette histoire : Beatrice et ses nombreuses affaires y étaient déjà installées. La chambre empestait un parfum superlourd, comme ceux que porte ma tante Brittany. Évidemment, Beatrice avait le meilleur lit, même si « meilleur » est un bien grand mot, étant donné que les deux lits avaient été construits par Tuppa, eux aussi.

Le pire dans tout ça, c'est que le coin de Beatrice, du côté du mur du fond, lui ressemblait déjà : elle avait mis une couette à froufrous blanche, un cadre photo, et disposé son nécessaire de pomponnage sur le rondin qui servait de table de chevet. Ma mère m'avait juste filé un sac de couchage, bien évidemment.

Quand elle m'a vue, elle a grimacé un sourire, toutes dents dehors, façon ministar du club Disney.

– Très joli short, a-t-elle susurré. J'ai pris le haut de l'étagère.

– Pas grave, ai-je maugréé.

J'ai regardé autour de moi et décidé que je ne sortirais pas mes affaires de ma valise.

– Tu peux la prendre en entier.

– Je m'en doutais, a répondu Beatrice avec la même grimace de sourire.

Elle a commencé à ranger le reste de ses vêtements dans l'étagère du bas, tout en fredonnant un refrain dans lequel j'ai vaguement reconnu *Last Friday Night* de Katy Perry. C'était fou de voir le nombre de sweaters qu'elle avait.

J'ai posé mes trois livres de l'été sur mon rondin perso et je me suis assise sur le lit. La vue depuis la fenêtre était plutôt jolie. Elle donnait sur le lac. Et aussi sur Josh et Sean qui gesticulaient tous les deux en se criant dessus, pendant que Lauren essayait de se mettre entre eux deux.

– Je vois que ton petit copain est encore une source de problèmes, a dit Beatrice.

J'ai sursauté.

Elle se tenait devant mon lit et suivait la dispute avec une passion évidente.

– Ce n'est pas mon petit copain.

– Ton ami, je veux dire.

Elle a bien appuyé le mot « ami », au cas où je n'aurais pas compris la première fois.

– Bien, a-t-elle continué. Si nous devons cohabiter, je crois qu'il serait intelligent d'établir quelques règles.

Le mot « intelligent », dans la bouche de Beatrice, avait quelque chose de délicieusement ironique. À part ça, elle avait exactement la même voix que tante Brittany, cette voix faussement enjouée et vraiment flippante.

– Tu peux utiliser le cabinet de toilette, même s'il est de mon côté.

J'ai regardé ce qu'elle appelait « le cabinet de toilette » et ai supposé que c'était la cuvette posée sur une espèce d'établis en bois, au-dessous d'un vieux miroir en fer.

– Dix minutes te suffiront, non ?

En disant ces mots, elle a secoué sa queue-de-cheval blonde parfaitement tirée. Je n'ai pas pris la peine de répondre. D'abord, parce que je ne savais pas trop quoi et ensuite parce que je sais que ça l'énerve.

– En dehors de ça, j'aimerais autant que tu ne viennes pas de mon côté. Évidemment, tu ne touches pas non plus à mes affaires.

– Je doute que tes affaires m'intéressent, Beatrice, ai-je répondu très calmement. Mais s'il me prend l'envie subite de me lisser les cheveux à mort, je te demanderai avant, ne t'inquiète pas.

Elle a eu un petit rictus moqueur.

– Et dans l'ensemble, quand je rencontrerai les gens d'en face, j'aimerais que tu évites de m'adresser la parole devant eux.

Elle avait déjà dû les voir, sans quoi elle n'aurait pas pris la peine de poser une telle interdiction. La plupart du temps, nous faisons comme si l'autre n'existait pas, surtout en public.

– Et toi de même, ai-je rétorqué.

Je me suis allongée sur mon lit et j'ai pris le temps d'étendre les bras, très à l'aise.

– D'autant que je les ai déjà rencontrés.

J'ai attendu que les mots fassent leur effet, sans la regarder. Rien qu'à sa voix, j'ai su qu'elle devait avoir le visage déformé par la frustration.

– Tu mens, a-t-elle dit.

– Pas du tout. Un garçon et une fille. Très sympas. Ils font du bateau de notre côté du lac. Et je crois bien que c'était leur propre bateau.

J'ai senti une vibration de pure colère traverser la pièce. Si nous avions été des héroïnes de série télé type *Les Sorcières d'East End*, je pense que j'aurais déjà été collée au mur par une boule de feu.

– Je pense que nous allons les revoir, Josh et moi.

J'ai jeté un coup d'œil vers le lac. Josh, Sean et Lauren avaient disparu, sans doute pour cacher le cadavre de celui qui avait perdu. J'ai rigolé intérieurement à cette image, mais assez mollement, parce que je n'aime vraiment pas l'idée que Josh ait des problèmes avec ses parents.

– Est-ce que tu sais faire du bateau, Bea ? ai-je demandé.

Ma cousine déteste qu'on l'appelle Bea. Elle déteste son prénom, qu'elle prononce toujours avec ce qu'elle pense être un accent français. Elle le trouve terriblement commun, sauf quand je suis en sa présence, parce qu'à ses yeux, le mien est définitivement vulgaire, tout comme les diminutifs.

Je savais pertinemment que Beatrice détestait aussi le bateau, sans doute parce que ça la décoiffe et l'oblige à porter un gilet de sauvetage moche. Mon oncle Mark avait déploré à plusieurs reprises qu'aucune de ses filles ne veuille l'accompagner (ni sa femme d'ailleurs) et avait fini par se mettre au golf avec elles, ce qui fait toujours glousser ma mère.

– Bien sûr que je sais faire du bateau ! a menti Beatrice. J'habite sur la côte. Contrairement à toi qui dois en avoir peu l'occasion à Seattle.

Elle avait repris sa voix mondaine à la Brittany. J'ai évité de souligner la bêtise de sa réplique et son peu de connaissance en géographie. La côte, pour Beatrice, s'arrête là où elle vit, c'est-à-dire dans la banlieue de San Francisco. Je l'ai regardée et me suis retenue d'éclater de rire. Elle a compris qu'elle venait de dire une énormité. Ça lui donnait l'air d'un crapaud qui vient de se faire choper sous une pierre.

– En tout cas, nous avons bien accroché, ai-je menti à mon tour, juste pour la faire de nouveau enrager. Mais il n'y a pas de secret...

J'ai souri, de mon sourire « Harper, huit ans, vient de découvrir les cadeaux de Noël dans le placard de maman ».

– Pour rencontrer des gens, il faut sortir, ai-je dit.

Comme escompté, je l'ai vue filer aussitôt par la porte, non sans avoir attrapé son rouge à lèvres avant.

Une fois seule dans la chambre, je me suis demandé si retrouver Josh valait vraiment le coup. Il devait être énervé ou morose ou encore en train de continuer à se disputer avec Sean, quelque part dans les bois. Avec la chance qu'on avait, ils devaient même être en train de régler leurs comptes sur un ancien cimetière indien.

J'ai pris un des livres que j'avais apportés et j'ai commencé à lire, mais sans conviction. Le matelas était vraiment inconfortable et le bois craquait de partout. J'étais persuadée qu'il y avait des insectes partout autour de moi. Au moins des araignées, à en croire par celle que j'ai vue soudain détaler sur le rebord de la fenêtre pour se cacher entre deux rondins du mur.

J'ai décidé que l'information était supportable, à partir du moment où je pourrais l'utiliser contre Beatrice la prochaine fois où je voudrais avoir la paix.

On a frappé discrètement à la porte et Justin est entré, en bermuda kaki et tee-shirt marqué « Le Bio, c'est la vie », ce qui devrait être interdit dans l'ensemble des États de notre pays.

– Je vais prospecter avec Benji et Poppy. Je me suis dit que ça te dirait de venir avec nous.

Depuis mon lit, je voyais mon petit frère qui donnait des coups de pied dans les cailloux devant la maison.

Ma mère l'avait sûrement obligé.

Poppy tournait autour de lui en courant, des feuilles plein les cheveux. J'ai jeté un regard sincèrement navré à Justin.

– Je suis en train de lire, ai-je fait remarquer.

Justin a eu l'air déçu.

– Une prochaine fois ? a-t-il demandé, guilleret et plein d'espoir.

– Plutôt mourir, ai-je répondu sur le même ton.

Il a fait une drôle de tête et est sorti. J'étais désolée pour lui mais pas tant que ça, au fond. J'ai vraiment horreur de cette façon qu'il a de faire semblant de s'intéresser à Benji et moi pour plaire à ma mère. Ce qui est vraiment inutile, en plus, vu la façon inepte dont elle se conduit en sa présence.

J'ai replongé le nez dans mon livre.

La porte s'est ouverte un grand coup.

J'ai commencé à crier que ma chambre n'était pas un hall de gare quand j'ai vu Josh débouler. Il avait troqué ses vêtements contre un maillot de bain et une serviette.

– Ne crie pas comme ça ! s'est-il exclamé. J'ai réussi à m'échapper, façon Jack Bauer. Prends ton maillot !

Je déteste quand Josh se la joue chef de groupe mais la perspective de m'extirper du lit de l'enfer et de mon livre et par la même occasion de m'échapper de la maison a été plus forte. J'ai bondi de mon lit.

Josh a ri, sans raison.

– Bouge-toi un peu les fesses, Harp', a-t-il ajouté.

J'ai évité de lui signaler qu'il ressemblait à son père, à ce moment-là. Pas folle.

– Tu as un plan ? ai-je demandé, comme d'habitude.

– Me baigner, a-t-il lancé.

– D'accord, mais où ?

Il m'a lancé un regard navré et a balayé l'ensemble du lac d'un geste du bras.

– Mon grand-père m'a parlé d'un coin avec un ponton où il allait tout le temps. Un peu plus loin, dans le bois. On peut le chercher. Sinon, on se baignera là où on voudra.

– Je suis sûre qu'il y a des vipères d'eau, ai-je grogné, entre mes dents, tout en retournant ma valise pour trouver mon maillot de bain et ma serviette.

– Autre que celle sur laquelle on est tombés tout à l'heure ?

J'ai mis quelques secondes à comprendre qu'il parlait de l'abominable Quinn.

– Il y a des punaises de lit aussi, a-t-il ajouté en montrant le coin de Beatrice d'un mouvement de menton. Et des souris de bibliothèque.

J'ai rigolé, malgré moi. Je ne suis pas une souris de bibliothèque mais j'ai apprécié qu'il n'utilise pas le mot « rat » contrairement à la plupart de mes « camarades » d'école.

Puis je l'ai gentiment poussé dehors pour me changer. Quand j'ai rouvert la porte, il était accoudé à la rambarde des escaliers et regardait vers l'horizon, pensif.

Il a tourné la tête vers moi, l'air toujours aussi rêveur puis a semblé enfin me voir. Il a plissé les paupières. L'instant d'après, il avait repris sa tête de Josh, impassible.

– Je veux bien aller avec toi jusqu'au ponton, ai-je concédé. Mais je te préviens, si l'eau est sale ou s'il y a des bestioles, ne compte pas sur moi.

– Contrairement aux apparences, tu n'es pas une fille facile à contenter, Harper, a-t-il dit d'une voix étrange.

Le sourire qu'il m'a lancé était aussi bizarre. J'ai haussé les épaules et lui ai emboîté le pas.

Chapitre 8

Lorsque nous sommes rentrés, tout le monde était à table, sauf Poppy qui s'était échouée sur un canapé et dormait déjà à poings fermés. Comme nous n'avions pas emporté de montre ni de téléphone au lac, nous n'avions pas vu passer l'heure. Le froid et le soleil qui se couchait doucement sur le lac avaient fini par nous faire rentrer à la maison, enroulés dans nos serviettes de plage humides.

– Je peux savoir où vous étiez ? a demandé maman.

– Je croyais que la maison du lac, c'était la liberté, ai-je lâché aussitôt.

Je n'avais aucune envie de lui dire que nous avions trouvé le ponton, que nous nous étions baignés, que nous avions rigolé et que Josh ne m'avait pas balancé de vannes bizarres, même lorsque j'avais pris une racine d'arbre pour une vipère et que j'avais couru sur la rive en hurlant comme une hystérique.

– La liberté va avec des responsabilités, Harper. Vous auriez pu nous aider pour le dîner.

– Il reste du quinoa, est intervenu Justin.

Il en restait effectivement. Plein. Je n'ai pas pu retenir un rictus dubitatif.

Beatrice a pouffé et Penelope a continué à contempler ses amis imaginaires de l'autre côté de la pièce.

Sean et Lauren ne disaient rien. Josh s'est assis à côté de tante Brittany qui a claqué des lèvres.

– Allez vous habiller, a dit maman.

Josh n'a pas bougé.

– Josh, va t'habiller, a répété Sean.

– Je ne vois pas où est le problème, a murmuré Lauren, mais d'une voix ferme assez inhabituelle.

Brittany a souri.

– Je pense que le minimum que nous pouvons demander aux enfants, c'est de venir à table avec une tenue correcte.

– Je pense que le minimum que nous pouvons demander à nos enfants est d'être des enfants, a aussitôt contre-attaqué Lauren en la défiant du regard.

Un silence glacial a envahi la pièce.

– Josh, va mettre un tee-shirt, a grondé Sean. Vous n'êtes plus des gamins. Et nous sommes en communauté.

Lauren l'a regardé, assez longtemps pour le fusiller sur place. La plénitude de la victoire s'est épanouie sur le visage de tante Brittany. À côté d'elle, mon oncle avait l'air d'avoir envie d'être ailleurs et de préférence très loin mais pas plus que les autres jours, finalement.

Lauren s'est levée et a commencé à débarrasser la table à toute vitesse. Au moment où elle prenait l'assiette de Sean qui n'avait pas terminé, maman est intervenue :

– Tu ne vas pas tout ranger toute seule. Laisse. On le fera à la fin du repas, ensemble.

Lauren lui a jeté un regard furieux.

– Je prends la part de mon fils, a-t-elle lâché.

Puis elle s'est tournée vers Sean :

– C'est assez communautaire pour toi, Sean ?

Sean n'a rien répondu et a baissé le nez à la place où était son assiette. À cet instant, c'est lui qui ressemblait à Josh. Josh, quant à lui, souriait tranquillement, toujours enroulé dans sa serviette de plage, à côté de Brittany.

Vu l'ampleur que prenait cette histoire, j'ai attrapé le sweat de maman qui traînait sur un fauteuil et je l'ai mis.

Ma mère a ouvert la bouche pour râler mais je crois qu'elle a préféré ne pas mettre d'huile sur le feu et s'est donc contentée de hocher la tête.

Je me suis assise à côté de Benji qui triturait son quinoa du bout de la fourchette, avec une grimace ennuyée.

– C'était bien, ta balade ? lui ai-je demandé, histoire de faire diversion.

– Pas mal, a-t-il répondu, un peu étonné que je m'intéresse à lui. On a trouvé des larves de libellule. Tu savais qu'une larve de libellule peut vivre tout le temps sous l'eau ? Et pour manger, elle attrape d'autres larves et elle leur aspire le cerveau.

J'ai émis un grognement écœuré.

– Poppy en a adopté une, a-t-il murmuré, ravi. On va lui mettre des insectes pour voir comment elle les bouffe.

– On ne dit pas « bouffe », est intervenue maman en mode automatique.

Benji l'a ignorée. Puis il a ajouté à voix basse :

– Elle est dans un bocal dans la cuisine. Poppy l'a appelée tante Brittany.

J'ai rigolé. C'est vrai que ma tante Brittany donne l'impression de vous aspirer le cerveau, ce qui fait sans doute qu'elle obtient ce qu'elle veut, parce que tout le monde cède pour avoir la paix et garder un peu de santé mentale.

– Les enfants ont été très sages, a dit Justin, toujours positif, façon chef scout. C'est fou comme tout les intéresse, à cet âge.

Je me suis gardée de répondre que les enfants en question étaient des graines de psychopathes.

– Demain, nous pourrons aller récolter des baies, a-t-il lancé à la cantonade.

Benji a fait la moue. Récolter des baies devait lui sembler nettement moins amusant qu'enfermer des insectes répugnants dans des bocaux.

– Demain, nous avons prévu d'aller découvrir les installations de l'autre côté du lac, a dit tante Brittany qui n'était pas concernée par l'invitation, de toute façon.

– Excellente idée, s'est senti obligé de dire l'oncle Mark qui devait y voir la perspective d'avoir la paix toute une matinée. Josh et Harper, vous devriez accompagner vos cousines.

J'ai cru que Beatrice allait s'évanouir mais sa nature de harpie a repris le dessus et elle a crucifié son père du regard. Ce qui n'a eu aucun effet. Puis elle s'est tournée vers sa mère, l'air suppliante.

Penelope a vaguement bougé une paupière, pour marquer sa désapprobation.

Brittany a eu l'air embêtée. J'imagine qu'elle cherchait un moyen de nous empêcher de venir sans entrer en conflit avec Lauren et ma mère.

– C'est une excellente idée, a fait remarquer Sean. Josh est un assez bon pilote. Vous pourriez louer un bateau, en attendant que je vérifie celui de Pranny. Josh, tu pourrais emmener Beatrice faire le tour du lac. Harper pourrait accompagner Justin et Benji.

Maman a froncé les sourcils – je l'ai clairement vue – et a voulu mettre un coup à Sean. Elle a eu un moment de stupeur quand son pied a rencontré celui de la table.

– Jamais, a répondu Josh d'un ton furieux.

Au moment où je lançais :

– Même pas en rêve.

– Vous sortez de table, tous les deux ! a crié Sean.

Cette fois-ci, maman et Lauren ne sont pas intervenues. Maman a posé sa main sur l'avant-bras de Justin, avec l'air de le sh-shter mentalement. Josh et moi nous sommes levés comme un seul homme pour nous diriger vers la porte.

– Pas ensemble ! a hurlé Sean, excédé.

Josh est donc remonté dans sa chambre et moi, je suis sortie pour rejoindre la mienne. Deux secondes après mon départ, j'ai entendu la conversation reprendre. Brittany racontait qu'elle avait entendu dire – où ? Mystère – qu'un des propriétaires des maisons de l'autre côté du lac était le propriétaire d'une grosse entreprise dans la Silicon Valley et l'oncle Mark a répondu qu'il n'y avait pas d'entreprise dans la Silicon Valley, que des start-up. Maman a dit quelque chose et ça n'a pas plu à Mark qui a fait remarquer qu'il ne savait pas qu'elle avait un diplôme d'économiste.

J'ai bien cru qu'une dispute allait encore éclater mais la voix de Penelope a survolé les autres. Il y a eu un silence, sans doute surpris. Alors que je m'éloignais, je l'ai entendue demander, de sa voix monotone, si quelqu'un avait les horaires de bus pour retourner à la civilisation.

À part moi, toute seule dehors, comme une idiote, dans le sweat maintenant humide de ma mère, personne n'a ri.

Chapitre 9

Évidemment, je ne dormais pas quand le premier caillou a atteint ma fenêtre. La lampe tempête de ma chambre n'était pas assez forte pour que je puisse lire. Je ne sais pas combien de temps je me suis retournée dans mon sac de couchage mais ça m'a paru durer une éternité. Surtout à cause de la faim.

J'avais fait semblant d'être complètement endormie quand Beatrice était remontée, en poussant des soupirs de drama-queen. Peut-être avait-elle oublié que nous partagions une chambre.

Pas moi.

J'ai vérifié qu'elle dormait, ce qui était difficile puisqu'elle portait un masque apaisant à la lavande (évidemment rose), censé lui agrandir le regard pendant la nuit. Elle faisait un petit bruit bizarre en respirant, une sorte de ronflement de cochon d'Inde asthmatique, parce que le masque lui tombait sur le nez. J'ai aussitôt dégainé mon portable pour l'enregistrer, histoire d'avoir un peu de matière à discussion si elle nous surprenait et s'il lui prenait l'envie de nous balancer aux parents.

(Je ne suis pas parano, il y a eu des précédents avec Benji qui n'a plus jamais tenté le coup, après ma menace de diffusion de sa très particulière interprétation de Kanye West avec chorégraphie perso.)

J'ai enfilé un jean, un tee-shirt et mes baskets et je suis descendue, aussi furtivement que j'ai pu. Josh portait un bermuda et un pull sombre. Dans l'obscurité, le blanc de ses yeux ressortait, et celui de ses dents aussi quand il m'a souri.

– J'ai un truc à te proposer, a-t-il dit. Je suis sûr que tu vas me jurer d'être mon esclave pour la vie, après ça.

– Dans tes rêves, ai-je répondu.

Il a sorti un Baby Ruth de sa poche. Je lui ai sauté au cou.

– Doucement, a-t-il dit en riant. Ça se monnaye.

– Ne rigole pas, Josh. Je suis capable de t'égorger de mes mains nues.

– Jure que tu feras ce que je veux pour l'éternité ?

– Aboule le chocolat, Josh ! ai-je bramé.

Il m'a fait signe de parler moins fort.

– Ou je réveille ton père !

– Déloyal, a-t-il maugréé.

Mais il rigolait.

Il a séparé la barre chocolatée en deux et m'en a donné la moitié. Puis il s'est éloigné en sifflotant.

Du côté de la petite maison, tout était calme et sombre. Les parents avaient dû se coucher et obliger Poppy et Benji à les imiter. J'ai suivi Josh jusqu'au chemin par lequel on était arrivés la veille, un peu rassurée qu'il ne veuille pas aller dans les bois à cette heure, surtout depuis que maman nous a mis en garde à propos des serpents, ce qui a eu pour effet de faire couiner Beatrice (sans doute de joie à l'idée que ses semblables vivaient juste à côté de chez nous).

Josh a allumé une lampe de poche. Je lui ai demandé s'il avait un plan et il s'est éclairé le visage pour que je voie bien qu'il levait les yeux au ciel.

J'ai fini ma pauvre moitié de Baby Ruth. J'avais encore faim.

– Et pour manger autre chose que du chocolat, tu as aussi un plan ? ai-je voulu dire sur un ton autoritaire, sauf que c'est une espèce de grognement suppliant qui est sorti de ma bouche.

– Là-bas, nourriture, a-t-il répondu.

Il a montré l'autre côté du lac, tout éclairé et pimpant, comme si toutes les maisons avaient été décorées pour une gigantesque fête.

– On ne peut pas se pointer et demander à manger, Josh, ai-je argumenté.

Il n'a pas répondu et a continué à marcher devant moi, en accélérant, sans doute pour que je sois trop occupée à ne pas me prendre les pieds dans des racines et que je la ferme. J'ai pressé le pas, jusqu'à le coller, ce qui n'a pas eu l'air de lui plaire.

– On ne va pas faire ça, OK ? ai-je répété. On ne peut pas arriver chez les gens en pleine nuit et se servir dans leur frigo, tu en as conscience ?

Ça ressemblait à une blague mais pas tant que ça. Josh est bien capable de ce genre de chose.

– J'ai pas parlé de demander, a-t-il fini par rétorquer, en se baissant pour éviter une branche basse.

Que je me suis pris dans le nez.

– Ni voler, hein, Josh ? ai-je repris, après m'être assurée que mon nez était toujours en bon état.

Il s'est arrêté net. Je lui ai rentré dedans.

Puis il s'est retourné et m'a collé la lampe dans les yeux.

– Tu me crois capable de voler ? a-t-il demandé, d'une voix très calme.

J'ai pensé oui. Mais j'ai dit non.

– Évidemment, non !

Et comme une idiote, j'ai ajouté :

– Je pense que tu en as l'intention, mais non, je ne t'en crois pas du tout capable !

Il s'est approché d'un pas et s'est de nouveau éclairé le visage.

– Ah oui ?

Je n'ai pas du tout aimé sa tête. C'était la tête des mauvais jours, de ceux où on se disait « cap ou pas cap » et qui se sont terminés mal à plusieurs reprises, comme la fois où Josh s'est cassé le bras en dévalant le toit de notre maison avec son skate, persuadé que notre trampoline amortirait sa chute.

(Il ne s'était pas attendu au rebond qui l'a fait atterrir sur le béton de l'entrée du garage. À sa décharge, il avait huit ans, était nul en physique et n'avait pas vu que quelqu'un avait enlevé le filet de sécurité.)

(Au passage, il m'en a voulu à mort de lui avoir fait rater son championnat de basket cette année-là mais je maintiens que je ne l'ai pas obligé à le faire, comme tout le reste, d'ailleurs.)

– On va voir ça, a-t-il ajouté, avant de me laisser derrière lui comme une vieille remorque de chantier.

J'ai eu du mal à le suivre. Je ne voyais vraiment rien et les buissons me fouettaient les jambes. Josh oublie souvent – ou se souvient trop bien – que je n'ai pas fait dix ans de basket, moi.

Dix ans de rien, d'ailleurs. J'ai suivi quelques cours de natation, je n'étais pas mauvaise mais ma mère a décrété que j'avais les oreilles fragiles et que c'était dangereux pour moi.

La vérité, c'est que ça la saoulait de m'attendre sur les gradins avec les autres mères, en particulier celle de Stelly Winkinson qui essayait de l'embringuer dans l'organisation de la fête de l'école.

Je crois qu'un jour, ma mère lui a dit qu'elle n'était pas femme au foyer, elle, et qu'elles se sont brouillées à mort. Juste avant l'histoire des oreilles fragiles, bizarrement.

Après, j'ai fait du handball mais j'étais nulle, et de la course. J'étais encore plus nulle. Depuis, maman et moi « pratiquons le fitness », comme elle le dit à ses copines, « régulièrement », c'est-à-dire deux fois par an, après Thanksgiving et Noël, quand elle flippe de ne plus rentrer dans ses jeans.

Lorsque Josh a ralenti le pas, nous étions presque arrivés au parking. Le type de la guérite ne le gardait plus, ce qui était plutôt rassurant.

– Tu vois ce point lumineux ? a demandé Josh.

J'ai regardé vers les maisons. Il n'y avait que des points lumineux.

Il n'a rien ajouté.

– Maintenant que tu es rassuré sur ma vision, tu peux me dire ce qu'on va faire ?

Il a souri.

– Du repérage.

Nous avons traversé le parking, jusqu'à l'entrée du nouveau complexe. De là, on voyait les maisons blanches, toutes différentes et semblables à la fois, des carrés posés devant des morceaux de plage du lac, avec de grandes terrasses et des lampes accrochées aux piliers des auvents.

Nous sommes arrivés à un immense portail en bois blanc, neuf, avec marqué Trout Creek Village. À partir de là, tout était éclairé par des lampadaires de chaque côté d'un chemin en bois, comme ceux qu'on trouve pour aller à la plage, qui menait au bord du lac et aux maisons.

Josh m'a dit qu'on ne risquait rien, j'ai commencé à pinailler, et soudain, il s'est arrêté net.

Au bout du chemin, devant nous, il y avait Tristan, Quinn et trois autres adolescents. Les garçons portaient tous des polos, sauf Tristan qui avait un tee-shirt orange assez moulant et un jean slim. Les deux filles étaient en robes courtes et sandales de cuir avec des franges. Quinn a levé les yeux au ciel quand elle nous a vus et a donné un coup de coude à sa copine.

– Qu'est-ce que c'est que ça ? a lancé un type qui avait l'air de s'être coiffé pour se préparer à sa future calvitie, avec une mèche sur le côté bien plaquée.

Josh a froncé le nez et j'ai fait pareil, instinctivement. Le « ça » ne nous avait pas tellement plu.

– On peut faire quelque chose pour vous ? a demandé à son tour la copine de Quinn, une fille avec l'air un peu stupide, des tresses africaines, et un regard papillonnant et trop maquillé posé sur Josh.

– On visite, a répondu Josh d'un ton ultra-sérieux.

Elle l'a regardé bizarrement. Quinn lui a parlé à l'oreille et la fille a souri.

– Vous n'avez pas le droit de venir ici, a dit Monsieur Future Calvitie d'une voix autoritaire. C'est une propriété privée.

– Tout le monde se calme, est intervenu Tristan. Ça va, arrivée tout à l'heure ?

J'ai calculé qu'il s'adressait à moi, parce qu'il me souriait, en ignorant Josh ostensiblement.

– Ils habitent de l'autre côté du lac, a-t-il continué pour ses amis.

Qui ont ricané. Certains très fort.

– De la décharge ? a dit la fille.

Quinn avait employé le même terme. J'ai compris qu'elle parlait de nos maisons.

– Tu as l'air de bien connaître ce genre d'endroit, ai-je répondu.

Josh a eu un petit rictus de satisfaction et a reculé d'un pas, comme pour me laisser la place. J'ai poursuivi sur ma lancée :

– Tu y as des amis, peut-être ? De la famille ?

– Non mais toi, tu en as. Pour de vrai.

Sa vanne est tombée complètement à plat. Comme un tennisman qui rattrape la balle de son coéquipier avant qu'elle touche le sol, Josh a embrayé :

– En tout cas, j'ai entendu dire qu'on te recherchait.

La fille s'est retrouvée bête, quelques instants, et a répondu en automatique :

– C'est impossible.

– Si, si, je t'assure, a repris Josh. T'es pas au courant ?

Elle a regardé Quinn qui a haussé les épaules. Josh a pointé le doigt, négligemment, vers ses tresses.

– Les détracteurs de l'appropriation culturelle s'opposent énergiquement à cette coiffure, tu sais ?

J'ai vu un bref sourire sur le visage de Tristan.

La fille a rougi et s'est mise à piailler. Les garçons ont soudain compris que Josh l'avait vannée et ont commencé à faire des « oh oh oh » en bombant le torse. Tristan a dû de nouveau demander le calme. Tout le monde s'est tu.

– Ce n'est pas une façon de recevoir des invités, a-t-il argumenté.

Josh a de nouveau tiqué.

– Techniquement, vous êtes les invités, a-t-il dit. Notre famille vient ici depuis plusieurs générations.

– Tu es le petit-fils de Waldo Bly ? a questionné Tristan.

– Non, c'est moi ! me suis-je exclamée, un peu trop précipitamment. Mais pas le petit-fils… la petite-fille.

Ça m'a étonnée qu'il sache qui est Tuppa. Enfin, pas longtemps. Tuppa a toujours eu la mauvaise habitude d'être connu partout comme le loup blanc. Quand il m'emmène aux courses, dans sa ville, je dois dire bonjour à tout le monde et apparemment, ma vie n'est un secret pour personne. Ultra-perturbant. Sauf pour Tuppa qui aime particulièrement me mettre mal à l'aise et finit toujours par me faire son discours sur « l'importance des liens, la beauté de l'humain ».

Je n'ai osé imaginer ce qu'il avait pu raconter à Tristan. Peut-être qu'il lui avait même proposé de tailler des rondins avec lui ou d'apprendre des chants amérindiens en faisant du patchwork.

– J'aime bien ton grand-père, a dit Tristan.

Quinn a ouvert la bouche pour ajouter quelque chose mais il l'a arrêtée, en lui attrapant la main. Je l'ai de nouveau détestée.

Ils avaient l'air d'être très proches. J'ai essayé de sourire d'un air cool et naturel, comme si ça ne me faisait rien.

– Je suis Tristan Laforay, a-t-il ajouté en tendant sa main libre à Josh.

Et il m'a fait un signe de tête.

– Et voici Quinn, Beryl, Stewart et Ethan.

Les garçons se sont serré la main, avec l'habitude des garçons de prendre des airs virils dans ces cas-là. Beryl et Quinn ont regardé ailleurs.

– Vous êtes cousins, c'est ça ? a questionné Tristan.

Josh a grommelé quelque chose qui ressemblait à du Josh énervé et puis soudain, sans raison, il m'a attrapée par l'épaule. J'étais trop occupée à travailler mon sourire et bien trop gênée pour me débattre, ce que j'aurais fait normalement. J'ai vu un des sourcils de Tristan se lever, ce qui lui donnait l'air encore plus craquant.

Et puis Josh a lâché :

– Harper est ma petite amie.

J'ai cru mourir.

Chapitre 10

J'ai cru mourir mais je n'étais pas prête à céder sans me battre. Je me suis tournée vers Josh, avec la ferme intention de lui sauter à la gorge et de lui faire cracher la vérité.

Il s'est alors passé quelque chose d'étrange.

Le sourcil de Tristan est retombé, sa bouche s'est tordue et il a regardé le bras de Josh sur mon épaule et a répondu :

– Intéressant.

Il a dit « intéressant » comme on dirait « rien à faire ».

L'espèce de dispute qui était en train de monter entre Josh et lui s'est dégonflée d'un seul coup. Josh m'a serrée contre lui, Tristan a fait un geste de la main et nous nous sommes tous regardés en silence.

Puis Quinn a demandé qu'ils partent « faire la fête ailleurs ». Ils n'avaient pas tellement l'air de faire la fête.

– Mes parents donnent leur fameuse soirée de début de vacances, a précisé Tristan alors que ses amis s'éloignaient. Vous voulez venir ?

Josh a répondu non. J'avais déjà bramé un oui tellement enthousiaste que j'ai à peine senti sa main me broyer l'épaule.

Quand nous avons emboîté le pas de Tristan pour le suivre sur un petit chemin de sable qui n'avait rien à voir avec celui de notre côté du lac, plein de racines et de cailloux, j'ai fait ralentir Josh.

– C'était quoi, ça ? ai-je murmuré, sans dégager son bras de mon épaule, pour éviter que Tristan se retourne en nous entendant nous battre.

Josh a fait sa tête offusquée, celle qu'il aime bien faire devant sa mère quand il sait qu'il est en tort.

– Un combat de mâles dominants, pourquoi ?

– Je ne parle pas de Tristan et toi, ai-je rétorqué entre mes dents. Je parle de « Harper est ma petite amie ».

Josh a souri.

– Superplan, hein ?

– Superplan ? ai-je répété. Pour qui, exactement ?

– Mais pour toi, ma cocotte !

Quand il m'appelle « ma cocotte », je le giflerais. Et il le sait.

– Ce type est boosté à la compétition, a-t-il continué. Tu veux voir ?

Il a accéléré en m'entraînant avec lui et a hélé Tristan :

– Tu fais quoi comme sport ?

Tristan a eu l'air étonné de cette façon un peu brutale d'entamer une conversation courante mais a quand même répondu :

– Du décathlon, pourquoi ?

– Comme ça, a murmuré Josh, en me jetant un regard éloquent. Champion de ton État ?

– Oui, a bredouillé Tristan, sans comprendre. Et toi ?

– Capitaine de mon équipe de basket.

Josh a eu cet air que je lui connais bien et a marqué un temps, exprès, avant d'ajouter :

– C'est un sport d'équipe.

Tristan l'a regardé comme s'il était un débile profond, avec un mélange de compassion et de désarroi.

– Et toi, Harper ? Tu fais du sport ?

Le ricanement qui est sorti de la gorge de Josh a été arrêté net par le coup de coude que je lui ai envoyé dans les côtes.

– Un peu de fitness... ai-je balbutié.

– Tu es plutôt taillée comme une nageuse, a répondu Tristan, assez bas.

Sa voix toute douce m'a donné envie de m'éparpiller sur le sol devant lui et d'y rester. Et puis j'ai compris qu'il avait aperçu Quinn qui venait voir ce qui le retenait.

Comme elle le ramenait vers le devant du groupe, j'ai eu le temps de me demander ce que voulait dire « taillée comme une nageuse ».

C'est vrai que j'ai plutôt les épaules larges… mais de là à me comparer à une nageuse ! Évidemment, Josh rigolait à côté de moi, en mimant un crawl énergique. La bonne nouvelle, c'est qu'il m'avait lâché l'épaule.

Nous sommes arrivés à un petit portail, sur une allée en bois. Il y avait des bougies de chaque côté. De la musique et des rires sortaient de la double porte de la maison, ouverte.

– J'espère que vous avez pris vos maillots, a annoncé Tristan.

Dans la pièce principale, sur laquelle la porte donnait directement, une vingtaine d'adultes, de l'âge de mes parents, discutaient en buvant des cocktails. Les femmes étaient toutes outrageusement bronzées et la moitié d'entre elles portaient des robes bariolées, dans un faux style ethnique que j'avais vu sur des photos d'Inger. Elle me les avait envoyées en imaginant que son boulot pouvait m'intéresser.

« Comme ça, tu connaîtras les dernières tendances » m'avait-elle signalé dans son mail.

En oubliant visiblement que la dernière fringue que j'avais achetée avec mon père, à son grand désespoir, était un sweat à capuche chez GAP.

Les hommes avaient des chemises en lin impeccable et, comble de la gêne, des bermudas, comme des ados.

Exactement le genre de soirées que mon père organisait chez lui.

Quand nous sommes passés devant eux, une femme superbe, en top blanc retenu par un collier doré et en jupe évasée, a agrippé Tristan par le bras.

– Tu nous présentes tes nouveaux amis, chéri ?

J'ai eu envie de fuir et de dégainer ma carte d'identité en même temps, pour prouver que je n'étais pas une criminelle ou une vagabonde, tellement ses yeux bleus me transperçaient. Les mêmes que Tristan, mais sans la petite lueur d'humour.

À côté d'elle, Quinn avait l'air d'une brebis.

– Harper et Josh, a lâché Tristan, d'une voix mondaine. Harper est la petite-fille de Waldo Bly. Ma mère.

Son regard m'a littéralement clouée sur place. Puis elle s'est reprise, visiblement, et a tendu une main pleine de bagues. Elle était bien trop belle pour être une mère, même celle de Tristan.

– Comment va ce cher Waldo ?

Elle n'a pas attendu la réponse et s'est tournée vers Tristan :

– Pas trop tard, d'accord, mon chéri ?

Puis elle est repartie vers ses amis en riant :

– C'est fou, les adolescents, tout le temps dans l'eau ! J'aimerais pouvoir profiter de ma piscine, moi aussi, de temps en temps !

J'étais tellement saisie que Josh a dû me tirer par le bras pour me faire quitter la pièce.

Sa réaction en entendant le nom de Tuppa avait été pour le moins bizarre.

Elle n'aurait pas eu l'air moins furieuse que si je lui avais dit que j'étais la petite-fille d'Al Capone lui-même et que je venais pour les rançonner.

J'ai cru qu'on allait arriver dans un jardin mais pas du tout: la piscine était sous une véranda. Quinn et sa copine se trouvaient déjà dans le jacuzzi juste à côté, dans des maillots deux-pièces tellement minuscules que j'aurais déjà trouvé indécent de les mettre sur une des Barbie de Poppy.

– On n'a pas de maillot, ai-je signalé à Tristan qui avait déjà enlevé son tee-shirt et son jean.

– Pas grave, a-t-il répondu. Ma mère en laisse toujours pour les invités, dans les cabines. Et toi, Josh, je peux te prêter un des miens.

– Pas la peine, a répondu Josh.

Et il s'est mis en caleçon.

À l'aise.

Je me suis tournée vers Beryl et Quinn, en m'attendant à les entendre se moquer de lui. Mais elles le regardaient avec la même expression idiote que les filles de notre lycée. Surtout Beryl.

Dans la cabine, il y avait deux sortes de maillots: minuscule et minuscule. Un doré et un noir zébré de blanc. Le doré semblait encore assez portable (sans doute parce que le bas n'était pas seulement retenu par des cordons) mais j'ai prié le Ciel pour que ma mère ne sache jamais que j'avais porté un tel truc, surtout en présence de garçons inconnus.

J'aurais pu toujours lui dire que leurs parents étaient à côté, elle m'aurait envoyée direct dans un couvent ou, sur les conseils de Justin, dans un monastère tibétain par moins douze, histoire que j'apprenne à apprécier la peau de mouton.

J'ai traversé la pièce en me tortillant pour essayer de garder le haut du maillot.

Quand je suis entrée dans l'eau, Tristan a nagé jusqu'à moi. Les deux autres garçons chahutaient à l'autre bout de la piscine et, consternée, j'ai vu Josh dans le jacuzzi, sourire à pleines dents aux deux filles qui riaient en jetant la tête en arrière, comme s'il venait de dire un truc très drôle.

(Josh a beaucoup de qualités mais l'humour n'en fait pas partie, du moins pas l'humour qui marche en société.)

Tristan a tourné autour de moi en nageant puis il s'est appuyé sur le bord de la piscine.

– Je ne t'ai pas vue l'année dernière, a-t-il dit.

– On vient tous les deux ans, ai-je menti.

– Ni celle d'avant.

– J'étais en Europe. Comme tous les étés.

Mon Dieu… Cinq secondes avec lui et j'avais déjà envie de crâner. Beatrice aurait peut-être été presque fière de moi, sur ce coup-là.

– J'aime bien l'Europe, a répondu Tristan. Surtout la France. Mon père a de la famille là-bas, des cousins éloignés. Et toi ?

– Mon père vit en Suède.

Ça a eu l'air de l'impressionner. Il a sifflé entre ses dents.

– Il est photographe, ai-je ajouté.

– Il s'appelle Bly, lui aussi ?

– Non. Scott-Baker.

Il a levé un sourcil, de nouveau.

C'était une habitude chez lui, visiblement. Particulièrement craquante.

– Eston Scott-Baker, c'est ton père ?

– Tu le connais ? ai-je demandé, mal à l'aise.

Mon père est un peu connu dans le milieu de la photographie, mais surtout de mode. Pas tellement le genre à être célèbre chez les adolescents, surtout les garçons. Tristan a dû s'apercevoir de mon désarroi, parce qu'il a ri, d'un rire communicatif et superclair, le genre de rire qui vous donne envie de décrocher la lune.

– Ma mère a passé sa vie dans les défilés. Je la suivais dans les coulisses où elle allait voir ses amis créateurs. Il y a des noms qui revenaient souvent.

Il m'a encore souri, mais du regard. Sous la lumière des néons, ses yeux verts semblaient encore plus clairs.

– Et donc, Eston Scott-Baker a épousé la fille de Waldo Bly ?

– Qu'est-ce que ça a d'étonnant ? ai-je grondé.

– Pas le même genre, a soufflé Tristan.

Qu'est-ce qu'il en savait ? J'ai horreur de ce genre de remarques. Elles me rappellent le principal sujet de dispute de mes parents, avant leur divorce : mon père voulait déménager à New York pour sa carrière et ma mère refusait de quitter Seattle. Dans les nombreuses choses qu'ils se reprochaient – et je peux vous dire que ça bardait souvent –, papa lançait à maman qu'elle le bridait professionnellement et maman lui disait que son milieu était superficiel et hypocrite.

– Est-ce que tu es en train de vérifier mon pedigree ? ai-je dit soudain.

Tristan a eu une expression gênée et s'est défendu :

– Pas du tout ! On n'est pas tous complètement snobs, de ce côté du lac.

– Le fait même que tu parles de « côté du lac » prouve que tu es snob, ai-je répliqué. Tes amis appellent notre maison « la décharge ».

– Mes amis feraient mieux de se taire, parfois, a fait remarquer Tristan. Et moi aussi. Et puis, on s'en fiche.

Il s'est rapproché un peu. J'ai jeté un coup d'œil vers Josh qui devait encore avoir dit un truc hilarant. Beryl semblait au bord de l'asphyxie.

– Parle-moi de toi, a repris Tristan. Tu m'as l'air d'être plutôt une tête.

« Taillée comme une nageuse », « une tête ».

OK, super.

J'étais Katie Ledecky[1] avec la tête de Neil deGrasse Tyson[2]. La moustache en moins.

– Il n'y a pas grand-chose à dire, ai-je répondu. Je suis une fille normale.

– Je suis sûr du contraire.

De pire en pire…

– Je t'assure, ai-je minaudé (mon Dieu…). Tout ce qu'il y a de plus normale.

– Tu écoutes Rihanna et Shawn Mendes ?

– N'exagérons pas !

Il a ri, encore une fois. Je ne sais pas où ses copains et lui vivent habituellement, pour avoir l'air de trouver que Josh et moi sommes les gens les plus spirituels de la Terre.

Sans doute dans un bunker ou une communauté mormone.

J'ai voulu répondre mais je ne trouvais rien d'intelligent à dire sur moi. Tout ce qui me venait était la fois où j'avais remporté le premier prix « Jeune observateur » de mon école avec une maquette de temple aztèque et le fait que j'arrivais à toucher mon nez avec ma langue.

Ce que je me suis bien gardée de raconter, malgré les appels incessants et suicidaires de mon cerveau.

Lui aussi devait avoir fait le tour du sujet, parce que, soudain, il a lancé :

1. Nageuse américaine titulaire du record du monde de nage libre.
2. Scientifique noir américain connu pour ses recherches en astrophysique et ses émissions de vulgarisation scientifique.

– Est-ce que tu aimerais faire du ski nautique, demain ?

J'ai gloussé.

Si si.

À Thanksgiving, on m'aurait couru après avec une hache et un plat rempli de pommes de terre crues.

J'ai encore jeté un coup d'œil vers Josh. Il chahutait avec Beryl. Elle poussait des espèces de cris stridents et complètement forcés à chaque fois qu'il lui envoyait de l'eau. À sa place, j'aurais ajouté des glaçons.

– Alors, ça te dit ? a insisté Tristan.

Puis il a suivi mon regard.

– Je comprends, a-t-il ajouté avec un petit air triste. Tu sais, je ne suis pas tellement du genre à créer des problèmes dans un couple.

J'ai voulu protester que Josh était mon meilleur ami et je me suis souvenue de son gros bobard.

– C'est compliqué, ai-je commencé.

Le haussement de sourcil de Tristan m'a encouragée.

– Josh et moi sommes… un peu comme… enfin, je te l'ai dit, c'est compliqué.

J'espérais au moins que répéter « c'est compliqué » me donnerait l'air mature, au lieu de souligner mon déficit soudain de vocabulaire.

– Je vois où tu veux en venir, a-t-il répondu.

C'était rassurant qu'au moins l'un de nous deux suive.

– Moi aussi, ça m'est arrivé de ne pas réussir à finir une relation, a ajouté Tristan, l'air songeur. Plus souvent qu'on ne le pense...

Mais combien de petites amies avait-il eues ? Et surtout : est-ce que ça voulait dire qu'il était sur le point de rompre avec Quinn ?

Je me suis évidemment abstenue de lui poser la question, essentiellement parce que je n'avais pas envie d'entendre une réponse du genre : « Bien sûr que non ! Quinn est mon grand amour pour l'éternité et nos familles ont déjà prévu la date de notre mariage. À Paris. »

– Josh a l'air d'être un chouette mec, a-t-il poursuivi.

Ce qui voulait dire, dans le langage des garçons, qu'il pensait que c'était un crétin, mais plutôt du côté « labrador » que « pittbull ». Je me suis dit que je ne manquerais pas de le faire remarquer à Josh, s'il se remettait à m'appeler ma cocotte.

– Oui, oui, ai-je marmonné. Il peut être étonnant, aussi.

Beryl et lui étaient sortis du jacuzzi et se poursuivaient en riant.

– Mais je te propose vraiment ça en amis, avec les autres, a repris Tristan. On a un super bateau.

Mon cœur s'est figé en entendant « en amis ». Évidemment, qu'il me proposait ça « en amis » ! Est-ce qu'un type de quinze ans comme Tristan aurait proposé une promenade en tête à tête à Neil deGrasse Tyson ?

(À part probablement un membre du club des Amis des Sciences de mon lycée.)

(Pour qui manipuler des atomes est déjà une forme d'interaction sociale.)

(Voire sexuelle, dans certains cas.)

– C'est marrant, a murmuré soudain Tristan. Quand tu es gênée, tes yeux deviennent dorés.

– C'est à cause du chlore, ai-je bredouillé.

Je me serais giflée.

– Il n'y a pas de chlore dans cette piscine, a chuchoté Tristan, avec ce sourire complètement adorable qui lui ressemblait tellement. Elle est écoresponsable.

Son visage n'était plus qu'à quelques centimètres du mien. Il me contemplait si intensément que j'ai cru que j'allais fondre. Si proche, il était encore plus beau et sa bouche encore plus grande. J'ai retenu mon souffle.

Et c'est à ce moment-là que ce crétin de Josh a fait la bombe juste à côté de nous, en nous éclaboussant, sous les cris émerveillés de son idiote de Beryl.

Chapitre 11

Le lendemain matin, j'ai été réveillée par une sensation bizarre, entre l'étouffement et le bien-être. Poppy avait dû louper le bord du lit et s'était à moitié assise sur ma poitrine. Très doucement, elle me caressait le visage avec une plume.

– Becca m'a dit de te réveiller.

Oh, c'était donc la guerre...

– Où as-tu trouvé cette plume, Poppy ? ai-je demandé, méfiante.

– Dans un nid, au bord du lac. Mais j'ai essuyé le caca qui était dessus.

J'ai fait un bond de trois mètres pour m'extraire du lit. Beatrice était évidemment sortie, sans quoi Poppy n'aurait jamais pu passer la porte de notre chambre.

En regardant Poppy fouiller dans les affaires de ma cousine comme un ragondin dans les poubelles d'une cafétéria d'autoroute, j'ai repensé aux événements de la veille. Après la bombe de Josh – à dix centimètres près, il s'écrasait la tête sur le bord de la piscine ou sur Tristan mais passons... –, tout le monde s'est retrouvé dans la piscine pour s'envoyer de l'eau. Ce qui, je l'avoue, m'a permis de me défouler et de faire à moitié passer la méchante envie de noyer mon meilleur ami. Puis la mère de Tristan est venue lui dire qu'il était tard et que ses invités aussi voulaient se baigner, de préférence sans se prendre un adolescent ou la moitié de l'eau de la piscine en plein visage.

Josh et moi sommes partis juste après. Avant de quitter la piscine, j'ai eu le temps de voir Quinn qui enroulait Tristan dans sa serviette comme s'il avait quatre ans et demi.

Tristan lui souriait, mais il semblait aussi un peu gêné.

Très gêné, maintenant que j'y pense.

(Du moins, je préfère cette version.)

Sur le chemin du retour, Josh n'a pas décroché un mot et moi non plus. Chacun est rentré dans sa chambre en faisant le moins de bruit possible. Quand je me suis écroulée sur mon lit, Beatrice s'est redressée en s'écriant :

– Non, Beyoncé, ne mets pas ce short, pour l'amour de Dieu !

J'ai regretté de ne pas avoir mon téléphone portable sous la main.

Je me suis demandé ce que Dieu pensait des shorts moulants de Beyoncé et j'ai fini par conclure qu'il devait avoir mieux à faire.

Moi aussi, d'ailleurs. J'étais encore pas mal chamboulée par l'épisode Tristan dans la piscine. À chaque fois que je fermais les paupières pour m'endormir, je revoyais son visage souriant, un peu triste (pas étonnant quand on s'appelle Tristan, n'est-ce pas ?) et embarrassé, juste après, quand cet imbécile de Josh nous a éclaboussés en faisant la bombe.

Mon père dit souvent qu'il faut avoir des certitudes dans la vie et j'en ai au moins une : un baiser de Tristan doit être la chose la plus surprenante et la plus merveilleuse du monde.

J'ai déjà embrassé deux garçons. Stacey Ferguson et Ryan Almirez.

Je ne compte pas Stacey dans les expériences particulièrement mémorables, parce que c'était notre premier baiser à tous les deux et qu'il a franchement failli m'éborgner avec son nez en loupant ma bouche. J'ai cru que j'allais devoir porter un bandeau noir pendant le reste de ma vie. Après, je me souviens juste que c'était gênant et rigolo.

Je regrette un peu l'histoire avec Ryan en revanche, parce qu'on peut dire qu'il embrassait bien, enfin selon mes critères personnels qui sont quand même assez maigres, si on considère que tout ce que j'avais eu avant comme expérience, c'était la version *Pirate des Caraïbes* de *Never been kissed*. Si seulement il ne m'avait pas claqué les fesses juste après en rigolant, peut-être que j'aurais continué à sortir avec. Mais de mon propre avis (et de celui de Josh), c'était inacceptable.

J'ai pu cependant tirer quelques conclusions : le meilleur moment d'un baiser se trouve exactement avant, quand on a le cœur qui bat à cent à l'heure et qu'on sent les lèvres de l'autre se rapprocher, et qu'on a peur et envie à la fois. Embrasser quelqu'un, c'est définitivement se jeter dans le vide.

Embrasser quelqu'un, c'est du saut à l'élastique, sans élastique.

Josh est totalement d'accord avec moi sur ce point.

Et depuis la veille, j'étais vraiment persuadée qu'un baiser de Tristan devait être comme se jeter dans le vide, mais pour voler.

Sauf que j'avais complètement planté ce baiser. Enfin, Josh me l'avait fait planter.

On avait été sur le point de s'envoler et finalement, quelqu'un avait décidé de s'écraser sur nous en hurlant « Banzaï », façon Seconde Guerre Mondiale.

J'aurais bien voulu avoir une amie fille, pour lui parler de ça. Mais la seule fille que je voyais, à cet instant précis, était Poppy, toujours en train de fouiller dans les affaires de Beatrice.

Il faisait déjà une chaleur infernale, vu qu'il était presque midi. Par la fenêtre, j'ai aperçu Sean et Justin en train de se battre avec un énorme tonneau qu'ils essayaient de placer devant la maison.

– Est-ce qu'ils vont vraiment essayer de récolter de l'eau de pluie ? ai-je demandé à Poppy qui finissait de se faire des peintures de guerre avec les différents rouges à lèvres de Beatrice.

– C'est pour laver le linge, m'a répondu Poppy.

Puis elle s'est essuyé les doigts pleins de gloss sur la serviette brodée de ma cousine.

Ça a été le signal pour la faire déguerpir, au cas où Beatrice reviendrait. J'ai enfilé un short et un tee-shirt aussi vite que j'ai pu et j'ai remorqué la naine derrière moi, dans la ferme intention de la rendre à sa tribu.

Sean avait l'air d'être trop préoccupé par son histoire de tonneau-lave-linge pour s'occuper de sa fille cadette qui a filé vers le bois en poussant des cris de guerre. Je suis rentrée dans la maison, avec l'espoir que ma mère n'y soit pas. Elle y était, en train de lire un magazine.

– J'espère que tu ne comptes pas prendre ton petit-déjeuner à cette heure, a-t-elle tout de suite lancé.

– Bonjour, maman, ai-je répondu. J'ai assez bien dormi, merci. Et toi ?

Elle a levé les yeux de son magazine.

– Ne me parle pas de ça, a-t-elle grogné. Il fait une humidité au-delà des limites humaines, dans la chambre d'amis. La chambre d'amis…

– Tu n'es pas obligée de tout accepter de tante Brittany, ai-je fait remarquer.

Maman a posé son magazine et a pris une expression sérieuse.

Je me suis maudite d'avoir engagé cette conversation.

– Écoute, Harper… Ta tante Brittany a bien voulu venir ici alors qu'elle déteste cet endroit. Mark a eu beaucoup de mal à la convaincre. Chacun de nous doit faire un effort pour bien vivre avec les autres, d'accord ?

– Oh, pour ce que je suis concernée… ai-je répondu. Ce n'est pas moi qui me suis fait exproprier de ma propre maison.

Les narines de ma mère ont frémi, signe qu'elle était au bord de l'explosion. Elle a commencé à se masser les tempes. Je pouvais entendre son sh-sh intérieur d'ici.

Josh est descendu à ce moment-là. Il avait les yeux à moitié fermés et il ne portait qu'un bermuda. Sans rien demander à personne, il s'est dirigé vers le placard et a commencé à manger des céréales à même la boîte.

J'ai regardé ma mère mais – tellement pratique – elle a fait comme si elle ne voyait rien.

Évidemment, quand je me suis mise à piocher dans la boîte, elle a poussé un soupir excédé :

– Ça vous dérangerait d'aller faire vos bruits de rongeurs ailleurs ?

Comme si la lecture d'un article intitulé « S'épiler les sourcils soi-même : des solutions adaptées » demandait une concentration extrême !

Josh a reposé les céréales et est sorti dignement, sans un mot.

J'avais le choix entre rester avec ma mère et le suivre.

J'ai attendu qu'il passe la porte pour aller dehors à mon tour, histoire qu'il ne pense pas que je le collais.

– Arrête de me coller, a-t-il dit dès que j'ai mis un pied sur la terrasse.

Il avait l'air de rigoler mais je l'ai quand même mal pris, par principe.

– Josh, au lieu de rester planté là, viens nous aider ! a crié Sean, accroupi au pied du tonneau.

Il portait un tee-shirt avec le batteur du Muppet Show dessus et un short en jean. Et des tongs. En jean aussi. Je ne savais même pas que ça existait.

– Et pourquoi pas Harper ? a répondu Josh en s'étirant. Parce que c'est une fille, non ?

Il a souri à son père.

– C'est très sexiste, ça, papa.

Sean a relevé la tête. Ses yeux étincelaient.

Il faut savoir une chose sur nos parents : ils ont été de tous les combats et spécialement ceux contre le sexisme. Josh a eu des Barbic, que nous avons rasées un jour de désœuvrement et surnommé « les Barbie-Shoah », ce qui nous a valu une leçon de morale interminable de Granny, la grand-mère de Josh, qui a eu toute sa famille paternelle exterminée dans les camps de concentration en Pologne. Le lendemain, elle nous a fait asseoir dans le salon de Josh et nous avons dû écouter des chants d'Europe de l'Est pendant deux heures.

Granny se tenait le visage entre les mains et répétait « Cette tristesse, cette tristesse... écoutez comme c'est beau et triste, les enfants ! » À la fin, Josh a fait semblant d'être mort pour qu'elle nous fiche la paix. Et nous avons décapité les Barbie, puisque tout était finalement de leur faute. Josh a eu une mini-cuisine au Noël suivant et quand papa a dit « Au moins, il y a une thématique » en rigolant, maman et lui se sont disputés.

Moi, j'ai eu un casque de chantier et une boîte à outils pour mon troisième anniversaire. Le rose était interdit à la maison, ce qui explique aussi le mauvais départ de mes relations avec Beatrice qui faisait semblant de pleurer dès que je sortais mes avions, en disant à sa mère « Harper joue à des jeux violents ».

(Permettez-moi de vous dire que la vraie violence a commencé le jour où elle a voulu m'obliger à coiffer un petit Poney.)

Par la suite, j'ai eu des tas de cadeaux « pour garçons » et le petit speech qui allait avec, à chaque fois. Ça a créé une sorte de réflexe de Pavlov qui fait que le simple fait de voir du rose me donne envie de vomir.

Donc, Sean a fait ses yeux de fou furieux et s'est relevé.

– Je te demande à toi parce que tu n'as visiblement rien à faire, comme d'habitude. Harper est responsable et sait s'occuper. Et puis merde ! Je te le dis donc tu le fais ! a-t-il continué, en hurlant.

Lauren a évidemment déboulé dès qu'il a élevé la voix, son livre à la main.

Josh a profité de la dispute qui a suivi entre ses parents pour s'éclipser vers le lac, de son pas tranquille. Je l'ai rattrapé.

– C'est quoi, le problème avec ton père ? ai-je demandé.

Josh a levé les épaules.

– Le problème de mon père, tu veux dire ? Aucune idée.

– Arrête... Sean est le mec le plus cool de la terre. Il s'est obligatoirement passé quelque chose.

– Oui, a répondu Josh, la bouche un peu tordue. Apparemment, j'ai grandi et je ne suis plus son fils idéal.

– Au moins, tu l'as été à un moment. Tu devrais vivre avec Becca-la-psychorigide. Tu serais habitué aux critiques.

– Tu devrais vivre avec Sean-le-psychopathe. Tu courrais plus vite.

J'ai rigolé.

Josh et moi avons souvent parlé d'échanger nos parents, comme dans l'émission qui passe à la télé, et tout de suite convenu que ça ne servirait à rien, parce que c'était comme si nos parents vivaient ensemble depuis toujours, de toute façon. Ma mère écoute les conseils de Sean, Sean écoute les conseils de ma mère. Le résultat est parfois très aléatoire.

Nous avons traîné un moment au bord du lac parce que, franchement, il n'y avait que ça à faire dans le coin. Josh m'a expliqué une nouvelle fois que la vie était un terrain de basket (sa théorie préférée) et j'ai fait semblant de ne pas l'avoir entendu quarante mille fois. Je lui ai parlé du livre que j'étais en train de lire, *Les Hauts de Hurlevent*.

– Jamais lu, a évidemment dit Josh. Mais ma mère m'en a parlé, tu penses…

La mère de Josh a lu tous les livres, ce qui explique que Poppy ne soit pas vraiment élevée, le premier principe de Lauren étant « Un enfant qui ne m'empêche pas de lire est un enfant heureux. »

– Je crois que je n'ai pas tout compris.

– Toi, tu n'as pas compris un livre ? a ri Josh.

Son regard brille vraiment, quand il rit, et jette des petites lueurs partout sur son visage. (C'est une image, hein, ses yeux ne se mettent pas à lancer de la lumière partout façon spots fous.) Parfois, je comprends pourquoi les filles du lycée essaient d'être drôles en sa présence, façon stand-up de la chaîne comique du câble. Au début, je pensais que c'était juste parce qu'elles avaient chopé une maladie rare. J'ai eu envie d'être drôle aussi, même si une partie de moi a supplié Emily Brontë de me pardonner.

– Écoute, c'est une fille et un type qui sont élevés ensemble dans un coin pourri plein de buissons – probablement en Écosse. Ils tombent amoureux, mais elle en épouse un autre, il part, il revient, elle est morte, et du coup, il maltraite sa fille à elle et le fils de son ennemi qui sont aussi tombés amoureux. Et au lieu de s'appeler « Vingt prétextes pour courir dans la lande en chouinant », ça s'appelle « *Les Hauts de Hurlevent* ».

Là, au lieu de rire, Josh a rougi.

Puis il a ramassé des cailloux qu'il a jetés dans l'eau.

À ce moment-là, on a entendu du bruit derrière nous et on a pensé que c'étaient Benji et Poppy qui nous avaient retrouvés.

Mais c'était l'oncle Mark, en polo et maillot de bain, une caisse à outils à la main. Sans son pantalon en toile beige et sa chemise, il avait presque l'air jeune. Il a eu un sourire – un début de sourire. (L'oncle Mark ne termine jamais vraiment ses sourires comme si soudain il se souvenait que les adultes responsables ne devaient jamais avoir l'air heureux.)

– J'ai réparé le bateau, a-t-il dit. Vous voulez faire un tour, les enfants ?

Josh a acquiescé, joyeusement.

Nous l'avons suivi jusqu'au ponton. Le bateau de Tuppa était attaché à un des piliers. Évidemment, ce n'est pas vraiment un bateau mais une barque avec un moteur tellement vieux qu'on s'attendrait presque à ce qu'il marche avec des silex. Sur le côté, on voyait encore écrit *Janis* à la peinture rouge écaillée.

Mark a sauté dedans, Josh aussi. Je me suis contentée de me laisser tomber et Josh a rigolé.

– Alors, on va où ? a demandé Mark.

Il s'y est repris à trois fois pour démarrer le moteur.

C'était étrange de le voir aussi détendu.

– On n'a qu'à faire le tour du lac, a suggéré Josh. On trouvera bien un endroit où accoster.

Ça a étonné Mark, le « on trouvera bien ». Mon oncle est typiquement le genre d'homme qui n'aime pas l'imprévu. Mais il a dû considérer qu'on ne risquait pas grand-chose – à part s'ennuyer ferme – et il a accepté.

Si j'avais été plus proche de l'oncle Mark, je lui aurais demandé pourquoi Tuppa a appelé son bateau *Janis*. Enfin, si j'avais été plus proche de l'oncle Mark et que je n'avais pas eu la trouille d'entendre une réponse comme « C'était son ancienne petite amie » ou « Il a voulu écrire Janus, rapport au dieu romain mais il était trop saoul pour l'orthographier correctement ».

Le type de réponses qu'on fait dans ma famille, même si elles viennent rarement de l'oncle Mark mais plutôt de ma mère ou de Sean.

Poppy est apparue à ce moment-là sur le ponton et a crié à Josh de « ramener ses fesses » (on a bien reconnu là le merveilleux vocabulaire de nos parents, ces si bons exemples pour les plus jeunes). L'oncle Mark a paru hésiter et évaluer la vingtaine de mètres qui nous séparaient de la rive.

– Poppy ne peut pas venir avec nous, a affirmé Josh. Elle ne sait pas nager.

Mon oncle a froncé les sourcils.

– Et tes parents la laissent traîner au bord d'un lac toute seule ?

Josh a eu l'air embêté.

– Enfin, elle se débrouille un peu.

Mark a pris un long virage avec le bateau, pour faire demi-tour. Puis il a fait un signe à Josh.

– Tu es aux commandes, Joshua.

Et il a sauté sur le ponton pour prendre Poppy par la main. La petite sœur de Josh s'est débattue, fermement accrochée à sa balade sur le lac.

– Je connais un endroit encore mieux que le lac, a dit Mark d'un air mystérieux. Un endroit dont Josh et Harper ne soupçonnent même pas l'existence.

J'ai dû admettre que mon oncle se débrouillait pas mal avec Poppy. Elle s'est calmée aussitôt et nous a jeté un regard triomphant par-dessus son épaule, tout en le suivant.

– Merci, Poppy, a murmuré Josh.

Il a souri et a tourné la manette du moteur à fond. Le bateau a fait un tel bond que j'ai failli finir à l'eau.

On a commencé à faire le tour du lac, en longeant la rive. De notre côté, elle était restée sauvage par endroits. On a aperçu Justin et Sean qui cherchaient du bois et, assises sur un rocher, Lauren qui parlait avec maman. À un moment, on a vu une ombre noire se faufiler entre les arbres. J'ai supposé que c'était Penelope, étant donné qu'il faisait trop jour pour que ce soit un loup-garou. Puis Josh a passé la frontière invisible qui sépare le lac entre les nouveaux habitants et nous.

Je l'ai soupçonné de vouloir aller chercher les ennuis avec ceux d'en face, juste par principe.

J'étais partagée entre l'envie de revoir Tristan et la honte absolue d'arriver à bord de la *Janis* pourrie de Tuppa.

– Oh, regarde, c'est Beatrice, s'est exclamé Josh avec une voix de fausset et en désignant le ponton du complexe. Je lui ai promis une promenade en bateau, hein ?

J'ai rigolé, même si je n'étais pas certaine d'avoir envie de participer à ce coup-là. Humilier Beatrice en public pouvait se révéler extrêmement dangereux.

Et je partageais sa chambre.

Josh a ralenti jusqu'au ponton et, très tranquillement, a amarré la *Janis* au milieu des hors-bord flambant neufs.

Bien entendu, Tristan était aux premières loges pour nous voir arriver.

Bien entendu, Beatrice discutait avec lui, avec des yeux tellement humides et accrochés à lui qu'on avait l'impression que ses pupilles allaient lui lécher la peau. (Si ses yeux avaient eu un pouvoir abrasif, il aurait fallu faire intervenir un chirurgien esthétique pour lui reconstituer le visage.) Les deux copains de Tristan essayaient d'attirer lamentablement son attention en bombant le torse, en vain.

Bien entendu, ma tante Brittany parlait avec la mère de Tristan (qui portait un maillot de bain deux pièces sous une tunique de plage transparente – la mère de Tristan, pas lui –) et elles riaient tous les deux comme si elles se connaissaient depuis quinze ans – probablement parce qu'elles venaient de s'apercevoir qu'elles avaient le même nombre de cartes de crédit.

En nous voyant arriver, Beryl est devenue hystérique et s'est mise à agiter les bras vers Josh, en poussant des petits cris très dérangeants. J'ai remarqué qu'elle avait évité les nattes africaines. Ses cheveux tombaient, en vagues parfaites, sur ses épaules. Elle portait une robe d'un orange tellement vif que j'ai aussitôt dit à Josh que les ouvriers des routes nationales voudraient récupérer leurs bandes de signalisation. Il a ri, mais j'ai bien vu que c'était pour le principe.

Les deux garçons, Stewart et Ethan, ont cessé de regarder Beatrice. L'un d'eux a dit quelque chose à l'autre et ils ont commencé à rigoler. Beatrice a enfin lâché Tristan des yeux pour les braquer sur nous.

Furieuse, comme je m'y attendais.

Josh est monté sur le ponton, très lentement, en se tenant sur les mains. J'ai cru que Beryl allait s'évanouir. Puis j'ai essayé de grimper à mon tour mais ça n'a pas donné du tout la même chose.

Évidemment, ce traître de Josh marchait déjà d'un pas tranquille vers le groupe, en me laissant me débattre avec mon absence totale de muscles. La *Janis* tanguait dangereusement sous moi. J'ai crié, mais c'était trop tard. Je me suis retrouvée coincée entre le bateau et le ponton, et je peux vous dire que ça faisait un mal de chien.

Je commençais à désespérer franchement quand une main s'est tendue vers moi. J'ai levé la tête.

C'était Josh.

Toujours affublé de Beatrice comme groupie, Tristan nous regardait, avec un air consterné. J'ai dû avoir le même en regardant la main de Josh, parce que je ne pouvais absolument pas lâcher le ponton, sous peine de me retrouver à l'eau.

– Harper, arrête de te faire remarquer, a crié Beatrice.

Puis elle s'est tournée vers Tristan en poussant une sorte de cri de mouette qui aurait pu passer pour un rire, dans la dimension démoniaque d'où viennent les pom-pom girls.

– Saute, m'a dit Josh.

– Si je saute, je me prends le ponton en plein visage, ai-je ahané.

Mes biceps étaient prêts à exploser.

Et encore, je dis biceps parce que je connais le mot. Je peux vous jurer qu'il ne désigne aucun muscle visible ou même caché de mes bras.

– Qu'est-ce que tu vas faire, Josh ? s'est exclamée Beryl en apparaissant à côté de lui d'un seul coup.

– Rattraper cette saleté de bateau ? ai-je demandé, pleine d'espoir.

– Je ne sais pas trop, a répondu Josh d'un ton sérieux. Harper pourrait ramener le bateau vers elle avec ses pieds et se redresser mais ça lui demanderait de tirer sur ses bras.

Je n'arrivais pas à croire qu'ils étaient en train de discuter tranquillement pendant que je me ridiculisais devant Tristan.

– C'est ma nièce Harper, ai-je entendu tante Brittany dire à la mère de Tristan. Elle est surdouée.

J'ai presque failli lâcher le ponton en entendant ça. Tante Brittany qui faisait un compliment sur moi ?

– Vraiment ? a répondu la mère de Tristan, plus que dubitative.

Je la comprenais plutôt sur ce coup-là, même si j'ai aussitôt pensé qu'elle était encore pire que ma tante.

– Tu pourrais peut-être rapprocher le bateau avec une tige, a dit Beryl, les sourcils froncés.

Josh a soupiré.

– Il faudrait un harpon, oui. Ou une grande branche.

– Mais fais quelque chose ! ai-je hurlé alors que le bateau recommençait à tanguer et que le bout de mes baskets glissait au-dehors.

Au moment où j'allais lâcher, des mains m'ont attrapé les poignets et m'ont soulevée jusqu'au ponton.

Mais, contrairement à ce que je pensais, ce n'était toujours pas Tristan.

C'était Tuppa.

Sans enlever la pipe coincée entre ses dents, il a rigolé et m'a serrée contre lui.

– Alors, grenouille ? a-t-il chuinté, à cause de la pipe. On dirait que tu as du mal à te séparer de ma *Janis* ?

Je n'ai pas eu le temps de lui demander ce qu'il faisait là.

J'étais trop consternée pour parler.

Non seulement il m'avait appelée grenouille devant Tristan (au cas où il me restait un peu de dignité après l'épisode du ponton) mais en plus, il portait son tee-shirt Led Zeppelin usé jusqu'à la corde.

Sur un short hawaïen rose fluo.

Chapitre 12

L'arrivée de Tuppa avait au moins eu pour effet de calmer Beatrice. Elle semblait dans ses petits souliers. Tante Brittany grimaçait aussi un peu. Il faut dire que mon grand-père avait encore fait un effort particulier, niveau dégaine.

– Qu'est-ce que tu penses de ma barbe, Josh ? a-t-il demandé.

À la place de Josh, je lui aurais demandé si son système pileux était mû d'une vie propre, vu l'amas hirsute qui constituait ce que Tuppa appelait « une barbe ». Mais mon meilleur ami s'est contenté de répondre :

– C'est cool.

Beryl a gloussé.

(Mon Dieu...)

– Maintenant que la grenouille est sortie de l'eau, a repris Tuppa, j'ai deux trois choses à régler avec Ellen.

J'ai compris que celle qu'il appelait Ellen était la mère de Tristan, qui n'a pas semblé apprécier qu'il utilise son prénom.

– Ne dites pas à vos parents que je suis là, a ajouté Tuppa. Je veux leur faire la surprise ! À tout à l'heure, les nains !

Et il est parti avec Ellen et Brittany qui n'était pas vraiment invitée mais qui leur a emboîté le pas. Beatrice a relâché tout le corps d'un seul coup, sans doute de soulagement, puis a dû se rendre compte que ça ne l'avantageait pas. Elle s'est remise à bomber le torse comme si sa vie en dépendait.

– Merci de ton aide, Josh ! ai-je grincé.

Josh a haussé les épaules et s'est éloigné. Beryl lui a pris le bras en éclatant de rire sans aucune raison. J'ai failli lui demander si l'institution pour débiles légers qui l'hébergeait le reste de l'année n'allait pas s'inquiéter d'une aussi longue absence.

Tristan s'est approché, détournant mon attention de Beryl et de Josh.

– Et merci de la tienne, ai-je continué à son intention. Tu as été très utile.

Tristan a eu un rictus. J'ai bien vu qu'il se retenait de rire.

– Tu t'es très bien débrouillée, a-t-il affirmé, d'un ton solennel.

– Harper crie toujours avant d'avoir mal, a dit Beatrice, fielleuse. On va la faire, cette balade en bateau ?

J'ai serré les dents et regardé Tristan bien dans les yeux. Il m'a rendu mon regard, gêné. Beatrice exultait et papillonnait des yeux, façon Mini Miss.

Est-ce qu'il faisait ça à toutes les filles qui débarquaient au lac ?

– J'ai promis à Harper, a-t-il dit.

Je vous le jure.

« J'ai promis à Harper. »

– Je vois, a répondu Beatrice, avec l'air de sous-entendre qu'il ne serait pas chrétien de revenir sur une promesse faite à une handicapée.

J'ai soudain ressenti un bref et dérangeant sentiment d'empathie pour Beryl.

Beatrice a toujours le don de me faire sentir insignifiante et asociale. Ce qui, dans une certaine mesure, est vrai pour le manque de sociabilité, étant donné que la seule personne que je fréquente vraiment, c'est Josh qui est de toute façon pire que moi.

La connaissant, cela dit, je me suis aussitôt fait la réflexion qu'elle s'était imposée à Tristan et pas qu'il l'avait invitée.

J'ai vaguement cherché Josh qui, toujours tellement fair-play, était déjà monté dans un des hors-bord, Beryl accrochée à lui comme une sangsue. Tristan m'a montré où était son bateau puis a sauté dedans, d'un mouvement souple. Beatrice s'est éloignée un peu, et les deux copains de Tristan se sont rapprochés, visiblement pour lui proposer de les accompagner. Mais devant le regard impérieux de ma cousine, ils sont restés silencieux et stupides, sur le ponton, pendant qu'elle tentait visiblement de ravaler sa colère. Sa bouche s'était figée depuis qu'elle avait compris qu'elle ne ferait pas partie de la balade. On aurait presque dit que son gloss avait gelé.

– Est-ce que tu as besoin d'aide ? m'a demandé Tristan, avec son sourire adorable, en me tendant la main.

La petite pointe d'ironie dans son ton ne m'a pas échappé, ce qui m'a aussitôt projetée de tout mon poids dans le bateau. Le hors-bord a tangué dangereusement et Tristan a été obligé de bondir de l'autre côté pour rétablir l'équilibre.

J'ai eu un rire idiot et il a fait comme si rien ne s'était passé. Moi aussi, à sa place, si je m'étais aperçue que je venais d'embarquer avec Moby Dick, j'aurais choisi le déni.

Il a commencé à vérifier des tas de manettes et de cordes – ne me demandez pas quoi exactement, j'étais trop occupée à m'accouder d'un air cool pour remarquer quoi que ce soit.

– Tu es prête ? a-t-il murmuré, les yeux braqués droit devant lui, comme si nous partions pour un très long voyage vers la haute mer.

J'ai hoché la tête. J'étais prête à n'importe quoi, même à couler au milieu de ce foutu lac.

Bon, peut-être pas à couler.

Mais j'étais au moins prête à supporter une panne de moteur.

Seule avec Tristan.

Entourés par l'eau.

Bien que, restons lucide, au lieu de virer au baiser romantique, il est fort probable qu'il aurait dû sauter du bateau pour aller chercher des secours, pendant que je me serais contentée de faire une crise d'angoisse toute seule, persuadée qu'une bête monstrueuse allait surgir des profondeurs pour me dévorer.

Comme la fois où Josh a lâché la corde de notre bateau pneumatique dans lequel j'étais sur la piscine du club pour aller se chercher une glace, l'été de nos six ans. Lauren, à qui nous avions été confiés, venait de découvrir Harlan Coben et ne levait même pas les yeux de son bouquin. Résultat : Josh m'a oubliée, je n'ai pas osé appeler et je suis restée des heures au milieu de l'eau à pleurer en silence. Quand on m'a récupérée, ma mère m'a juré qu'il n'y avait pas de requins dans une piscine, même en Floride, mon père a fait remarquer qu'il y en avait une dans un James Bond, je me suis remise à sangloter, ils se sont disputés. Josh en a profité pour me dire que j'avais raté la distribution de glaces gratuites du club enfants, j'ai pleuré de plus belle, mon père m'a proposé d'aller m'en chercher une, ma mère a demandé s'il voulait que je devienne obèse, mon père a répondu en rigolant que quitte à finir bouffée par un requin, autant que j'en profite avant, ça a fait rire Sean et ma mère est partie, furieuse, avec Benji et moi.

Et comme je n'arrêtais pas de pleurer, elle m'a acheté une glace.

Bref, Tristan a fini par faire démarrer le hors-bord. J'étais extatique.

Puis, comme les dieux ont apparemment décidé que rien ne serait simple entre lui et moi, il y a soudain eu un cri perçant. Beatrice et les deux garçons se sont retournés.

Telle un Deus Ex Machina vêtu d'un top jaune et d'une illusion de short en jean, Quinn est apparue, un sac marin (je ne rigole pas, un sac marin, au bord d'un lac) jeté négligemment sur son épaule, les cheveux tellement tirés en arrière qu'ils devaient être à l'origine de la parfaite tenue de ses pommettes.

Quand elle est arrivée à la hauteur de Beatrice, elles se sont jaugées mutuellement, de la tête aux pieds, façon scanner.

À partir de ce moment-là, j'ai pu nettement imaginer comment un représentant français de l'ONU devait se sentir en voyant débarquer son collègue russe à la table des négociations avec les États-Unis.

Éminemment soulagé et vaguement inquiet des conséquences sur le reste du monde.

– Joli haut, a dit Beatrice.

– Jolie jupe, a dit Quinn. Je l'ai vue sur le blog de Cassandr'art.

Aucune idée de qui pouvait bien être Cassandr'art, parmi les blogueuses mode que ma cousine suit avec passion.

– Vraiment ? a dit Beatrice. Je pensais qu'elle gardait l'exclusivité pour sa short mailing list.

OK, c'était une déclaration de guerre, pure et simple. Quinn a souri.

– Je ne dirai rien, ne t'inquiète pas, a-t-elle répondu.

Puis elle s'est tournée vers nous, comme un rapace.

– Je suis désolée d'être en retard, Tristan, a-t-elle minaudé. Ma mère avait besoin de moi pour la fête de ce soir.

– Vous faites une fête par soir ? ai-je demandé.

Quinn m'a dévisagée, faussement perplexe.

– Évidemment.

Elle s'est ensuite adressée uniquement à Tristan :

– Le poids des traditions ! On est partis ?

Elle a sauté dans le bateau, exactement entre nous deux. Il a à peine bougé. À croire qu'elle avait ingéré de l'hélium avant de venir, ce qui aurait aussi expliqué sa voix incroyablement aiguë.

– Tu viens ? a-t-elle lancé à Beatrice.

J'avoue que je n'avais pas vu venir celle-là. Beatrice a fait un petit geste vague de la main et est descendue à son tour dans le bateau.

Stewart et Ethan, alias les laissés pour compte, avaient déjà investi le troisième.

Tristan a démarré, sous le cri de joie de Quinn. Bien entendu, la seule qui a fait un bond d'un mètre en arrière, ça a été moi. Beatrice a évité de me regarder, au cas où quelqu'un s'apercevrait que nous étions apparentées.

– Je n'ai pas bien compris d'où tu venais, a dit soudain Quinn, sans doute poussée par son radar à embarras.

– Beatrice est ma cousine, me suis-je empressée de lâcher, dans l'espoir qu'elle se concentre sur elle.

Après tout, les gens de l'autre côté du lac n'étaient ni plus ni moins des pestiférés à ses yeux.

– Ah bon ?

Elle a eu un demi-sourire de compassion envers Beatrice qui a fait un demi-œil de diva désespérée. J'imagine qu'elles se sont crues discrètes.

– On va au ponton caché ? a demandé Tristan.

– Bonne idée, a répondu Quinn en lui posant négligemment la main sur l'épaule.

Nous avons cherché des yeux les autres pour leur faire signe. Beryl et Josh n'ont pas été difficiles à repérer.

Beryl étendait les bras sur le devant du hors-bord en imitant Kate Winslet dans *Titanic*. Il me semble bien qu'elle hurlait même « I'm the queen of the world ».

À la place de Josh, j'aurais rasé la rive dans l'espoir qu'une branche d'arbre règle définitivement le problème.

Les deux copains de Tristan nous suivaient à la trace.

Au bout d'à peine cinq minutes, Tristan nous a ordonné de nous baisser pour éviter une barrière de branches tombantes.

Il y avait bien un ponton, plutôt vieux, qui donnait sur une rive fermée par des buissons. Des rochers plats, assez grands pour au moins deux personnes, sortaient de l'eau.

Les autres nous ont rejoints rapidement et ont arrêté leurs bateaux.

Le temps que Tristan trifouille encore des cordages et des manettes sur le bateau, Quinn avait posé des serviettes de plage sur l'herbe et s'y installait avec Beatrice pour papoter, les deux garçons se jetaient à l'eau et Beryl tentait visiblement de fusionner son esprit avec celui de Josh en le regardant avec l'intensité intellectuelle d'une huître.

– Je ne connaissais pas cet endroit, a dit Beatrice (en omettant de préciser qu'elle n'avait pas quitté les alentours de la maison depuis notre arrivée).

– C'est notre petit coin secret, a plaisanté Quinn. Nous l'avons découvert avec Tristan, l'année dernière.

– Il est de quel côté du lac, exactement ? a demandé Josh, vicieux (mais drôle).

Quinn a eu l'air interloquée.

– Au milieu, je suppose, a répondu Tristan. Du coup, il pourrait être notre lieu en commun.

Qui était définitivement le Martin Luther King du groupe.

Il m'a souri en disant ça. Je me suis demandé si le fait de noyer tous les autres pour être seule avec lui serait vraiment condamné par la loi, compte tenu des circonstances. Une photo de Tristan en train de sourire aurait sans doute suffi à convaincre le jury qu'il n'y avait pas d'autre solution.

Je me voyais déjà en train de plaider, même si tout ce qui me venait se résumait à :

« Il a souri, madame la Juge. Il m'a souri, à moi. Avec CE sourire-là. »

(Le juge serait évidemment une juge. Dans mes fantasmes, je mets toujours toutes les chances de mon côté.)

Josh a interrompu ma plaidoirie intérieure :

– Je ne suis pas sûr qu'il soit exactement au milieu. Il me semble être plus de notre côté.

– Je vois ce que tu veux dire, a répondu Tristan.

C'était le seul.

– Une fois, nous y sommes allés en pleine nuit, a soupiré Quinn, d'un ton exagérément nostalgique.

– Quand ça ? a demandé Stewart qui venait de sortir de l'eau. Je ne m'en souviens pas.

– Il n'y avait que Tristan et moi.

Elle l'a regardé, complice. J'ai eu envie de hurler.

– L'intérêt de l'endroit est qu'il n'est accessible que par bateau, a continué Tristan en l'ignorant. À moins que quelqu'un décide de couper les buissons d'épines qui bloquent le chemin.

Il a fait un geste pour indiquer le bois derrière lui.

– Mais ça n'aurait pas grand intérêt, a-t-il ajouté, toujours souriant (ce sourire…). J'aime bien l'idée que personne d'autre que nous ne puisse y accéder.

– De toute façon, l'année prochaine, ce sera réglé, est intervenue Quinn.

– C'est-à-dire ? l'a interrogée Josh, en fronçant les sourcils.

– Tout le lac va être réaménagé, a-t-elle répondu, très femme d'affaires.

Un instant, j'ai vu l'adulte qu'elle deviendrait. Et ce n'était pas spécialement beau.

– Quinn… a murmuré Tristan.

– Fini, la décharge ! a-t-elle repris.

Beatrice a poussé une espèce de cri, entre la surprise et la joie. Rien que pour ça, j'ai eu envie de la gifler.

– Ça m'étonnerait, a grincé Josh.

Face à Quinn, il avait pris la même position que lorsqu'il va attaquer au basket, le corps tendu, le regard concentré. Je me suis postée à côté de lui, par réflexe.

– Que crois-tu que le grand-père de Harper fait en ce moment même ?

– Mon grand-père ne vendrait certainement pas la déchar… sa maison du lac pour en faire un complexe de vacances, ai-je affirmé. Et le grand-père de Josh non plus.

Quinn a eu une petite moue dubitative.

– Nos parents leur ont fait une proposition qu'ils seraient idiots de refuser, a-t-elle lancé.

– Mon grand-père refusera, ai-je dit.

– Le mien aussi, a grondé Josh. Et vous n'avez pas encore rencontré ma grand-mère.

Il faisait allusion au fait que Granny, dans sa jeunesse, s'était enchaînée à une des grilles de la Maison Blanche pour manifester contre la guerre du Vietnam et qu'il avait fallu l'intervention de plusieurs représentants de l'armée pour l'en déloger. Elle avait passé deux jours en cellule à hurler des slogans et à chanter et quand Pranny avait réussi à l'en faire sortir, tout le commissariat l'avait remercié.

– Alors, ils sont idiots, a craché Quinn.

À mes côtés, Josh n'était plus qu'une espèce de roc humain, prêt à écraser tout le monde sur son chemin. Elle avait employé le mot « idiots ». Beatrice, évidemment, buvait ses paroles, extatique.

– Mais même dans ce cas… a-t-elle continué. Tout est achetable, mon père le dit tout le temps. Même les gens.

J'ai eu l'impression que quelqu'un prenait possession de mon corps et de ma tête. J'ai dévisagé Quinn. Elle a soutenu mon regard, vindicative.

– Quinn a raison, a affirmé Beatrice. Papa m'a dit que Tuppa avait besoin d'argent. Il n'a pas voulu prévenir ta mère, parce qu'elle fait toujours des histoires pour un rien.

– La ferme, Beatrice ! ai-je hurlé.

La colère me brouillait presque la vue. Ma cousine a eu une expression choquée.

– Et toi aussi, la ferme !, ai-je crié à Quinn. Je t'interdis de parler de mon grand-père comme ça.

– Désolée si tu ne supportes pas la vérité, a dit Quinn.

Il y a eu un silence.

– Depuis quand ça t'intéresse, de toute façon ? a demandé Beatrice, fielleuse. Tu détestes cet endroit autant que nous tous.

Ce n'était pas tout à fait faux.

– Nos grands-parents l'aiment, a lancé Josh.

Je n'ai pas reconnu sa voix. Elle était étrangement ferme et mature. Même Beatrice a eu un temps d'arrêt, peut-être aussi parce que Josh ne s'adressait jamais à elle directement.

– Quel argument… a ironisé Quinn.

– Arrête, est intervenu Tristan, d'une voix presque suppliante.

– Tu me donnes des ordres ? a bramé Quinn.

Il a soupiré avant de murmurer :

– Je crois que tu devrais t'excuser.

Ça n'a pas du tout plu à Quinn qui a grimacé de colère.

– De quel côté es-tu exactement ?

– Je ne suis d'aucun côté, a répondu Tristan.

– Tu es un hypocrite, Tristan. Tes parents veulent aussi racheter cette partie du lac et tu en profiteras autant que les autres. Ton petit numéro ne marche pas avec moi.

Elle s'est levée. J'attendais l'explication de Tristan, qui s'est contenté de se taire, encore plus mal à l'aise.

– Je te connais trop bien, a-t-elle conclu.

Ils se sont défiés du regard, un moment.

Stewart et Ethan les contemplaient. Apparemment, leur but dans la vie était de ne servir à rien, quelles que soient les circonstances. Beryl ouvrait une bouche de poisson rouge, les yeux écarquillés sur tout le monde, complètement figée.

– Viens, on se casse, a murmuré Josh.

Il avait l'air particulièrement satisfait.

Je l'ai suivi jusqu'au bateau.

Chapitre 13

Nous sommes repartis chercher notre bateau au « ponton des snobs », comme Josh l'a appelé, en grommelant. Faire démarrer la *Janis* nous a pris un bon moment, durant lequel j'ai prié pour que Tuppa arrive et nous aide. En vain.

Cet homme a des gènes de chat. Jamais là quand on voudrait le voir.

Sur le chemin du retour, j'ai explosé.

J'ai dit en vrac que Beatrice méritait d'être enterrée dans une fourmilière, que Quinn était une dinde sans intérêt doublée d'une vipère, que je ne croyais pas à ces calomnies et que j'allais demander la vérité à Tuppa dès notre retour.

Josh a hoché la tête tout le temps puis il a répondu, d'une petite voix :

– Et si c'était vrai ?

– Quoi donc ? ai-je aboyé.

– Que nos grands-parents ont décidé de vendre. Après tout, on s'en fiche. Qui aime cet endroit ? On est coincés avec nos parents. Internet commence à me manquer sérieusement. Il n'y a pas de bar de la plage, pas de plage, d'ailleurs, et aucune vague.

Il a grogné et ajouté :

– Ce foutu lac est plat comme l'encéphalogramme de ta cousine Beatrice.

J'ai réfléchi. Pour être honnête, je me fichais effectivement de la maison elle-même. Mais une partie de moi refusait l'idée que Tuppa, MON Tuppa, avec sa moto « comme celle de Steve McQueen », ses shorts ridicules, ses vieux disques, ses théories sur le monde qui avait été livré aux marchands d'armes et aux technocrottes (technocrates… l'humour de Tuppa, notez ma douleur), ne pouvait pas se faire acheter par une bande de gens qu'il détestait probablement.

Je refusais de croire que Mumma était d'accord avec ça et aussi que Granny préférait finir sa vie en Floride dans une résidence pour riches retraités plutôt que dans sa petite maison avec son potager bio.

– Granny et Pranny ne t'en ont pas parlé ? ai-je demandé à Josh.

Il a haussé les épaules.

– Bien sûr que non, sinon je te l'aurais dit, andouille.

– Tu n'es pas obligé de tout me dire, ai-je répliqué.

Il a rougi. C'était devenu une habitude un peu bizarre, chez lui.

– Ça, je te l'aurais dit, a-t-il affirmé, affecté.

– Et ça ne te fait rien ?

– Qu'ils ne m'en aient pas parlé ? Pas grand-chose. Tu sais, Pranny, c'est pas Tuppa. Il ne discute que quand quelqu'un lui a fait lâcher sa guitare. Et Granny, pareil. Et elle ne parle que de politique.

– C'est bien ça le souci...

C'était effectivement ce qui m'étonnait le plus. Toute notre enfance, nos grands-parents nous avaient seriné que le monde avait changé, qu'il n'y avait pas de vrais combats. Ils ne pouvaient pas voir l'invasion des millionnaires d'un bon œil.

– Maintenant, rien ne m'étonnerait d'eux, a repris Josh. Je te rappelle que Tuppa a investi dans une jeune entreprise dont le logo était une pomme parce qu'il pensait que c'était une ferme biologique.

J'ai rigolé. Les fameuses actions Apple de Tuppa que Mumma lui avait demandé de revendre.

Puis Josh m'a appris à piloter la *Janis* et quand il a repris les commandes, son visage avait viré au vert. Mais il s'est abstenu de tout commentaire, sans doute pour éviter d'ouvrir la bouche et de vomir.

Les choses ont grandement dégénéré à notre arrivée.

Tante Brittany nous attendait, sous le porche, assise sur un fauteuil en rondins, en faisant semblant de feuilleter un magazine. Sean se débattait toujours avec son tonneau, apparemment abandonné par Justin.

– Peux-tu m'expliquer pourquoi tu as laissé ta cousine toute seule de l'autre côté du lac ? m'a-t-elle demandé froidement.

– Elle n'était pas toute seule, me suis-je défendue.

– Elle a dû rentrer à pied ! s'est exclamée ma tante.

– Vraiment, Josh... a ajouté Sean.

– Et alors ? a aboyé Josh. Elle a les pieds en sang ? C'était la grande marche sur Jérusalem ?

Ma tante a eu un moment de stupeur. Moi aussi. Josh n'avait jamais répondu comme ça à aucun adulte, sauf son père.

– Tu t'excuses tout de suite ! a crié Sean.

– De quoi ? a répondu Josh. D'avoir laissé Beatrice avec ses nouveaux copains, pour qu'ils puissent continuer à cracher sur Pranny et Granny ?

Brittany a laissé tomber son magazine.

– Ce n'est pas du tout ce qu'il s'est passé ! Vous vous êtes montrés grossiers avec les nouveaux amis de Beatrice et vous êtes partis avec leur bateau ! Leur bateau !

La version de Beatrice, sûrement servie avec quelques sanglots attendrissants...

– Beatrice a oublié quelques détails, comme le fait que sa copine Quinn a traité Tuppa d'idiot, ai-je lancé à mon tour.

– Tu insinues que Beatrice a menti ?

– Elle n'insinue pas, a répondu Josh, la mâchoire serrée.

Sean s'est passé la main sur le visage, excédé.

– De toute façon, quelle que soit la bonne version, vous n'avez pas à laisser tomber Beatrice avec des étrangers ni à vous disputer avec eux. J'en ai assez de toutes ces histoires.

Josh n'a pas répondu. Il s'est contenté de hausser les sourcils et de rentrer dans la maison.

– Je crois que tu dois des excuses à Beatrice, a dit ma tante Brittany d'un ton solennel. Elle s'est vraiment sentie abandonnée.

C'était totalement injuste. Bien entendu, ma mère restait invisible, comme à chaque fois que ma tante prenait parti pour sa fille contre moi. Quand l'affaire lui reviendrait aux oreilles, elle me demanderait de céder, parce qu'elle ne voulait pas se disputer avec son frère.

À ce stade-là, et comme à chaque fois avec ma tante, ma repartie habituelle s'est évaporée. Je connaissais trop bien les conséquences.

– Je m'excuserai, ai-je concédé.

« Mais après, je lui ferai payer » a murmuré une petite voix curieusement diabolique dans mon esprit.

Et j'ai suivi Josh, dans l'espoir de retrouver aussi mon grand-père.

Dans la pièce commune, il n'y avait pas plus de Josh que de Tuppa. Justin et Benji étaient attablés devant un tas de branches et de feuilles et construisaient un... truc ?

– Un refuge pour furets, a précisé Benji, l'œil allumé, ce qui présageait le pire. On va l'installer près de la rivière.

Sans doute espérait-il en adopter un.

– Un furet, c'est un peu comme un raton laveur ? ai-je demandé à Justin d'un ton innocent.

(Ah ah ah.)

Il a maugréé quelque chose et s'est concentré de nouveau sur son œuvre.

On entendait les voix de ma mère et Lauren derrière la maison et j'ai cru comprendre qu'elles se battaient avec un fil à linge. Ma mère rigolait superfort, comme à chaque fois qu'elle se retrouve avec une copine. J'ai supposé que le truc roulé en boule sous une couverture de survie sur le canapé était Penelope.

Beatrice devait être en train de se faire un masque dans notre chambre, en savourant son interprétation dramatique de martyre.

– Tu veux nous aider ? a lancé Benji.

– À peu près autant qu'attraper le choléra, ai-je répondu.

Josh est descendu à ce moment-là, a ouvert le frigo, pris une brique de jus d'orange qu'il a bu à même l'ouverture puis me l'a passée. J'ai quand même vérifié que ma mère était toujours dehors.

– Quelle rebelle, a chuchoté Josh en riant.

– *Rebel Rebel*, 1974, David Bowie, a bramé la voix familière de Tuppa derrière nous.

Benji lui a sauté dessus en lui demandant si Mumma était avec lui. Benji a une passion totale pour notre grand-mère qui pense qu'il est exceptionnel et qui, à ce titre, le bourre de gâteaux et de bonbons au miel dès qu'elle le voit. Tuppa a répondu qu'il appréciait d'être aimé pour lui-même, lui a ébouriffé les cheveux et a embrassé Justin.

(Cette habitude familiale d'embrasser même les hommes me dérange toujours autant, au passage. Une fois, Tuppa a embrassé papa devant un voisin et le voisin a demandé s'ils étaient gays. Grâce à Mumma, je savais évidemment ce que ça voulait dire, Tuppa a répondu au voisin qu'il pouvait bien être gay sans son accord et que c'était à cause des machos comme lui que ce monde était un endroit indésirable pour les minorités talentueuses. Puis il a énuméré tous les gays qui avaient changé le monde, en ajoutant que tout ce qu'il resterait du voisin après sa mort, c'étaient ses théories sur les pétunias et sa lettre de désabonnement au Reader's Digest. Maman m'a fait rentrer au moment où le voisin utilisait son arrosage de jardin pour calmer mon grand-père qui chantait du Queen à tue-tête devant sa haie.)

Je suis allée l'embrasser aussi, une seule fois. J'avais décidé d'être froide et distante tant que je n'aurais pas obtenu des explications.

– Cet accueil charmant, a-t-il rigolé. Vous faites un concours de sales mines ?

Puis il est allé vaguement tapoter le haut du tas qui devait être Penelope. Le grognement qui lui a répondu nous a confirmé qu'il s'agissait là de ma cousine et qu'à ce stade il valait mieux ne pas la déranger : elle était probablement en train de muer. Je me demandais ce qu'on pourrait faire avec une peau écailleuse géante quand Tuppa s'est tourné vers moi :

– J'ai ramené quelqu'un qui voudrait te voir.

Puis il m'a fait un clin d'œil. J'ai haussé les sourcils.

Tristan est entré, en cognant timidement à la porte. Enfin, le sourire de Tristan est entré, vaguement entouré par ses cheveux blonds, ses yeux couleur de lac, son menton parfait avec une fossette et ses oreilles tout aussi parfaites.

– Je peux te parler ? a-t-il demandé.

Josh a soupiré derrière moi.

– Tu peux, a répondu Tuppa en me poussant dehors.

Nous sommes passés devant tante Brittany et son regard terrible, puis devant le tonneau d'où dépassait la moitié du corps de Sean.

Quand nous avons pris le chemin de gauche – celui qui mène vers le bois sauvage, pas vers le complexe – Tristan s'est excusé de sa conduite, très doucement.

– Ce n'est pas de ta faute, ai-je menti assez mollement, parce que, quand même, j'avais trouvé qu'il aurait pu réagir plus fermement.

– Je sais, a-t-il murmuré.

Nous sommes arrivés à l'endroit où je l'avais vu pour la première fois.

– Tu veux t'asseoir ?

Demande au pape s'il veut la paix dans le monde. J'ai acquiescé et je me suis assise sur une racine, à côté de lui. Tout à côté de lui.

Il a posé les mains sur ses cuisses et a regardé droit devant lui, d'un air pensif.

J'ai rassemblé tout mon courage.

– Est-ce que Quinn et toi sortez ensemble ?

– Plus ou moins, a répondu Tristan, sans paraître étonné par ma question, malgré le fait que je l'avais à moitié hurlée.

Il avait le mérite d'être honnête, je devais le reconnaître. Cela dit, dans ma grande mansuétude, et portée par ce moment magique – seule avec Tristan ! – je me serais contentée d'un « Quinn est une idiote doublée d'une snob et je préférerais m'enfoncer des aiguilles dans la bouche que de l'embrasser, ne serait-ce qu'une fois ».

– Quinn et moi... c'est une vieille histoire, a-t-il ajouté. On a rompu plusieurs fois. Nos parents sont très amis, c'est compliqué.

J'ai failli lui répondre que mes parents et ceux de Josh étaient très amis aussi mais que ça ne nous obligeait pas à sortir ensemble pour autant et puis, je me suis souvenue du bobard de Josh. À temps, heureusement.

– Je vois, ai-je rétorqué d'un air entendu.

Tristan s'est remis à contempler le lac, avec l'attitude qu'on attend d'un Tristan, mélancolique et sombre.

– Est-ce que parfois, tu ne te demandes pas si tu n'es pas née dans la mauvaise famille ? a-t-il dit soudain.

– Tout le temps ! me suis-je écriée.

– Comme si tu avais été échangée à la naissance ?

– Complètement ! Au secours, si tu voyais mes parents… Ma mère nous oblige à manger du tofu !

– La mienne des algues, depuis que son coach lui a dit que c'était antioxydant.

– Quand j'étais petite, mon grand-père m'a fait croire que Nelson Mandela était Dieu et que si on fêtait Noël, c'était pour lui. Et je l'ai cru.

– Tu as de la chance, a-t-il dit, très sérieux. Ton grand-père est un type exceptionnel. Si seulement…

Il s'est arrêté net, avec cette expression gênée qu'il avait fréquemment en ma présence. J'ai évité de l'encourager à finir sa phrase.

Je n'avais pas du tout envie de parler de Tuppa avec lui. Visiblement, Tristan ne comptait pas me dire ce qu'il se passait entre ses parents et Tuppa. Et puis je n'avais pas envie de parler de ça, maintenant, alors que son épaule touchait la mienne et que j'avais le ventre noué et le nez qui me chatouillait.

– Josh aussi a de la chance, a-t-il repris.

Il a tourné la tête. Ses yeux ne reflétaient plus les couleurs du lac. Ils avaient pris un bleu profond, presque un bleu comme on en voit la nuit, sous le croissant de lune.

– Tu connais Pranny et Granny ? ai-je trouvé intelligent de répondre.

Je me suis ordonné à moi-même de la boucler. Tristan a ri. J'aurais voulu mourir pour ce rire.

Puis il s'est penché vers moi et ses lèvres ont effleuré les miennes. J'ai fermé les yeux, le cœur dans la gorge. Il a passé son bras par-dessus mon épaule et sa bouche – la bouche de Tristan ! – s'est faite incroyablement douce. La mienne devait avoir la texture d'un vieux parchemin.

J'ai aussitôt regretté de ne pas avoir écouté Beatrice et ses conseils sur l'hydratation et, je ne sais plus… l'exfoliation, je crois.

Ça n'a pas eu l'air de déranger Tristan. Au contraire, il a appuyé ses lèvres, un peu plus, tout en me serrant contre lui, comme il le pouvait, à vrai dire, vu qu'on était tous les deux assis côte à côte.

– J'en rêve depuis hier soir, a-t-il chuchoté.

Il m'a de nouveau embrassée. Ou moi, je l'ai embrassé. À cet instant, au lieu de le voir, j'ai senti son sourire. Il était aussi merveilleux qu'auparavant. Et mon sourire idiot et insipide est devenu celui de Tristan, prêt à conquérir le monde.

Puis, brusquement, il a reculé.

Il m'a regardée, avec une lueur triste dans les yeux. Et il a dit :

– Je suis désolé…

Avant de se lever et de partir, en me laissant toute seule, assise sur la racine, avec le ventre papillonnant et une affreuse envie de pleurer et de rire à la fois.

Chapitre 14

Quand je suis rentrée, Josh était devant la maison en train de faire tourner son ballon de basket sur son doigt. Il m'a dévisagée et j'ai aussitôt su que j'allais morfler.

– Quel bonheur, tu es rentrée ! s'est-il exclamé. Un instant, j'ai cru que vous vous étiez envolés à dos de licorne, ton petit copain et toi !

– Les licornes ne volent pas ! ai-je répondu, furieuse.

C'était vraiment une réponse stupide. Ce qui n'a pas échappé à Josh.

– Ô mon Dieu, je savais bien que c'était un zombie ! a-t-il crié de sa voix la plus exaspérante. Il t'a bouffé le cerveau !

Puis il m'a jeté un méchant regard, plein d'ironie.

– On avait quelques indices, note bien : la démarche hagarde, l'absence totale de personnalité, le changement de pigmentation capillaire...

– Tristan est naturellement blond !

– Ce dont on aurait confirmation s'il ne s'épilait pas le torse, a aussitôt répondu Josh.

En temps normal, j'aurais rigolé. Là, je lui ai jeté un soupir excédé au visage et je me suis dirigée vers l'arrière de la maison, où j'espérais ne pas retrouver ma mère en train de faire la fofolle avec Lauren et deux mètres cinquante de fil à linge. Dieu merci, il n'y avait personne et j'ai pu m'asseoir dans l'herbe, cachée par les serviettes de bain qui traînaient presque jusqu'au sol, puisque visiblement Lauren et ma mère étaient aussi douées pour accrocher un fil que Sean pour réparer un tonneau.

Peu importait.

J'avais vraiment besoin de faire le point.

Tristan m'avait embrassée.

Embrassée !

Et il m'avait plantée là en s'excusant. Je me sentais prête à m'enterrer, de honte. Ce garçon sublime m'avait embrassée et s'était excusé après !

Mais pourquoi ?

Qu'avait-il voulu dire, exactement ?

« – Je suis désolé, mais de près, tu n'es pas mon genre. (Comme si on ne le savait pas avant !)

– Je suis désolé, c'est la première fois que j'embrasse une momie. (Penser hydratation.)

– Je suis désolé, quand je t'embrasse, je repense à la première fois que je t'ai vue, avec ce poisson presque mort qui dépassait de ton short. (Mon Dieu…)

– Je suis désolé, je n'arrive pas à oublier Quinn (vu qu'elle m'a tatoué l'avant-bras de son prénom pendant mon sommeil). »

Je me suis pris le visage entre les mains, comme une héroïne dramatique.

« Allons, Harper, compare ça à des situations que tu connais », me suis-je dit, en me félicitant du ton incroyablement mature que prend parfois ma voix intérieure.

Seulement, les situations comparables à celle-là et que je connaissais un peu provenaient des livres que j'avais lus, vu ma pauvre expérience en la matière.

– Justement, a continué ma voix intérieure, du haut de ses vingt-cinq ans. Si tu étais dans un roman anglais, qu'est-ce que ça voudrait dire ?

J'ai réfléchi.

Dans un roman de Jane Austen, sans aucun doute, ça aurait voulu dire que Tristan estimait que ma famille était vulgaire et au-dessous de ses ambitions, comme dans *Orgueil et Préjugés*. (Mr Darcy, un richissime Anglais, tombe amoureux de Lizzie, l'héroïne. Mais comme il est orgueilleux et plein de préjugés, il lui fait une demande en mariage durant laquelle il dit qu'il l'aime malgré lui, malgré elle et surtout malgré sa famille à elle qui lui colle la honte.)

Un reste de lucidité m'a empêché d'écarter totalement cette hypothèse. La famille de Tristan possédait une fortune incroyable, alors que la mienne vivait très correctement. De plus, sa mère semblait maîtriser toutes les conventions sociales, tandis que la mienne s'était fait éjecter de plusieurs associations de quartier parce qu'elle avait réussi à dire ses quatre vérités à quelqu'un de particulièrement important – ou qu'elle avait refusé de me faire participer au défilé du 4 juillet organisé dans notre quartier, parce qu'elle était « débectée à l'idée que je serve les desseins d'une société violente et machiste en incarnant un symbole nationaliste ».

Et dans *Les Hauts de Hurlevent* ?

Ça n'aurait probablement rien voulu dire, à part qu'il avait un sérieux pète au casque, comme Heathcliff. Et Tristan n'était pas un Heathcliff, alors que Josh certainement, vu son caractère épouvantable. Au mieux, Tristan était un Rochester, triste et mystérieux, comme dans *Jane Eyre* et dans ce cas, Quinn aurait eu le rôle de sa première femme folle qu'il serait obligé de cacher, ce qui m'allait plutôt bien.

(Je ne sais pas trop si j'aime vraiment Jane Eyre. D'abord, il y a toute cette partie où elle est en pensionnat, orpheline et maltraitée, puis celle où elle tombe amoureuse de son patron, Rochester, qui cache juste comme gros secret que sa première femme vit dans le grenier, parce qu'elle a une maladie mentale. À la fin, Rochester devient aveugle et Jane revient vers lui. J'en ai parlé une fois à Josh qui m'a répondu qu'avoir un mari aveugle pouvait présenter des avantages.)

J'en étais à Shakespeare et à la perspective de devoir me suicider sur le corps de Tristan, comme Juliette

– ce qui était encore très cohérent, étant donné que nos familles étaient rivales, apparemment –, quand maman a appelé pour le dîner.

J'ai fait semblant de ne pas l'entendre, jusqu'à ce que Tuppa se mette à taper joyeusement sur un couvercle en métal avec une louche, en hurlant comme un possédé.

Je n'avais toujours pas résolu mon problème. En temps normal, j'en aurais parlé à Josh. Mais c'était peine perdue. À tous les coups, il aurait ricané et, de toute façon, était devenu trop bizarre pour que je lui raconte mes déboires avec Tristan.

Quand je suis arrivée à table, tout le monde était assis, sauf Poppy et l'oncle Mark. La tante Brittany était d'ailleurs en train de râler contre le laxisme intolérable de mon oncle, en s'arrêtant juste avant de préciser « quand il est dans sa famille ». Tuppa a rigolé et lui a servi du vin, en lui disant de boire un coup et de se détendre, ce qui n'a pas plu à Brittany.

– Je vous remercie, Waldo, a-t-elle répliqué. Je ne bois pas d'alcool dans la semaine.

Mon œil... Je me suis assise entre Josh et le hoodie qui devait contenir Penelope. Personne n'avait semblé s'inquiéter du fait qu'elle ne bougeait pas. Peut-être était-elle morte par auto-absorption et qu'on l'avait posée là pour éviter que tante Brittany fasse une crise de nerfs et gâche le dîner. Beatrice avait une expression pincée, en m'observant par en dessous, coincée entre sa mère et Lauren. Quand quelqu'un la regardait, sans doute par erreur d'ailleurs, elle prenait un air dolent de princesse souffreteuse.

C'était écœurant.

– Harper ? a demandé Tuppa, en levant la bouteille de vin.

– Papa, est intervenue ma mère. Harper n'a même pas quinze ans.

– Et ça l'empêche de boire du vin ? a questionné Tuppa.

– Légalement, oui !

– Ah, la loi... Vous en mangerez jusqu'à l'indigestion, de la loi, hein...

Ça a évidemment agacé maman.

– Ne commence pas la provocation, a-t-elle soupiré. Harper ne boira pas de vin et ne goûtera à rien d'autre, c'est compris ?

Tuppa a eu l'air d'un gamin pris en faute et a haussé les épaules.

– Sais-tu que les enfants boivent de l'alcool, en Europe ? Et *a priori,* les Européens ne sont pas débiles.

– Certains mangent aussi du fromage avec des vers dedans, a fait remarquer Sean en rigolant.

– Les Français mangent des escargots, a précisé Benji. D'un point de vue nutritif, ça se tient !

Justin lui a jeté un regard dégoûté et Tuppa, qui était assis à côté de lui, lui a passé la main dans les cheveux, avant de servir du vin à Sean et à maman qui a tenté de refuser, sans qu'il le prenne en compte.

– Mon génie ! a-t-il souri.

– Où est Mumma ? ai-je demandé, parce que, bien entendu, le fait d'appeler cette peste de Benji « mon génie » m'a aussitôt fait penser à ma grand-mère.

Tuppa s'est servi à son tour.

– À son stage de développement personnel. Elle vous embrasse bien fort et a enregistré une vidéo pour vous. Je vous la montrerai quand j'aurai déchargé mon pick-up.

– Tu as laissé ton matériel dans le pick-up ? a demandé aussitôt maman, inquiète. Sans surveillance ?

– Et pourquoi pas ? a répliqué Tuppa.

Maman a de nouveau soupiré.

Les adultes ont commencé à parler entre eux du stage de Mumma, du tonneau de Sean, du fait que les toilettes sèches étaient remplies d'araignées (et là, la tante Brittany a demandé qu'on change de sujet parce qu'on était à table). Puis Mark et Poppy sont arrivés, Lauren a demandé d'où ils venaient, Mark a pris l'air mystérieux, Poppy n'a pas voulu répondre, Beatrice a fait une drôle de tête et ils se sont assis. Tante Brittany a posé des tas de questions à Tuppa sur ce qu'il faisait, sans écouter ses réponses, en ponctuant ses phrases de « Ah merveilleux » assez vagues, ce qui a amusé Tuppa qui s'est mis à répondre n'importe quoi, ce qui a encore agacé ma mère. Tuppa a alors demandé à Justin s'il prévoyait des activités intéressantes, Justin a proposé de restaurer le four à pain sur le côté de la maison avec des briques qu'il avait trouvées dans la remise et d'en fabriquer (du pain, pas des briques, même si à mon avis, le résultat sera le même). Tuppa lui a tapé dans le dos par-dessus la tête de Benji en disant: « Voilà un garçon selon mon cœur ! », ce qui a projeté Benji le nez dans sa pastèque. Mon cher petit frère a relevé un visage maculé de jus rougeâtre et recraché de la pastèque mâchée sur la table, ce qui a écœuré Beatrice et tante Brittany, ce qui a fait lever les yeux au ciel à Lauren. Maman a hésité entre disputer Tuppa ou Benji et s'est contentée d'ignorer l'enfant dégoûtant assis devant elle, dans l'espoir qu'on penserait qu'il appartenait à quelqu'un d'autre.

Puis Tuppa a parlé des furets et Justin s'est mis à tenir des propos incohérents à propos de ces ineptes rongeurs, comme quoi ils auraient des bottes noires et qu'il aurait vu un mâle du côté de la rivière mais qu'il n'a pas pu vraiment l'approcher parce qu'il était au moins à douze mètres de lui.

Maman lui a demandé comment il reconnaissait un mâle d'une femelle à cette distance. Je lui ai répondu de suivre un peu, les mâles avaient des bottes noires et les femelles devaient sans doute suivre la tendance et en porter des chamois. Poppy a demandé s'il y avait des chamois dans les montagnes, Josh a répondu que plus beaucoup, depuis que les furets s'en faisaient des bottes, et j'ai rigolé. Maman nous a dit de nous taire et a posé encore des questions stupides sur les furets à bottes noires, largement aidée par Tuppa qui ne perd jamais une occasion de nous faire part de ses intéressantes hypothèses sur la faune et la flore des

États-Unis, quand il n'est pas occupé à la polluer avec ses abominables bécanes.

Je n'ai pas écouté la suite, pour ne pas finir comme ma cousine Penelope, qui s'était apparemment dissoute d'ennui dans son sweat-shirt à capuche.

Au bout d'un moment, Josh a tenté d'attirer mon attention en jetant sa peau de pastèque dans mon assiette. J'ai utilisé la méthode de ma mère et feint de ne pas le voir.

Il s'est alors mis à remplir mon assiette avec tout ce qui lui tombait sous la main, dont un écrou (qu'il avait trouvé où ?). J'ai fini par craquer.

– Qu'est-ce que tu veux ?

– Tu viens à la fête ce soir ? a-t-il chuchoté.

La fête des parents de Quinn... Autant demander à Sitting Bull de s'asseoir à la même table que le colonel Custer...

– Nous n'avons pas été invités.

Ce qui était vrai.

– Si, par ton petit ami.

– Ce n'est pas mon petit ami. Quand, exactement ?

– Quand il est revenu de votre petite entrevue dans les bois, l'air égaré et son polo déchiré... Tu as raison, c'était sans doute une invitation post-traumatique. À l'heure actuelle, il a dû être pris en charge par un personnel médical compétent qui lui a administré un sédatif pour qu'il oublie ce cauchemar...

– Tu n'es pas drôle, Josh.

– Ce n'est pas ce qu'on dit.

Il a eu son petit rictus narquois.

– Il a invité Beatrice aussi. On lui dit ou pas ?

J'ai jeté un coup d'œil sur ma cousine. Elle contemplait son assiette d'un air lamentable, comme si elle avait l'appétit coupé. J'ai hésité.

Si on ne transmettait pas l'invitation, ça ferait un drame. Si on le faisait, elle trouverait un moyen de nous faire passer une exécrable soirée et en plus, on devrait la ramener et, accessoirement, dire à nos parents où nous allions. Alors que nous pouvions juste faire le mur, comme la nuit d'avant, ce qui était plus drôle et finalement moins risqué.

Tuppa a réglé le problème. (Façon de parler.)

– Au fait, il y a une soirée de l'autre côté du lac ce soir et nous avons été invités, a-t-il annoncé.

Brittany a automatiquement retrouvé le sourire puis l'a reperdu quand elle a compris que toute la famille pouvait venir.

– Pour ma part, je vais me contenter d'une bonne bière, de quelques disques et de la compagnie de qui veut sous mon porche, a continué Tuppa. Mais vous, vous pouvez y aller.

Tiens, mon grand-père évitait ses nouveaux petits copains milliardaires. Je me suis promis de l'interroger l'air de rien, dès que j'en aurais l'occasion. Je devais le regarder bizarrement parce qu'il m'a regardée aussi, en fronçant les sourcils.

– Vous ne devriez pas boire autant, l'a sermonné aussitôt Brittany, en détournant son attention, Dieu merci. C'est mauvais pour votre santé. Et un très mauvais exemple pour les enfants.

Tuppa a éclaté de rire.

– Cette génération d'octogénaires ? Penelope, tu as bien fait ta cardio, ce matin ?

Penelope a répondu par un grognement. Alléluia, elle était vivante !

– Franchement, ma chère Brittany, il y a beaucoup de choses qui sont un très mauvais exemple pour les enfants, à commencer par cette vie de mormons que tu leur imposes.

Brittany a ouvert la bouche mais Tuppa a dégainé plus vite :

– De mormons chics mais de mormons tout de même. Heureusement qu'il y a ma petite Harper pour rattraper tout ça.

Je me serais passée de cette publicité. Maman m'a regardée d'un air suspicieux.

– Jamais de sport, comme Churchill, a conclu Tuppa.

Josh a eu un petit rire. Je lui ai donné un coup de coude dans les côtes.

Sean a dû sentir que tout allait déraper rapidement, parce qu'il a annoncé précipitamment :

– Je t'accompagne pour une bière sous le porche, Waldo.

– C'est une compagnie que j'apprécie particulièrement, mon grand, a répondu Tuppa. Lauren ?

– Je ne dis jamais non à une bière, a murmuré Lauren d'un air espiègle, comme à chaque fois qu'elle s'adresse à Tuppa.

Il a aussi demandé à Justin qui a dit oui.

– Si ça ne dérange personne, je vais y aller, a annoncé Brittany. J'ai engagé d'excellents rapports avec Ellen qui m'a de toute façon invitée personnellement. Beatrice et Mark viendront avec moi.

Nous étions fichus. J'ai dévisagé maman, suppliante.

– Ne me regarde pas comme si tu attendais la grâce présidentielle, Harper ! s'est-elle exclamée. Évidemment, tu peux y aller. Jusqu'à minuit. Mais tu ne quittes pas Josh. Vous rentrez ensemble. Et vous ne vous baignez pas dans le lac.

– Est-ce qu'on aura le droit de respirer ou c'est déjà borderline ? ai-je rétorqué.

– Respirer, tu es folle ! a embrayé Josh. Avec tous ces pesticides !

Maman a poussé une espèce de gémissement furieux.

– Vous êtes à deux doigts de passer la soirée dans vos chambres ! a-t-elle dit.

– Mais sans approcher le lavabo, ai-je fait remarquer.

– Trop de risques de noyade, a ajouté Josh.

– Sortez de ma vue ! s'est écriée maman.

– D'autant que si on vous punit, on va être obligés de vous subir, a continué Sean.

Mais il riait. Pour la première fois depuis le début du séjour, c'était de nouveau Sean, le père le plus cool de la terre. Le vin devait y être pour quelque chose.

Beatrice s'est levée de table, ainsi que Brittany, pour se préparer. Apparemment, débarrasser la table devenait très facultatif, comme l'a souligné Lauren, perfide. Mark a contemplé, plein de regret, les bières que Sean sortait du frigo. Benji et Poppy en ont profité pour aller observer leur larve de libellule et trifouiller son bocal, sans doute pour lui donner des insectes qu'ils avaient dans leurs poches, comme les bonnes petites graines de psychopathes qu'ils sont tous les deux.

– Est-ce que tu penses que nous devrions mettre des chaussures, Josh ? ai-je demandé à haute voix, en arrivant à la porte.

– Je ne sais pas, Harper, je ne sais pas... a répondu Josh en secouant la tête. Il y a eu des accidents domestiques, des adolescents morts par asphyxie des pieds, et tout ça parce que leurs parents les avaient laissés sans surveillance avec des baskets à lacet...

– Malgré les spots de prévention ? me suis-je exclamée.

Maman nous a fait un geste pour que nous déguerpissions puis elle s'est tournée vers son père, dans l'illusion visible qu'il constaterait à quel point nous étions insolents et débiles.

– Je crois qu'on en fera des diplomates ! a ri Tuppa, en levant son verre.

Chapitre 15

Tout aurait très bien pu se passer.

(Objectivement non, mais ça aurait moins d'intérêt si je disais « j'avais bien prévu que ce serait un fiasco » façon augure grec.)

Contre toute attente, Beatrice a été presque supportable sur le chemin. Elle a marché avec nous derrière ses parents, en s'intéressant à ce que racontait Josh. Plus exactement, en lui posant des questions sur ce qu'il faisait de son temps libre.

Et contre toute attente, Josh a tenu toute la conversation, en donnant des détails, sans aucun sarcasme.

Notez que s'il m'avait demandé de répondre à sa place, ça aurait été vite fait : « Il fait du basket et le reste du temps, il fait comme nous tous, Beatrice. Il essaie d'éviter les gens vains et stupides dans ton genre. »

Bon, je n'aurais pas dit ça, surtout avec mon oncle et ma tante juste devant. Déjà, cette histoire d'excuses semblait être passée à la trappe, ce qui m'allait parfaitement. Ensuite, j'avais déjà assez de problèmes comme ça.

J'allais revoir Tristan, juste après le coup de « Je suis désolé ».

Je n'ai donc pas vraiment écouté toute la discussion, occupée à échafauder des plans pour faire comprendre à Tristan que rien n'avait d'importance et que dans ma vie ultra-cool et remplie, il n'avait été qu'une parenthèse.

« C'était agréable, avais-je prévu de lui dire. Mais toi et moi savons que ça ne mènerait à rien. »

Bluffé par ma maturité, il regretterait d'avoir été désolé et se jetterait à mes pieds pour s'excuser, cette fois-ci, d'avoir été aveuglé par la peur. Je lui tapoterais gentiment la tête, puis je m'éloignerais, distante, royale, inaccessible.

Ou, considérant que lui tapoter la tête serait peut-être un peu trop, je partirais simplement, distante, royale, inaccessible.

Ou juste distante et royale, pour lui laisser une chance de me rattraper, devant Quinn s'étouffant de rage et Beatrice blêmissant de dégoût pour sa propre petite personne, incapable d'avoir su retenir l'attention de Tristan ou d'avoir vu ma supériorité.

Ou juste royale, parce qu'on peut estimer que si on s'éloigne de quelqu'un, on est de facto distante.

J'en étais là – je partais, royale, et Tristan s'exclamait : « Désormais, je porterai deux fois mon prénom car je suis triste à jamais ! » – quand j'ai entendu Beatrice rire, de son rire le plus mondain.

À une blague de Josh.

Je me suis presque arrêtée sur le chemin.

– Je suis sûre que tu exagères, a-t-elle dit, de sa voix de Barbie, en battant des cils.

– Je n'exagère jamais, a répondu Josh.

Est-ce qu'il bombait le torse ou est-ce que c'était une illusion d'optique ?

– J'ai toujours pensé que tu fréquentais Harper parce que vos parents étaient amis, a renchéri Beatrice. Mais capitaine de ton équipe ! Tu dois être une vraie star !

Voilà qui changeait tout, en effet, dans l'univers ultra-restreint de ma cousine.

– Josh est à peu près aussi sociable que moi, suis-je intervenue.

– Mais tu n'es pas sociable, Harper, a répliqué Beatrice, d'un ton condescendant.

Mon Dieu...

– De toute façon, être à l'aise avec les autres, c'est un don, a-t-elle ajouté. On l'a ou on ne l'a pas.

– Tout à fait, ai-je ironisé. C'est d'ailleurs tout le propos de *My Fair Lady*[1].

1. Comédie musicale américaine inspirée de *Pygmalion* de George Bernard Shaw et dans laquelle une fille modeste apprend à devenir distinguée et populaire.

– Quoi ? a demandé Beatrice.

C'était peine perdue…

– Cela dit, ce que tu dis est faux, ai-je argumenté. N'importe qui peut être populaire. Il suffit d'adopter les bons codes.

– Tout le monde ne peut pas être populaire ! a ri Beatrice. Si tout le monde était populaire, il n'y aurait plus personne pour admirer les gens populaires !

J'ai soupiré.

– Tu as trouvé ça toute seule, Sherlock ? La popularité au lycée repose sur trois règles simples : les bons vêtements, la bonne musique et la bonne attitude.

Beatrice a relevé le nez, méprisante.

– Tu oublies quelques éléments essentiels, a-t-elle annoncé.

– Ah oui ? Et lesquels ?

– Règle numéro un, a souri Beatrice, façon YouTubeuse beauté. Effectivement, avoir le bon look.

Elle m'a contemplée de la tête aux pieds, comme elle l'avait fait avec Quinn, mais d'un air beaucoup moins furieux.

Je portais mes baskets, mon vieux short que j'aime bien et qui est en fait un jean que j'ai découpé, une chemise à carreaux qui appartenait à ma mère et qu'elle ne porte plus parce qu'elle dit que ça la vieillit (ne cherchez pas de logique) sur un débardeur blanc.

Beatrice avait mis une robe vert menthe, avec une ceinture argentée et tressée sur les hanches, et des sandalettes marron, tressées elles aussi. Et elle avait également les cheveux tressés et ramenés en chignon. Mon implacable esprit de déduction m'a informé que la tresse devait être à la mode.

Pour la première fois de ma vie, je me suis dit que j'aurais dû écouter Inger quand elle tentait de me donner des cours de style.

– Règle numéro deux : fréquenter les bonnes personnes. Donc, pas vous, a ajouté Beatrice avec un rire moqueur. Règle numéro trois : être profondément gentille.

Ça m'a cloué le bec au moins dix secondes. Être profondément gentille ? Beatrice n'avait de toute façon pas terminé :

– La mesquinerie est terriblement 2012.

Je me suis retenue de lui dire qu'elle était la mesquinerie incarnée. La déesse de la mesquinerie, même, parce qu'il fallait reconnaître à ma cousine sa capacité à être la meilleure dans tout ce qu'elle entreprenait.

De toute façon, je connaissais déjà sa réponse : elle n'était mesquine qu'avec moi.

– Tout ça, ça ne s'apprend pas, a-t-elle conclu.

– Tout s'apprend, ai-je rétorqué, à présent franchement exaspérée. On parie ? Même Josh et moi pourrions être populaires, si nous le voulions vraiment.

Puis, comme Josh m'énervait à faire soudain ami-ami avec Beatrice :

– Enfin, Josh, ce serait un peu plus difficile.

– C'est un défi ? a-t-il questionné, très tranquillement.

Oh non... on en était revenus au « Cap / pas cap ».

– D'accord, a-t-il repris. Une soirée, deux challengers. Toi, le groupe des filles. Moi, celui des garçons.

– Je serai votre juge ! s'est écriée Beatrice, tout excitée, en agitant les bras et en sautant dans tous les sens.

J'ai eu envie de l'étouffer avec sa propre main.

– Tu as un plan ? ai-je demandé à Josh, en ricanant.

Il a haussé deux fois les sourcils.

– Pas besoin de plan, ma poulette.

C'est à ce moment précis que j'aurais dû comprendre que la compétition avait commencé bien avant cette soirée-là et que ce traître de Josh avait déjà placé ses pions à des endroits stratégiques.

Sur le coup, je n'ai rien compris du tout. Je me suis contentée de rentrer dans la bataille, la fleur au fusil, sans savoir que ce qu'il me restait de dignité ne survivrait pas à cette soirée.

J'ai évalué la situation. Les bons vêtements, la bonne musique et la bonne attitude. Fréquenter les bonnes personnes. Être profondément gentille.

Je fréquentais déjà les bonnes personnes. Tristan, au moins. Même s'il était désolé de m'avoir embrassée, alors que moi, j'étais désolée qu'il se soit arrêté.

– Et je suis profondément gentille, ai-je grommelé, sans m'apercevoir que je parlais à haute voix.

Josh a eu un fou rire qui nous a un peu retardés et qui m'a un peu vexée. Puis nous sommes arrivés au complexe.

La maison des parents de Quinn se trouvait sur la gauche, à côté de celle de Tristan. Il n'y avait pas de lanternes ni de petit chemin, mais des rondelles de bois qui menaient jusqu'au porche, vide de tout meuble, et à une porte d'un brun sombre qui se confondait avec celui des pierres du lac.

Avec une rapidité redoutable, ma tante Brittany a réussi à nous pousser en dehors du cadre, Josh et moi, et à ramener Beatrice entre Mark et elle, sans toucher aucun de nous. C'était magique, on aurait dit un tour de foire.

Puis elle a ouvert la porte et est entrée.

J'ai tout de suite identifié la mère de Quinn : elle avait le même genre que celle de Tristan, mais en brune. Elle portait un sarouel en soie et de grands anneaux aux oreilles.

Elle a accueilli ma tante Brittany avec un petit cri et le coup de scanner habituel. Quand elle s'est assurée que tous ses vêtements provenaient de magasins de luxe, elle lui a servi du « ma chérie » d'une voix bizarre, comme si elle avait trafiqué son accent pour qu'il fasse sud-américain.

Quinn est apparue, toute blonde, à côté de sa mère. À part la couleur de cheveux et la différence d'âge, on aurait dit qu'elles avaient été clonées. J'ai alors remarqué les sourcils de la mère de Quinn, bien trop clairs par rapport à ses cheveux.

C'était la première fois que je voyais une fausse brune.

Quinn a embrassé Beatrice et toutes deux ont commencé à faire des mines stupides pendant que leurs mères se complimentaient mutuellement sur leur progéniture. Derrière elles, Josh et moi avions l'air d'attendre qu'on nous demande de tondre la pelouse ou de sortir le chien. Un homme immense, avec une carrure impressionnante, est venu serrer la main de l'oncle Mark et lui a demandé s'il était fan des Nicks, l'oncle Mark lui a répondu et ils sont partis d'un grand rire absolument incompréhensible. J'avais l'impression d'assister à un film étranger, avec une erreur de doublage.

Puis la vérité toute crue m'a sauté au visage : je n'avais pas les codes. Je ne comprenais rien. J'étais au milieu d'extraterrestres. Pire : j'étais l'extraterrestre.

Mon père m'avait habituée à fréquenter le milieu du luxe, depuis les mannequins jusqu'aux producteurs, en passant par le type rigolo qui s'occupe du café. Mais jamais il ne m'avait préparée à ça.

Je n'étais pas dans le milieu du luxe. J'étais dans un milieu bien plus cruel : celui de ses clientes.

Tristan est arrivé, avec un garçon brun que je ne connaissais pas, plutôt grand, vêtu d'un pantalon beige et d'une chemise blanche, pas vraiment beau mais plein de cette assurance que tous les gens présents partageaient. À croire que, comme l'affirmait Beatrice, ils étaient tous nés avec un surplus de confiance en soi et s'étaient retrouvés tout naturellement entre eux.

Josh a tendu la main à Tristan. Il n'y a eu aucun regard haineux ni même gêné. Comme s'il ne s'était rien passé l'après-midi même. En parfait gentleman, Josh a ensuite serré la main de l'ami de Tristan, tout en l'observant, pas du tout sur la défensive comme il peut l'être face à des étrangers.

– Fan des Wildcats ? a-t-il demandé.

Jamais entendu parler de ce groupe…

Tristan s'est esclaffé.

– Jon fait partie des Wildcats.

Combien de chances Josh avait-il de taper juste ? Une sur un milliard ?

– Observateur, a répondu Jon, en montrant le pendentif qu'il avait autour du cou et qui dépassait un peu de sa chemise.

– L'équipe des Wildcats est l'équipe de basket-ball de l'Université du Kentucky, a précisé Tristan, uniquement pour moi.

Au cas où quelqu'un ne m'aurait pas encore identifiée comme la débile mentale de l'été.

– Ce que vous avez fait en championnat, du jamais vu, a dit Josh d'une voix tout à fait normale et pas comme un admirateur hystérique, alors que je savais très bien qu'il devait jubiler intérieurement.

Jon a esquissé un sourire de connaisseur.

Puis ils se sont dirigés vers le buffet à leur tour, en papotant tous les deux, comme s'ils étaient amis depuis toujours.

Je suis restée seule avec Tristan, planté devant moi, dans son tee-shirt moulant noir, avec sa petite mèche qui lui tombait sur le front mais sans son sourire.

Il m'a contemplée intensément, puis a ouvert la bouche très lentement, comme s'il allait me faire une déclaration essentielle, émouvante et spontanée.

– Tu veux boire quelque chose ? a-t-il dit.

Il a dû répéter, parce que je n'ai pas entendu la première fois. J'avais les yeux rivés sur ses lèvres qui bougeaient. Un son vague en sortait, comme s'il parlait grâce à une voix off, très lointaine. Je ne voyais qu'elles, à la fois très proches et bien trop loin des miennes.

J'ai réussi à ne pas répondre « Non, je veux t'embrasser jusqu'à l'asphyxie », ce que je pensais très exactement. En revanche, je n'ai pas réussi à retenir un hennissement de jument à l'agonie – la version apocalyptique de mon rire habituel. Tristan a eu l'air surpris.

– Un soda, ai-je demandé, après avoir vaguement repris mes esprits.

– Il n'y a pas de soda ici, a-t-il affirmé. Trop riche en sucre et plein d'arômes artificiels. Tu veux un lait de coco ? Un jus de mangue frais ?

Justin et ma mère auraient adoré cet endroit. Il m'a conduite jusqu'au bar. Il n'y avait pas de soda, mais à en croire les bouteilles qui y étaient alignées, le whisky japonais devait être estimé assez sain pour les parents de Quinn. Sauf s'ils considéraient l'alcool comme un médicament. Dans ce cas, le thème de cette fête était sacrément bizarre.

Il m'a servi un jus de goyave – ou je ne sais quel fruit exotique, peut-être de la papaye – puis nous sommes restés comme des idiots, face à face.

– J'aime bien ta tenue, a-t-il lancé soudain. C'est original.

Il avait dit « C'est original » comme il avait dit « Intéressant » la veille.

– Les années quatre-vingt-dix reviennent à la mode, a glissé Quinn en passant derrière lui, sournoise.

Je ne l'avais pas vue arriver. Mais je suppose qu'on ne voit pas arriver la mort non plus.

– Il suffirait d'un rien pour que ce soit chouette, a dit Beryl, elle aussi sortie de nulle part et brusquement à côté de moi.

Les mots de Beatrice ont résonné dans mon esprit.

Avoir les bons vêtements. Fréquenter les bonnes personnes. Être profondément gentille.

– Tu crois ? ai-je questionné, en souriant.

Beryl s'est aussitôt enthousiasmée pour le sujet.

– Bien sûr ! Tu as de très jolis cheveux en plus !

– Je n'arrête pas de le lui dire ! s'est exclamée Beatrice.

Est-ce qu'elles attendaient toutes derrière les frontières du pays des fées, pour surgir au bon moment ?

– Si tu me laissais faire... a quémandé Beryl, presque suppliante.

J'ai sauté sur l'occasion.

– D'accord !

Beryl a applaudi des deux mains, en trépignant, comme une petite fille le jour de son anniversaire. Pour la deuxième fois depuis le début du séjour, j'ai éprouvé un sentiment étrange à son égard : presque de la sympathie.

– Quinn, on peut emprunter ta chambre ? a-t-elle demandé.

Quinn a froncé le nez puis a eu un rictus aimable.

– Bien entendu !

Puis elle a ajouté « Amusez-vous bien » avec un petit geste de la main.

Quand Beryl m'a conduite vers les escaliers, elle me regardait d'un air tellement extatique qu'un instant j'ai eu un gros frisson d'angoisse.

J'imaginais déjà la fin horrible qui m'attendait.

Elle allait me trucider dès que nous aurions mis un pied à l'étage.

On la retrouverait assise à la coiffeuse de Quinn, en train de coiffer ma tête dramatiquement détachée de mon corps et outrageusement maquillée, pour l'éternité.

Chapitre 16

– Ne t'inquiète pas, m'a dit Beryl en fouillant dans son sac – du moins, j'espérais que c'était bien le sien. Aucun des produits que j'utilise n'a été testé sur des animaux. Ils sont tous bio et je les transporte dans une mallette isotherme.

Toutes les réponses qui se sont bousculées dans mon esprit ont été écartées aussitôt, sauf si j'avais envie qu'elle me massacre le visage.

Elle a sorti des petits pots et des pinceaux neufs rangés dans des étuis, et les a posés sur la coiffeuse en rotin de Quinn.

J'ai eu envie de lui demander si elle s'était bien stérilisé les mains. Juste au moment où elle a sorti un flacon de solution désinfectante et qu'elle a commencé à s'en frotter les paumes, avec des gestes de chirurgienne.

– Ta peau est correcte, a-t-elle annoncé en me scrutant. Elle mériterait un peeling mais nous n'avons pas le temps tout de suite. Penses-y, sinon ton bronzage ne tiendra pas.

J'ai essayé de rentrer profond en moi, dans cet univers où on ne doit pas tenir un calendrier prévisionnel pour l'entretien de son visage.

Les photos accrochées au-dessus du lit de Quinn m'ont détournée de ce projet pourtant salvateur.

La plupart montrait Quinn dans diverses activités – évidemment, elle faisait du golf, du water-polo, du ski et un sport inconnu qui consistait à prendre l'air idiot en short dans la rue, probablement du shopping. Sinon, elle posait avec ses amies, dont Beryl, devant des cappuccinos, dans ces cafés où le serveur fait un petit cœur dans la mousse.

Sur l'une d'elles, elle se tenait avec Tristan. Elle portait une robe courte, avec un drapé, façon vestale romaine et Tristan avait une veste sur son jean. Ils souriaient tous les deux en faisant des signes à celui ou celle qui les photographiait. On aurait dit une pub pour des produits capillaires. C'était positivement écœurant.

– C'est un si joli couple, a dit Beryl.

Je me suis retenue de ne pas vomir dans le pot d'anticernes qu'elle tenait à la main.

– Ils sont ensemble depuis si longtemps, a-t-elle continué.

Sans doute prédestinés *in utero*, oui, je le savais.

– Et Josh et toi ? a-t-elle ajouté, avec un sourire plein d'espoir.

Tout en me parlant, elle me massait les tempes. Un frisson d'angoisse m'a parcouru le dos, comme à chaque fois qu'on tente des trucs et des machins zen sur moi.

(Il y a longtemps, ma mère et Lauren nous ont inscrits au yoga des Petits, Josh et moi. Il paraît que tous les autres gosses finissaient par s'endormir pendant la relaxation et que moi, je faisais le pont sur mon matelas en récitant des tables de multiplication. Au bout de trois séances, la monitrice a demandé à ma mère de ne plus jamais m'amener et elle lui a rendu son chèque d'inscription.

Elle a demandé la même chose à Lauren, mais c'est parce que Josh avait mordu un autre gamin pendant le Salut au Soleil.)

– Quoi, Josh et moi ? ai-je demandé.

Beryl a lancé :

– Vous êtes ensemble depuis longtemps ?

– Oh, ai-je répondu d'un air aussi détaché que possible, compte tenu du fait que j'avais ses doigts à un centimètre de mes globes oculaires. Quelque temps, oui…

Elle a eu l'air déçue par ma réponse.

– Ta peau est plus grasse que je ne le pensais, a-t-elle annoncé, sur le même ton que si elle m'apprenait que j'avais un cancer en phase terminale. Je vais être obligée de poser une base.

Après une éternité et trois couches de crèmes infectes, elle s'est attaquée au maquillage. Pendant ces opérations, elle n'arrêtait pas de parler, tout en m'interdisant d'intervenir.

À la fin de la séance, je savais tout sur l'univers des cosmétiques, je connaissais mes couleurs : brun, brun vert, peut-être un bleu profond, éventuellement du doré mais jamais de cuivré – j'ai dû jurer sur ce dernier point.

Beryl a souri en regardant le résultat final puis m'a laissée me contempler dans le miroir.

Je dois avouer que c'était assez réussi. Contrairement à ce que j'avais imaginé, je n'avais pas l'air d'une voiture volée. J'étais simplement moi, en un peu différente. On voyait mieux mes yeux et, étrangement, ils paraissaient vert clair, alors qu'ils sont vert sombre avec des éclats noisette.

J'ai remercié Beryl. Quand elle s'est écriée « Et maintenant, on s'occupe de tes cheveux ! » j'ai soupiré mais je me suis laissé faire, fair-play.

Pendant qu'elle me coiffait, elle continuait à me parler, en virevoltant autour de moi. Cette fois-ci, j'ai eu le droit de répondre. Immanquablement, elle revenait à Josh et moi, comme si c'était le seul sujet qu'il convenait d'aborder dans ce genre de situation, alors que je savais très bien qu'elle tentait de m'arracher des informations.

Je savais aussi que Josh était prêt à tout pour gagner, même jouer le jeu de la séduction avec Beryl.

Pendant qu'elle enroulait mes cheveux de façon un peu brutale derrière mes oreilles, elle a lancé :

– En tout cas, je te trouve très cool.

– Très cool ? De quoi ?

– De laisser Josh passer du temps avec une autre fille.

Elle a souri en disant ça, d'un sourire de bonne copine sincère. Pendant quelques secondes, je me suis dit qu'elle ne faisait pas que suivre le fameux code de Beatrice : elle était vraiment une gentille fille.

On pourrait croire que ce qu'il s'est passé par la suite est le résultat de mon esprit de compétition alors que pas du tout !

Du moins, c'est la version que je maintiendrai jusqu'à ma mort.

– Oh, tu sais, Josh n'aime pas trop les petites amies collantes, ai-je répondu. Et même, il aime bien qu'on l'ignore un peu. C'est ce genre de garçon, tu vois ?

Elle a hoché la tête.

– À vrai dire, il aime les filles un peu brutales, ai-je continué, sérieusement. D'ailleurs, pour sortir avec lui, j'ai passé plusieurs mois à lui envoyer vanne sur vanne.

J'ai rigolé intérieurement, parce que c'était vrai si on remplaçait « mois » par « années ». Sauf que Josh ne supportait les sarcasmes que de ma part.

Je ne pensais pas vraiment à mal, surtout que je croyais Beryl absolument incapable de tenir toute une joute avec l'un de nous.

En tout cas, elle avait l'air superintéressée par ce que je disais, à tel point qu'elle a lâché mes cheveux quelques secondes, pour dire :

– Tu veux dire que tu as soufflé le chaud et le froid ?

– C'est un peu ça.

– Marrant, a-t-elle murmuré. Quinn dit toujours qu'il n'y a que ça qui marche avec les garçons.

Vu la façon dont Quinn collait Tristan au train comme si elle voulait lui piquer le ballon, ça m'étonnait un peu.

– Ça marche avec Tristan ? ai-je demandé.

Beryl a repris ma mèche de cheveux, dans le but visible de lui faire une prise de catch et de la laisser pour morte sur le haut de mon crâne.

– Tristan est particulier, a-t-elle chuchoté avec une expression mystérieuse. Je peux te confier un truc ?

– Bien sûr !

– Ça ne marche pas tant que ça, entre Quinn et Tristan. Tristan est devenu bizarre, depuis l'année dernière. Il a abandonné l'association des élèves de son lycée et il ne va plus au club avec ses parents. Quinn dit qu'il a des idées étranges et elle le soupçonne de...

Elle a écarquillé les yeux.

– ... elle le soupçonne de militer en cachette !

Elle m'a donné un coup de peigne excité.

– Je veux dire, a-t-elle continué. C'est normal de militer pour la paix dans le monde ou la préservation de certaines espèces ou l'égalité entre homme et femme... Mais il paraît que...

Elle a pris un air de conspiratrice :

– ... que Tristan fait de la politique... Quinn est hors d'elle. Son oncle est sénateur quand même !

– Son oncle fait donc de la politique, ai-je avancé.

– Son oncle fait de la politique normale ! s'est exclamée Beryl. Tristan ne veut pas aller à l'université, d'après Beryl. Il veut travailler. Nous pensons qu'il se drogue.

Tristan avait décidé de rejeter le petit confort de son milieu. Je comprenais que des filles comme Beryl ou Quinn soient véritablement horrifiées. C'était un peu comme si j'annonçais à maman que je voulais faire du golf ou voter pour les Républicains. Ou à Tuppa que j'avais décidé de devenir dentiste. Ou pire, trader.

J'ai senti un début de fou rire me chatouiller le nez.

Au lieu de me laisser aller, j'ai pris l'air triste.

– Je vois très bien... ai-je murmuré à mon tour. Les gens changent... Je peux te confier un secret, moi aussi ? Tu promets de ne rien répéter ?

Beryl a pris le peigne et l'a secoué devant mon nez, d'un air solennel.

– Je te le promets.

À ce stade-là, j'aurais pu le lui faire jurer la main posée sur un catalogue L'Oréal.

– Josh a changé aussi. Au début, tout allait bien mais depuis quelque temps, il n'est plus le même non plus.

J'ai déroulé mon histoire.

À la fin, Beryl m'avait fait la coiffure la plus parfaite que j'aie jamais eue – les cheveux attachés en arrière, derrière les oreilles et qui tombaient en rouleaux souples sur mes épaules – et me regardait, les yeux écarquillés par les révélations que je venais de lui faire.

Chapitre 17

Quand nous sommes descendues, les adultes discutaient toujours et les ados s'étaient regroupés sous la véranda. En entendant Twenty One Pilots, j'ai reconnu les goûts de Josh. Beatrice et Quinn dansaient face à face, devant un canapé en bambou, sur une petite estrade. Leur technique se rapprochait plus de celle de figurantes de clips de R'n'B qu'à des jeunes filles de la up-class. Je dois avouer que je me suis sentie encore plus décalée qu'en arrivant, malgré mon maquillage, ma coiffure et ma tenue améliorée. Beryl m'avait obligée à descendre en débardeur, et dès que je me suis croisée dans un miroir, j'ai été obligée de résister à une pulsion angoissante : galoper jusqu'à la maison pour me réfugier dans mon sweat-shirt le plus informe.

Les garçons s'étaient amassés près d'un bar, sauf Josh qui dansait aussi, devant les filles, et Tristan qui s'était installé derrière l'ordinateur pour gérer la play-list.

Quand il m'a vue, il a fait une drôle de tête et s'est levé. Et il m'a souri.

– Tu ne te doutais pas qu'elle pouvait être encore plus jolie, toi non plus, n'est-ce pas ? a dit Beryl.

Cette fille était la gentillesse personnifiée... Comme si un Petit Poney s'était incarné dans un être humain. J'hésitais entre l'envie de la faire disparaître et celle de la prévenir que le monde extérieur n'était pas pavé d'arc-en-ciel et de mascaras garantis sans test sur les animaux.

Tristan a de nouveau souri.

– Harper est toujours jolie, a-t-il murmuré.

J'ai voulu le remercier de mon ton le plus mature.

Évidemment, tout ce qui est sorti de ma bouche, c'est mon espèce de nouveau rire flippant.

– Je peux te parler en privé ? a demandé Tristan.

J'ai dit oui. De la tête, évidemment.

Je l'ai suivi dans l'arrière-jardin. Il s'est assis au bord d'une petite fontaine artificielle remplie de fleurs aquatiques. Je suis restée plantée devant lui, en dansant d'un pied sur l'autre.

(Harper, quatre ans...)

On voyait une partie de l'intérieur de la véranda par la fenêtre mais le jardin était seulement éclairé par quelques petites lampes enfoncées dans la terre ici et là.

Tristan a étendu ses jambes bronzées devant lui et m'a (encore) souri.

– Tu ne veux pas t'asseoir ?

Non, je ne voulais pas m'asseoir. Si je m'asseyais, je ne pourrais résister à l'envie de l'embrasser. En outre, Beryl m'avait badigeonnée de gloss et j'étais certaine que mes lèvres glissaient plus qu'un pingouin sur une piste de bobsleigh. La dernière chose dont j'avais envie, c'était de provoquer un accident labial. Avec la chance que j'avais, Tristan pouvait passer sans s'arrêter sur ma bouche et, emporté par son élan, s'effondrer dans la fontaine, où il mourrait par manque d'aide efficace de ma part, parce que je serais trop occupée à rire bêtement.

J'imaginais déjà les gros titres « Une adolescente met inconsidérément du gloss shiny n° 4 et provoque la noyade de son petit ami dans une fontaine exotique. » Ma mère mourrait sans doute en lisant « fontaine exotique », persuadée que j'avais commencé une carrière de strip-teaseuse et Quinn viendrait à l'enterrement de Tristan cachée sous une voilette pour hurler qu'il n'était même pas mon petit ami.

Il était donc hors de question que je m'assoie, à cet instant ou jamais.

– Tu ne vas pas rester comme ça, debout devant moi, a argumenté Tristan, en dégainant son adorable sourire pour la quatrième fois.

Je me suis assise.

– On n'a jamais vraiment eu l'occasion de parler, m'a-t-il annoncé.

Sans rire ?

– En même temps, on se connaît depuis trois jours, ai-je rétorqué, d'un ton bien trop Harper à mon goût.

Sa cuisse touchait ma cuisse. Il s'est baissé pour ramasser une feuille sur le sol et a commencé à la dépiauter. Sa main a frôlé accidentellement la mienne. C'était comme une décharge électrique.

– Josh m'a dit que tu étais une excellente élève et présidente de ton club d'échecs.

Josh allait mourir et le dernier visage qu'il verrait serait le mien. Le club d'échecs ! Autant carrément demander qu'on m'attache à un poteau pour me jeter des pierres.

– Non, je joue comme ça…

– Je joue aussi, a dit Tristan.

Par pitié, est-ce qu'il allait me proposer une partie d'échecs ?

– Il m'a dit aussi que tu aimais lire, a-t-il poursuivi.

Je ne pouvais pas non plus être quelqu'un d'autre. J'ai acquiescé.

– Et tu lis quoi, en ce moment ?

J'ai eu l'envie spontanée de répondre que je venais de terminer un essai de géopolitique sur la situation au Moyen-Orient. Mais je devais la vérité à Emily Brontë, à Heathcliff et Tristan.

– *Les Hauts de Hurlevent.*

Il m'a contemplée intensément.

Je n'avais pas remarqué qu'il avait de longs cils, très délicats.

– J'adore ce livre, a-t-il soufflé. Même si je ne comprends pas le personnage d'Heathcliff. Avoir enfin ce qu'il veut à portée de main et ne pas aller le chercher.

Il s'est tourné vers moi et a penché la tête. Mon cœur battait à cent à l'heure. Je me suis demandé si on pouvait faire un accident cardiaque à presque quinze ans.

– S'il avouait tout simplement qu'il aime Cathy, il n'y aurait pas d'histoire, ai-je murmuré, les yeux plongés dans les siens.

La couleur des yeux de Tristan… Je me suis dit que j'aurais pu plonger dans ses yeux. Avec un masque et un tuba. Ou une bouteille. Parce qu'on a besoin d'oxygène pour vivre. Je porterais aussi probablement une combinaison, pour l'aérodynamique.

Au moment où je me retrouvais virtuellement face à un dauphin rieur, Tristan a avancé un peu plus son visage.

– Je n'aime pas quand il y a trop d'histoires, a-t-il chuchoté, avant d'effleurer mes lèvres des siennes.

J'ai reculé, d'un seul coup.

Il a eu l'air surpris.

– Attends… Tu vas encore t'excuser ?

Je ne sais pas ce qui m'a pris. J'étais sans doute gênée par la présence de Quinn à quelques mètres de là, même si personne ne pouvait nous voir et que Tristan semblait n'en avoir rien à faire. Sans parler du fait qu'il considérait que nous nous étions à peine parlé mais qu'il avait l'air de penser qu'une phrase sur

Heathcliff suffisait pour que j'aie envie de l'embrasser jusqu'à tomber dans les pommes.

(Mon Dieu, est-ce que Tristan était télépathe ?)

– Non, a-t-il répondu, sobre, quoique visiblement agacé par mon mouvement de retrait. Est-ce que tu vas me reprocher d'avoir une conscience ?

Une conscience ! À une porte de sa petite amie et du mien ! Enfin, de celui qu'il pensait être mon petit ami !

– Quinn, Josh, ça ne te dit rien ? ai-je rétorqué.

Je ne sais pas comment j'ai réussi à me sentir véritablement indignée mais j'ai vraiment perçu la colère qui montait.

– Je ne sors plus avec Quinn.

Ça m'a un peu calmée. Du moins, ma curiosité a été plus forte que mon indignation.

– Tu l'as larguée ?

C'était agréable comme idée, bien qu'un peu honteux.

– Elle m'a largué, a-t-il répliqué, avec un petit pli fâché fixé sur sa bouche divine. Je crois qu'elle a flashé sur Jon.

Jon ? Ah oui, le basketteur...

– Elle me trouve immature.

Apparemment, ça avait chauffé.

– Il y a toujours Josh, ai-je dit.

Tristan a levé les yeux au ciel.

– Josh n'est pas un garçon pour toi. Il est bien trop superficiel.

De quel droit jugeait-il qui était pour moi ou pas ?

– Josh n'est pas superficiel ! me suis-je écriée.

J'ai tourné la tête vers la fenêtre. Josh essayait de rattraper du pop-corn avec sa bouche, ce qui faisait rire les filles autour de lui. Il avait enlevé son tee-shirt, dans le but évident de les impressionner.

Bon, d'accord.

C'était vrai aussi qu'il n'était pas capable de tenir une conversation sur *Les Hauts de Hurlevent* – mais Tristan non plus finalement. Il avait au moins la modestie de s'intéresser un peu.

– Est-ce que c'est comme ça que tu me vois ? ai-je demandé, toujours énervée. Une tête d'ampoule qui devrait sortir avec un type dans son genre ? C'est quoi, mon genre, exactement ? Toi ?

Plus rien ne pouvait m'arrêter. Tristan a froncé les sourcils, furieux.

– Peut-être, oui. Peut-être un garçon qui ne te traite pas comme si tu étais un meuble.

– Tu as raison, ai-je grincé. Un garçon qui ne peut pas passer cinq minutes avec moi sans m'interrompre pour m'embrasser.

Cette dose de mauvaise foi a presque failli me faire vaciller. La dernière chose que je désirais vraiment, au fond, était de parler avec Tristan. Encore moins de me disputer avec lui.

Tout ce que je voulais, si tant était que la voix hystérique qui me perçait le cerveau m'appartenait, à moi, et pas à mon double maléfique, se trouvait à mi-chemin entre son menton et son nez et continuait à débiter des arguments ineptes.

– Je suppose que je devrais me sentir mal ? a demandé Tristan.

– De ?

– De vouloir t'embrasser ?

J'ai ricané.

– De m'embrasser alors que rien n'est clair entre nous et certainement pas entre Josh et moi.

Je méritais un Oscar.

– Tu veux que j'aille provoquer Josh en duel ou quelque chose comme ça ? a lancé Tristan, non sans une certaine ironie amusée.

L'image m'a semblé attrayante. J'ai tout de suite visualisé Tristan moulé dans un collant écru, avec une chemise bouffante, en train de gifler Josh avec son gant.

Cette tenue lui allait particulièrement bien, surtout que la chemise était un peu ouverte et qu'il avait, sur le visage, un air à la fois ferme, inconsolable et follement amoureux (de moi, pas de Josh).

En face de lui, Josh était en jogging.

Le vrai Tristan s'est de nouveau penché vers moi. J'ai tenu, bien droite et pleine de défi.

– Est-ce que tu sais ce qui me pousse vraiment à t'embrasser, Harper ?

– Les hormones ?

Je me serais giflée. Tristan m'a lancé un regard blessé. Ma mère avait raison : je ne pouvais juste pas me retenir de lancer des vannes, surtout quand j'étais vexée, mal à l'aise ou qu'on me prenait au réveil.

Enfin, contre toute attente, il a ri.

– Alors ? ai-je lancé.

– À vrai dire, je ne sais pas, a-t-il lâché, sans s'arrêter de rire.

J'ai trouvé ça un chouïa insultant, en fait. Il a repris :

– Mais tu as raison, je ne t'ai pas demandé ton autorisation.

Il avait l'air très embêté. Je lui ai souri, bien malgré moi. Il a déplié ses jambes, s'est étiré, avec un mouvement bien trop nonchalant pour quelqu'un qui était censé avoir un peu d'implication dans ce sujet précis.

Puis il m'a contemplée et a lâché :

– Quand tu seras au clair avec Josh, fais-moi signe.

Puis il s'est levé en me laissant encore seule et désespérée, comme une pom-pom girl un jour de poussée d'acné.

Chapitre 18

J'ai rassemblé tout mon courage pour rentrer sous la véranda. Faute de Tristan pour gérer la play-list, la même musique tournait en boucle. Quelqu'un avait rapporté un plateau avec des trucs à grignoter du buffet: des sushis, des brochettes, des morceaux de fruits exotiques et un paquet de chips sans doute passé en fraude. Tout le monde s'était regroupé sur le canapé et les fauteuils autour de l'estrade. Quinn était assise à côté de Jon, toute droite mais l'air détachée et cool. Elle nous a transpercés du regard mais souriait, genre bonne copine inquiétante qui attend que tu te baisses pour te planter une brochette de yakitoris dans le dos. Beryl se tenait à bonne distance de Josh, étrangement (tellement pas étrangement, en fait… j'avais presque honte de ce que j'avais fait…).

– Ça vous dit, une Action Vérité? a dit Ethan (ou Stewart, à force je les confondais tous les deux).

Horreur intégrale. S'il y a bien un jeu que je déteste, c'est Action Vérité.

Une fois, j'ai été obligée d'y jouer dans une soirée pyjama (devinez qui m'avait obligée à y aller ?), quasiment la seule où je suis allée. Je devais avoir onze ans. C'était chez Shiny Robinson (je vous jure que c'est vrai, il y a une fille dans mon lycée qui s'appelle Shiny Robinson. Ses parents tiennent un magasin de chaussures et sa mère raconte partout qu'elle connaît George Michael parce qu'elle lui a vendu une paire de derbies un jour où il était en concert près de son magasin. Avant qu'elle nous serine avec ça, je ne savais pas qui était George Michael, même si ma mère n'arrêtait pas de dire « mais si, mais si, il est dans ma playlist de Noël » sans comprendre que, de janvier à novembre, toute la famille préférait ignorer qu'elle en avait une).

Quand la mère de Shiny nous a enfin laissées tranquilles, sans doute pour aller appeler des gens piochés au hasard dans l'annuaire et leur raconter que George Michael avait acheté des derbies noires pointues en cuir italien dans son magasin, Shiny a voulu jouer à Action Vérité. Au début, tout allait bien mais comme je n'avais pas envie d'imiter Kate Perry ou de faire tout autre gage stupide, j'ai choisi Vérité, quand ça a été mon tour.

Stella Mendoza m'a demandé si j'avais déjà embrassé un garçon. Je pensais assez naïvement à l'époque que c'était grave si on mentait. J'ai dit non.

Jusqu'à la fin de l'année, elles m'ont appelée « Sainte Marie, mère de Dieu ». Toute l'école s'y est mise.

Depuis, je déteste ce jeu, autant que je déteste le tofu ou le fait que les adultes s'attendent toujours à ce qu'on fasse quelque chose de forcément débile, sous prétexte qu'on est ado.

– Carrément, a répondu Tristan.

– C'est un jeu de bébé, est intervenue Quinn.

– J'aime bien, moi, a rétorqué Jon.

– Oui, tu as raison, s'est-elle empressée d'ajouter.

Pathétique. (Du grec *pathetikos*, et dont la définition première est : « capable d'éprouver des sentiments », ce qui reste très contestable dans le cas de Quinn.)

Je n'avais pas trop le choix. Josh ne m'a même pas soutenue par un sourire ou même un regard, alors qu'il connaît mon aversion totale pour ce jeu (auquel il n'a jamais joué lui-même, soyons honnêtes). Je me suis assise.

– Qui commence ? s'est écriée joyeusement Quinn.

– Eh bien toi, Quinn, a enchaîné Stewart (ou Ethan). Action ou Vérité ?

Quinn a minaudé quelques secondes avant de sortir :

– Vérité !

Tout le monde a applaudi et poussé des cris.

– Moi, j'ai une question ! a rugi Ethan (ou Stewart. Appelons les Stewhan, ce sera plus rapide). L'année dernière, le coup du filet à poisson, c'était toi ?

Ils ont tous ri, sauf Jon, Josh et moi, parce que nous ne comprenions rien, évidemment.

– Oh là là, a murmuré Quinn, en souriant. Oui, c'était moi.

Ils ont tous éclaté de rire, de nouveau, même Tristan qui pourtant n'avait pas jeté un regard à Quinn depuis que nous étions rentrés. Quinn s'est évertuée à rougir mais, comme elle n'y arrivait pas, a fini par faire une petite mine tout adorable et hypocrite, avant d'annoncer :

– À moi de poser une question ! Beryl ! Action ou Vérité ?

– Action, a répondu Beryl.

Puis elle a haussé les épaules, avec le même genre d'expression enfantine que Quinn :

– Je suis une fille d'action avant tout.

– Tu portes un haut de maillot de bain ? a demandé Quinn.

– J'avais choisi action ! a rétorqué Beryl, d'un air comique.

– Alors, tu as dix secondes pour l'enlever sans toucher à ton top.

Beryl a poussé un soupir pour signaler qu'elle trouvait ça trop facile. Je n'ai pas osé regarder la tête de Josh à ce moment-là mais j'ai mieux compris pourquoi Jon n'avait pas eu l'air de trouver le jeu si immature que ça. Leurs règles étaient bien différentes de celles que j'avais connues à onze ans. J'ai eu un début de sueur froide. Beryl s'est levée et a commencé à se contorsionner de façon assez peu élégante, puis a simplement passé sa main derrière son dos.

Dix secondes après, elle brandissait son haut de maillot de bain. Les garçons ont visiblement apprécié, parce qu'ils ont applaudi à tout rompre.

– Josh ? a embrayé Beryl en se rasseyant. Action ou Vérité ?

Il a fait un petit geste nonchalant.

– J'ai la flemme de bouger. Donc Vérité.

Beryl l'a regardé froidement.

– Qui trouves-tu la plus jolie, ici ?

Et ce traître de Josh a répondu :

– Quinn.

– Ça ne m'étonne pas de toi, a dit Beryl.

Quinn l'a mal pris.

– Que veux-tu dire exactement, Beryl ? a-t-elle demandé.

– Rien. Juste que Josh a des critères bien précis en matière de fille.

– Et c'est un souci ? a repris Quinn, sur un ton hargneux.

– Aucun souci avec toi, Quinn, a répliqué Beryl, du même ton, en insistant lourdement sur le « toi » et en dévisageant Josh.

J'y avais été peut-être un peu fort.

– C'est à moi de choisir, a déclaré Josh. Beatrice, Action ou Vérité ?

J'ai eu un bref ricanement qui m'a détourné de mon angoisse, un instant.

– Action, a répondu Beatrice tranquillement.

Josh a eu son sourire sadique.

– Embrasse le garçon de ton choix. S'il est d'accord.

Il a balayé l'assemblée masculine de la main.

– Tout le monde est d'accord ?

– Parfaitement, a répondu Jon avec un sourire.

Quinn a eu une drôle de tête.

Beatrice avait tenté de nous aider et Josh se montrait particulièrement mesquin avec elle. Je ne savais pas trop si l'idée me plaisait ou me mettait mal à l'aise mais la tête de Quinn m'a, je l'avoue, apporté encore un rien de satisfaction.

Quand j'ai vu Beatrice se lever lentement, pas du tout gênée, j'ai arrêté de ricaner intérieurement. Surtout quand j'ai compris, un peu trop tard, que Tristan n'avait absolument pas protesté et qu'elle marchait dans sa direction.

Elle s'est plantée devant Josh, Tristan et l'un des Stewhan qui étaient assis dans le même coin. Elle a pris une posture amusante, une main sur la hanche, la tête penchée sur le côté, comme si elle hésitait, puis s'est rapprochée de Tristan... pour, en déviant au dernier moment, embrasser Josh.

Josh !

Soit elle était plus stratège que je ne l'imaginais, soit elle avait de l'humour (non, là, c'est moi), soit Josh était bien le cancrelat machiavélique et ultra-doué qu'il s'était vanté d'être, prêt à tout pour gagner.

(Il ne l'avait peut-être pas exprimé comme ça mais c'était l'idée...)

J'ai eu un moment d'arrêt puis j'ai senti les yeux de Tristan sur moi. J'ai tourné un peu la tête et j'ai vu son sourire, qui n'était pas du tout son sourire adorable mais plutôt celui qui disait : « Je suis tellement désolé pour toi... »

Ou, peut-être : « Mon Dieu, est-ce que tu vas réagir ? »

Ou encore : « Je me suis intéressé à une pauvre fille qui se fait humilier en public sans que ça ne dérange personne. »

– Eh, arrêtez-vous ! a bramé un des Stewhan en rigolant et en jetant une chips sur Beatrice et Josh.

C'est à ce moment-là que je me suis rendu compte qu'ils avaient toujours leurs bouches collées l'une à l'autre.

Chapitre 19

Après un temps qui m'a semblé interminable, ils ont enfin accepté d'interrompre leur solidarité buccale dérangeante et Beatrice a demandé à Jon s'il préférait Action ou Vérité.

Pendant que Jon répondait à une question concernant le nombre de ses conquêtes, à laquelle Quinn a feint de ne porter aucun intérêt personnel, tout en faisant des remarques qu'elle jugeait sans doute spirituelles, j'ai quand même regardé Josh. Il avait un air satisfait assez débectant et uniquement perceptible par moi qui le connais bien.

Jon s'est tourné vers moi, après avoir annoncé le chiffre assez décevant de quatre conquêtes, « toutes notions de durée confondues », ce à quoi Beryl a répondu que le mot « conquête » était sexiste, ce à quoi

Jon a répondu que c'était elle qui l'avait employé, ce qui a jeté la confusion dans son cerveau qui a explosé, en projetant des morceaux sanguinolents partout.

En vrai, elle a juste soupiré. Je me suis demandé si ses soupirs étaient des flatulences de son cerveau, ou si elle tentait d'exprimer quelque chose par ce biais. Et j'ai culpabilisé, en me souvenant comme elle avait été gentille et serviable avec moi et ma peau à tendance grasse.

Jon m'a alors contemplée pendant un moment qui m'a semblé interminable.

Quand il a lâché « Action ou Vérité ? », j'ai eu le sentiment d'être dans la peau d'une sorcière de Salem à qui un juge aurait demandé si elle préférait l'épreuve de la noyade ou du bûcher pour prouver sa bonne foi.

En tout état de cause, ce n'était pas le bon moment de choisir la vérité, surtout avec Quinn qui attendait le faux pas, telle l'araignée planquée dans un coin de sa toile.

J'ai donc opté pour l'action, en me recroquevillant sur moi-même malgré moi, en même temps que ma dignité.

– Même crime, même châtiment, a dit Jon de façon très obscure. Embrasse le garçon qui te plaît le plus.

– Ce n'est pas tellement du jeu, Jon, a fait remarquer Tristan. On ne doit pas donner deux fois la même Action.

– Trouve-nous le texte de loi qui affirme ça, est intervenue Quinn, avec un rictus moqueur.

– C'est vrai que normalement… a commencé Beryl, avant de se ratatiner sous le regard de sa copine.

– Harper a peut-être son mot à dire, a répondu Tristan.

– C'est une Action Vérité, Tristan, a dit Quinn, l'air froid. On n'a pas le droit de discuter les actions, sinon on a un gage.

– Ce qui revient à une action, a précisé Jon. Cette règle est d'ailleurs idiote.

Ma stratégie d'invisibilité avait fonctionné. Ils parlaient exactement comme si je n'étais pas là. J'ai trouvé ça assez vexant mais un soulagement temporaire m'a empêchée de m'énerver.

– Et si elle refuse ? a demandé Tristan à Quinn. Tu vas faire quoi ? La tremper dans le goudron et les plumes ?

– Pfff… Où veux-tu que Quinn trouve du goudron ? s'est exclamée Beryl.

– Clair que les plumes, ce serait plus facile, a lâché Tristan en défiant Quinn du regard, mâchoire serrée.

– Est-ce que tu es en train de me comparer à un oiseau, Tristan ? s'est insurgée Quinn.

– À une volaille, plus exactement, a continué Tristan.

Quinn a reniflé, méprisante.

– Tu as la défaite amère, mon chéri.

– Je n'aime pas la mesquinerie.

Il avait lancé le mot. Beryl, Beatrice et Quinn ont arrondi la bouche, avec exactement la même expression. Apparemment, ce n'était pas seulement une ligne de conduite, c'était le tabou absolu.

– Du calme, a dit Jon. C'était mon idée mais si j'avais su que ça dégénérerait comme ça, j'aurais évité. Je pensais qu'on rigolait.

– On ne rigole jamais avec Tristan, a grincé Quinn à Jon, sans le lâcher des yeux. Il est devenu très sérieux.

– De quoi te plains-tu ? C'est toi qui m'as initié à la pensée de haut vol, lui a répondu Tristan. Toutes ces théories sur le shopping…

J'ai cru que Quinn allait lui sauter à la gorge.

– Bon, a dit Jon. Je crois que le jeu est terminé.

– Non, a grondé Quinn. Harper n'a pas fait son action.

– Ne fais pas ça, Quinn, a aboyé Tristan, en rougissant de colère.

Là, il s'est passé quelque chose. Josh évitait soigneusement de s'intéresser à la scène. Beatrice était consternée et me fusillait du regard. Beryl tournait la tête dans tous les sens, complètement affolée. Les Stewhan ricanaient vaguement. Et Quinn a lancé :

– Laissons tomber. De toute façon, Harper est bien trop coincée pour jouer à ce genre de jeu.

Ça m'a rendue folle de rage.

Je me suis levée et je me suis plantée devant Quinn.

Je l'ai regardée bien droit dans les yeux.

On entendait presque les coyotes dehors.

Puis, comme Beatrice, j'ai fait semblant de tergiverser en me tournant vers Tristan, Josh et les Stewhan puis de nouveau vers Quinn.

Et j'ai embrassé Jon qui était assis à côté d'elle.

Pas un petit baiser rapide.

Je l'ai embrassé pour de vrai.

Il a eu l'air étonné et puis, la seconde d'après, il a eu un autre air, que j'ai bien vu parce que j'avais les yeux ouverts tout le temps du baiser. Quand j'ai reculé, il a souri.

La tête me tournait un peu, sans doute parce que je m'étais relevée un peu vite et aussi à cause de l'adrénaline. Je n'arrivais pas à croire ce que je venais de faire.

Le silence a envahi la véranda. Personne ne devait savoir comment réagir.

Puis, j'ai entendu le rire de Tristan qui s'est élevé brusquement dans la pièce.

J'ai entraperçu le visage de Josh, furieux.

Un autre rire a suivi. Puis un des Stewhan a dit à Quinn qu'elle était bien mouchée.

Mon cœur battait à cent à l'heure, j'ai hésité. Leurs rires me vrillaient les oreilles.

Je suis partie, en essayant de ne pas courir.

Chapitre 20

Personne n'a tenté de me rattraper. Même pas Tristan.

Quand je me suis engagée sur le chemin qui sortait du parking, pour rentrer à la cabane, j'avais la tête bourdonnante. Tout se bousculait : le baiser de Tristan, celui de Beatrice et Josh, celui de Jon et moi. J'ai maudit ce jeu débile.

Encore plus quand j'ai dû m'avouer que le baiser avec Jon ne m'avait pas déplu.

Est-ce que j'étais vraiment ce genre de fille ?

Histoire de m'achever, le discours que Mumma m'avait tenu sur la liberté sexuelle m'est revenu à l'esprit exactement à cet instant. C'était le lendemain de Noël, l'année dernière. Benji jouait avec les cadeaux qu'il avait reçus dans le salon et maman s'adonnait à son activité préférée de Noël : elle était vautrée dans un canapé, enroulée dans un plaid, en se plaignant toutes les quatre secondes qu'elle avait trop mangé.

J'étais assise à la table de la salle à manger de Tuppa et Mumma et j'essayais de lire, malgré les lamentations de maman et les bruits pénibles de la DS de Benji.

Mumma est venue s'asseoir en face de moi, signe que nous allions avoir une « conversation ». Mumma adore les « conversations » d'individu à individu, dans un « espace de parole libre et en pleine conscience », ce qui consiste essentiellement à me parler de sujets qui ne m'intéressent pas et qui finissent toujours sur la paix dans le monde. Elle portait une robe d'intérieur bariolée et des colliers en perles de bois qu'elle avait achetés à un artisan péruvien lors de son dernier voyage. « Un homme merveilleux, m'avait-elle dit. Il fait trente kilomètres à pied dans la montagne pour vendre ses colliers. Une belle âme. »

Elle m'avait demandé ce que je lisais et comme c'était Steinbeck, elle s'était fendue d'un « auteur merveilleux, mais quel sexisme… » avant d'en venir à ce qui la préoccupait et qui était censé me préoccuper encore plus qu'elle.

– Je crois qu'il est temps que nous abordions certains sujets, avait-elle annoncé. Parce que si on compte sur ta mère pour ça… Tu sais, Harper, il n'y a rien de mal à aimer plusieurs choses à la fois. Tu aimes le chocolat, non ?

– Pas tellement.

– Imaginons que tu préfères le chocolat.

– Sauf que je n'aime pas trop ça.

J'avais envie de revenir aux *Raisins de la Colère* mais j'étais visiblement coincée pour un long moment.

– Alors, le caramel ! s'était enthousiasmée Mumma, d'une façon faussement enjouée. Tu adores le caramel. Imaginons que demain, tu t'aperçoives que tu aimes aussi le chocolat.

– Je n'aime pas trop le chocolat, avais-je répété.

Mumma avait soupiré à ce moment-là.

– Imaginons que tu découvres un type de chocolat que tu aimes ! En Suisse, par exemple.

Là, on avait entendu ma mère crier de la pièce d'à côté :

– Maman ? Est-ce que tu parles de sexualité à Harper ?

– Je n'entends pas ce que tu dis, avait répondu Mumma en hurlant de la même façon.

Je savais de qui je tenais ma mauvaise foi.

– Alors tu vois, avait-elle repris. Dans la vie, parfois, on adore le caramel et parfois, on se met à aimer le chocolat. Ça ne veut pas dire qu'on n'aime plus le caramel. Vois-tu où je veux en venir ?

– Que j'ai intérêt à ne pas être diabétique ?

Mumma m'avait regardée un court instant, avant de croiser les doigts d'un geste plein de sérieux.

– Dans la vie, Harper, on a le droit et même le devoir d'expérimenter l'univers.

– Est-ce que quelqu'un a vu une clé à molette avec un manche cassé ? avait demandé Tuppa à cet instant, en passant sa tête chauve par la porte de la salle.

– Ce n'est pas le moment, Waldo, avait rétorqué ma grand-mère, un peu sèchement. Harper et moi sommes dans un espace de parole libre et en pleine conscience.

– En tant qu'individu libre et conscient, j'ai droit à un temps de parole équivalent au vôtre, avait répliqué Tuppa, vexé. Tu sais où est ma clé à molette ?

– Sans doute au même endroit que les autres, Waldo, avait répondu Mumma, carrément agacée.

– Si elle était au même endroit que les autres, je l'aurais trouvée.

– Débrouille-toi, Waldo, avait dit ma grand-mère fermement. Je ne suis pas ta mère.

– Plût à Shiva que non, avait rigolé Tuppa. Elle avait un caractère épouvantable, contrairement à toi.

Et il était sorti.

– Bien, avait repris Mumma. Je disais donc…

– Tu disais qu'il fallait expérimenter l'univers, vraisemblablement en ingérant une quantité ahurissante de glucides et de gras.

– Ce que je veux dire exactement, c'est que tu ne dois pas te fermer à une expérience, sous prétexte que tu aimes…

– … le caramel ?

Elle avait soupiré. La voix de maman nous était de nouveau parvenue, étouffée par la distance et la digestion :

– Harper ? Est-ce que Mumma te parle de sexualité ?

– Becca, ma chérie ! avait hurlé Mumma. C'est entre Harper et moi !

Maman avait déboulé aussitôt dans la pièce.

– Est-ce que ta grand-mère est en train de t'expliquer qu'on peut aimer plusieurs personnes à la fois, Harper ?

– Ne commence pas, Becca, avec ton esprit petit-bourgeois.

Maman l'avait ignorée, pour me dévisager, furieuse :

– Est-ce qu'elle t'a parlé de ses amis français ?

– Elle a vaguement évoqué la Suisse, avais-je murmuré d'un air suffisamment détaché pour que ça affole ma mère.

– Tu as des amis suisses, maintenant ? avait demandé maman.

Mumma s'était passé la main sur le visage, soudain fatiguée.

– Je n'ai pas d'amis suisses, Rebecca. J'entends ta colère, sache-le. Néanmoins, j'estime qu'il est temps que Harper apprenne à devenir une femme responsable, consciente de ses choix et de sa force.

– Harper a une mère, maman, avait répondu ma mère.

Là, j'avais senti qu'on touchait à un des points qui dégénèrent toujours en dispute entre Mumma et maman.

– Il n'y a pas que les mères qui peuvent transmettre, Becca, avait argumenté Mumma de son ton serein. Dans les pays arabes, les Qâblas enseignent aux jeunes femmes ce qu'elles doivent savoir sur leur féminité.

– Depuis quand es-tu arabe ? avait demandé maman. Et, pour l'amour de Dieu, quand as-tu déjà trompé papa ?

– Il n'y a infidélité que quand il y a du mensonge, Becca.

Ma mère avait levé les yeux au ciel.

– Et il se trouve que je n'ai jamais éprouvé d'attirance pour un autre homme que ton père, avait continué Mumma. Mais si ça avait été le cas, sache qu'il l'aurait accepté, parce que notre relation est basée sur le dialogue, la complicité et le respect.

– Je ne trouve pas cette clé ! avait glapi Tuppa depuis les escaliers à cet instant précis.

– Mais vas-tu nous lâcher un peu avec ta clé à molette ?! avait répondu Mumma, plus du tout zen.

Maman avait ricané.

Pendant qu'elles se disputaient, je m'étais levée tranquillement et j'étais revenue m'asseoir, tout aussi tranquillement.

– Harper, m'avait dit maman d'un ton dramatique. Tu dois me prévenir si ta grand-mère t'a raconté des choses qui t'ont choquée.

– Choquée ? s'était exclamée Mumma. Tu crois vraiment que j'aurais choqué ma petite-fille ? Es-tu choquée par la vie, Harper ? Es-tu choquée par l'amour ? Est-ce que tu connais Sylvia Plath ?

– Non, je n'ai pas été choquée, avais-je affirmé.

Puis, alors qu'elles me regardaient, l'une triomphante, l'autre consternée, j'avais ajouté :

– Mais ça m'a donné faim.

Et j'avais croqué le Mars que j'étais allée piquer dans la cuisine.

Mumma et maman avaient fait ce qu'elles font dès que je souligne l'ineptie de leur éducation.

Elles m'avaient virée, comme une malpropre.

J'avais parfaitement compris l'image de ma grand-mère. Tristan était le caramel. Mais, même si j'avais bien aimé ce baiser, je refusais fermement que Jon soit le chocolat. Il ne me plaisait même pas.

La vérité vraie, celle qui me sautait au visage, habillée de guenilles, et me hurlait que j'étais une méchante fille, m'est soudain apparue, alors que je m'enfonçais dans le bois : j'avais adoré me venger de Quinn. Et de Josh.

Je me suis sentie moche.

Mais ça non plus, ce n'était pas désagréable. Pour une fois, j'avais accompli un acte terriblement audacieux. Je ne m'étais pas effondrée et personne n'avait rigolé en me donnant un surnom ridicule.

Je n'étais plus du côté des losers !

Et là, je me suis rendu compte avec horreur que Quinn n'attendrait pas longtemps pour riposter et qu'elle m'atomiserait probablement, avec l'aide de Beatrice.

Beatrice ! Le statu quo avait été de courte durée !

Comment avait-elle pu embrasser Josh ? Et surtout, pourquoi ? Pour énerver Beryl ? Mais pourquoi voulait-elle énerver Beryl, exactement ?

J'ai aussitôt pensé que la rivalité était une raison suffisante pour une Beatrice.

Ou une Quinn.

Ou moi, dix minutes plus tôt.

L'idée m'a paru insoutenable.

Je ressemblais à Beatrice !

Peut-être que les seuls gènes que nous avions en commun, finalement, étaient ceux de la traîtrise et de la méchanceté. Nous en avions probablement hérité d'un des ancêtres hollandais dont Tuppa préférait nier l'existence au profit d'un vague aïeul indien qui expliquait que son nom soit By.

(By veut dire « grand » en indien, état de fait d'autant plus comique que Tuppa doit faire 1,67 mètre à tout casser.)

J'étais en train d'essayer de me remémorer tous les événements qui avaient prouvé l'esprit particulièrement retors des Hollandais dans l'histoire des États-Unis, quand j'ai perçu une voix que j'ai tout de suite reconnue et qui venait de la rive derrière les buissons.

– J'en ai marre d'être assise sur le sol humide et maintenant, j'ai froid, Justin. Est-ce qu'on doit rester encore longtemps ? Je ne suis pas certaine que les furets à bottes noires savent nager et ça m'étonnerait beaucoup qu'ils s'approchent du bord du lac.

La voix de Justin lui a répondu, d'un peu plus loin :

– Parle moins fort, Becca, tu vas leur faire peur. Qu'est-ce que tu as dans la main ?

Il y a eu un bruit de papier froissé puis Justin a de nouveau parlé, un peu plus sèchement :

– Est-ce que tu es en train de manger une barre chocolatée ? Est-ce que tu as conscience de ce que cette industrie fait à la forêt amazonienne ?

– Ne sois pas ridicule, Justin, a répondu ma mère, en déglutissant tellement fort que je l'ai entendue depuis le chemin. C'est un papier que j'ai trouvé, sans doute laissé là par un des enfants ! Oh, tu entends ?

Elle a soudain bondi sur le chemin, enroulée dans une espèce de couverture imperméable qui pouvait bien être un poncho (elle est capable de tout).

– C'est toi, Harper ?

– Non, c'est un furet à bottes noires, ai-je marmonné, pas du tout contente de tomber sur elle.

Entre autres parce qu'elle m'avait fait promettre de ne pas rentrer toute seule, ce qu'elle a aussitôt remarqué.

– Où est Josh ? a-t-elle demandé. Et Beatrice ? Tu avais promis de ne pas rentrer toute seule.

Bingo.

– Ils ont voulu rester. J'étais fatiguée. Je n'allais pas les priver d'une soirée sous prétexte que j'étais fatiguée, si ? Qu'est-ce qu'il pouvait m'arriver ici, à part me faire attaquer par un moustique ?

Évidemment, maman n'en est pas restée là. Les mères ont un radar incroyable : vous avez beau leur servir une prestation digne des Emmy Awards, elles savent quand vous leur mentez, spécialement quand vous le faites pour avoir la paix et souffrir en silence.

– Il s'est passé quelque chose ? a-t-elle questionné, en fronçant les sourcils. Est-ce que c'est encore Beatrice ?

– Non, ce n'est pas Beatrice. J'avais envie de rentrer, c'est tout !

– Tu me le dirais, s'il s'était passé quelque chose, n'est-ce pas, Harper ? Est-ce que c'est Josh ?

– Ce n'est pas Josh non plus ! me suis-je écriée, exaspérée. J'avais envie de rentrer et pas eux ! Arrête de me poser des questions comme si tu étais la CIA !

– Je suis ta mère, Harper, a répliqué maman. Il est normal que je m'inquiète. Ne me fais pas passer pour un flic !

– Tu as raison, aucun rapport, ai-je lâché. Avec la CIA, au moins, on a une chance de s'en sortir.

Elle n'a pas apprécié.

– Rentre tout de suite, a-t-elle grogné. Justin, j'accompagne Harper à la maison !

– Pas de problème, Rebecca, a répondu Justin, d'un ton qui exprimait exactement le contraire.

Elle avait l'air soulagée de partir.

Sur le chemin du retour, elle a encore essayé de me tirer les vers du nez.

Je n'ai rien lâché.

Je suis allée me coucher directement, en évitant Tuppa et Sean qui avaient passé une bonne soirée, à en croire le nombre de bouteilles de bière vides qu'ils avaient alignées sur la rambarde de la terrasse. Ils chantaient des vieux tubes en rigolant.

Malgré ça, j'ai réussi à m'endormir rapidement. J'étais exténuée, bien plus que je ne le pensais.

J'ai rêvé que j'étais dans un bateau avec Tristan. Pas la *Janis*, un bateau comme sur un tableau, avec tout autour un paysage féerique. Tristan portait une casquette sur le côté et ramait, pendant que je me prélassais, en laissant ma main tremper dans l'eau. Puis soudain, il m'a demandé quelque chose, je n'ai pas compris quoi et je me suis aperçue que le bateau allait bien trop vite. Un son étrange, comme un grondement, nous entourait, à tel point que j'ai dû mettre mes mains sur mes oreilles. Tristan bougeait les lèvres mais sa voix me parvenait quand même, directement dans ma tête.

– Je n'ai pas de rames ! a-t-il crié, avec la voix de Leonardo DiCaprio.

Juste au moment où j'ai compris que le bruit assourdissant venait de la cascade juste devant nous.

Je me suis réveillée en sursaut et ai allumé mon portable. Il était trois heures du matin. J'ai tourné la tête vers le lit de Beatrice.

Il était vide.

Trois heures du matin.

Beatrice n'était pas rentrée !

À tous les coups, tante Brittany estimerait que j'avais encore été une affreuse cousine et ma culpabilité ne ferait aucun doute.

Je me suis levée d'un bond et j'ai regardé par la fenêtre, pour voir si la terrasse était encore allumée.

Non.

Mais dans la lumière de la lune, j'ai clairement vu deux silhouettes collées l'une à l'autre. Sans doute Justin et ma mère qui se réconciliaient après leur tentative ratée d'observation des furets à bottes noires.

La dernière chose dont j'avais besoin. J'ai reculé, en me demandant comment j'allais me sortir de ce mauvais pas et en espérant que Beatrice arrive avec Josh. Si ma mère était témoin, ma cousine ne pourrait pas inventer je ne sais quelle histoire à mes dépens.

Les silhouettes se sont séparées.

Alors, j'ai reconnu Josh et Beatrice.

Je me suis jetée dans mon lit et j'ai rabattu le sac de couchage sur mon visage. Beatrice est rentrée quelques secondes plus tard puis a procédé plus ou moins discrètement à son rituel du coucher.

Alors que j'étais à moitié en train d'étouffer, sans oser bouger d'un cil, j'ai eu le temps de voir ma soirée défiler.

C'était un jeu ! Josh avait décidé de gagner, ce que je pouvais comprendre, de son petit et déplorable point de vue. Embrasser Beatrice lui avait sans aucun doute gagné le respect, voire la jalousie des garçons, au moins des Stewhan qui avaient vainement tenté de la draguer.

Mais après ? Quel était son intérêt ?

Beatrice avait toujours été une manipulatrice envieuse et arrogante. Rien d'étonnant de ce côté-là. Elle était bien capable d'avoir continué son petit jeu avec Josh uniquement pour nous séparer et ruiner mes vacances, furieuse de ne pas avoir eu Tristan (qui était sans conteste le garçon le plus mignon du coin). Pourtant, je n'arrivais pas vraiment à lui en vouloir. J'avais tellement l'habitude de ses coups sournois que toute rancune à son égard me paraissait être une sacrée perte de temps ; à force, il aurait fallu que je la déteste profondément toute ma vie et l'idée m'avait vite fatiguée. Il avait toujours été plus confortable de l'ignorer ou de la tenir à distance avec quelques remarques bien senties.

Non, si j'en voulais à quelqu'un, c'était surtout à Josh.

Chapitre 21

Liste des fois où j'en ai vraiment voulu à Josh :

✔ Le premier jour du jardin d'enfants, il a fait pipi sur le sol des toilettes et j'ai dit à la maîtresse que c'était moi, pour qu'il ne soit pas disputé. La maîtresse ne m'a pas disputée mais a passé les deux mois suivants à me demander d'un air inquiet si je voulais aller aux toilettes dès que je bougeais vaguement sur ma chaise. J'ai été contaminée par son inquiétude et je me suis retenue d'y aller dans l'école toute l'année, à tel point que ma mère a dû m'emmener chez le médecin parce que j'ai finalement contracté une infection. Cette même année, j'ai renversé un pot entier d'eau sur les dessins que mes camarades avaient faits pour la fête des mères et Josh n'a pas porté le chapeau, comme je m'attendais à ce qu'il le fasse, en juste retour des choses. Tous les enfants de ma classe se sont mis à sangloter en me traitant de monstre, alors que ma vie sociale était déjà très mal engagée à cause de cette histoire de pipi. Je lui en ai voulu à mort pendant un bon moment.

✔ L'année de nos six ans, Ryan, le fils du voisin qui avait arrosé Tuppa parce qu'il chantait du Queen à tue-tête devant sa haie, a fêté son anniversaire en invitant Josh et pas moi, sous prétexte que je suis une fille. J'ai pleuré tout ce que j'ai pu – non pas que je courais après les relations sociales, comme on le sait, mais Ryan s'était vanté du fait qu'il y aurait un château gonflable et une tyrolienne. Josh est allé à l'anniversaire et en est revenu avec un énorme paquet de bonbons qu'il a mangés sur la pelouse devant la maison, pendant que je le regardais d'un air rancunier depuis la fenêtre de ma chambre. C'était sa période « ultra-masculiniste », comme le disait Sean avec un air désolé. Rien n'a pu me consoler et le dimanche d'après, je lui ai jeté une casserole en métal de sa dînette à la tête. Mais ça ne m'a pas calmée pour autant et je lui en veux encore sourdement pour ça.

✔ Quand j'étais une Brownie, il a mangé tous les biscuits que je devais vendre, en cachette, et les a remplacés par des Oreo. Mrs Sawyers qui était disposée à m'en acheter m'a traitée d'enfant malhonnête quand j'ai ouvert la boîte et maman s'est disputée avec elle. Josh a nié jusqu'au bout.

✔ Le jour où j'ai embrassé Stacey (et c'était mon premier baiser, pour rappel), Josh était là. Par la suite, il a mis au point une horrible imitation de moi juste avant le baiser, la bouche ouverte, avec une expression de poisson mort, ruinant à jamais ce qu'il y avait à sauver dans ce souvenir. Depuis, à chaque fois que je pense à mon premier baiser, je vois des images du *Monde de Nemo* défiler devant mes yeux. Quand l'imitation n'a plus marché, parce que j'ai fait semblant de ne pas être touchée, il a soutenu que Stacey était un prénom de fille et que j'étais probablement lesbienne sans le savoir, tout en disant que le fait que je sois gay ne le dérangeait pas, mais qu'il était embêté de mon manque de lucidité. Sa mauvaise foi m'a donné envie de l'étriper.

✔ Quand mes parents ont divorcé, sous prétexte de me remonter le moral, il m'a fait regarder *Le Choix de Sophie* (sans doute pour perpétuer les excellentes initiatives pédagogiques de Granny qui lui a montré absolument tous les films qu'elle connaissait sur la Shoah, son obsession absolue) en me disant qu'au moins, mes parents ne me mettraient jamais dans la même situation. La scène où l'héroïne abandonne sa fille aux nazis parce qu'elle ne peut garder qu'un de ses deux enfants auprès d'elle dans le camp de concentration me hante encore.

✔ L'année dernière, il m'a affirmé que si on prenait un mot sur quatre de toutes les pages du site officiel de la NBA, on avait accès à un code qui permettait de hacker les dossiers secrets de la CIA. J'ai passé deux jours à tout éplucher en me remplissant la tête d'informations ineptes sur des matchs et des joueurs de basket-ball, et encore deux jours à essayer de décrypter le fameux code. Quand je lui ai dit que ça ne marchait pas, il m'a demandé si j'avais au moins appris quelque chose d'intéressant sur le sport. Et il a rigolé.

- ✔ Il a embrassé ma cousine Beatrice.
- ✔ Deux fois.
- ✔ Peut-être plus.
- ✔ Sans doute un millier de fois.

J'ai donc fait ce que je fais de mieux (à part être atrocement pertinente). Je les ai évités, Beatrice et lui.

Éviter quelqu'un qu'on n'aime pas est une chose facile, surtout quand ce quelqu'un s'appelle Beatrice et passe le plus clair de son temps à admirer d'un air béat la seule personne qu'elle supporte au monde, c'est-à-dire elle-même. Éviter son meilleur ami, avec qui on a passé toute sa vie, alors qu'on est coincés au bord d'un lac entre nos parents pénibles et nos frère et sœur encore plus pénibles, demande de vraies compétences en stratégie et une sacrée dose de résignation.

Peut-être que Beatrice et lui se retrouvaient tout le temps, du coup, mais au moins je n'en savais rien. À table, ils faisaient comme d'habitude : Beatrice prenait des airs de martyre et Josh essayait de survivre à Sean.

Le reste du temps, à chaque fois que Josh m'a approchée, j'ai réussi à l'esquiver en me passionnant brusquement pour une activité stupide proposée (ou non) par un des parents.

Si ma mère était ravie (surtout parce qu'elle en a profité pour me faire étendre du linge et laver la vaisselle), Justin semblait au comble du bonheur.

– Je suis bien content que tu m'accompagnes à la rivière, m'a-t-il confirmé ce matin-là, alors que nous étions en train de remplir des sacs à dos de gourdes d'eau qui sentaient la mort et de pochons en tissu pleins de fruits secs.

J'avais déjà assisté à une tentative lamentable de moulin à électricité et je savais désormais tout, à mon esprit défendant, sur les différentes méthodes de compostage.

Josh est passé à ce moment-là, en maillot de bain.

– Tu viens te baigner ? a-t-il demandé, parfaitement à l'aise.

– Non. Je vais voir les furets à bottes noires.

Il a rigolé puis, quand il a compris que je ne plaisantais pas, a insisté :

– Je t'attends au ponton.

Je me suis redressée pour le tancer en silence. Justin n'avait évidemment rien calculé et sifflotait en continuant à vérifier son matériel.

Josh m'a jeté un long regard puis est parti en murmurant :

– N'importe quoi.

Tuppa est arrivé et a demandé s'il pouvait venir avec Benji et Poppy. Justin a failli s'évanouir de bonheur. La plupart des gens finissaient sans doute par accepter ses activités ineptes uniquement pour qu'il arrête de les faire culpabiliser sur l'avenir de la planète.

Il a un peu blêmi quand Poppy a brandi une cage qu'elle avait fabriquée avec des bouts de bois et des élastiques pailletés qu'elle avait volés à Beatrice.

– On ne peut pas emprisonner un furet à bottes noires, Poppy, a-t-il annoncé d'une voix toute douce.

– Il faudrait déjà en voir un pour ça, ai-je fait remarquer.

– C'est surtout une espèce protégée, a répondu Justin.

Cet homme ne saurait pas reconnaître un sarcasme, même si ce dernier se promenait sous son nez avec une pancarte affirmant « Je ne suis pas un furet ».

Il a coulé un regard vaguement réprobateur vers la bouteille de bière qui dépassait de la poche de bermuda de Tuppa et nous sommes partis.

Après une marche à côté de laquelle celle vers Jérusalem passerait pour une simple randonnée, nous sommes arrivés à la rivière.

– Et maintenant, qu'est-ce qu'on fait ? a demandé Benji.

– On observe, a répondu Justin.

– Parfait, a répondu mon frère sans aucune ironie.

Par un miracle que je refusais de m'expliquer, il avait décidé que Justin était un adulte fréquentable.

Peut-être parce qu'observer (et balancer après) restait l'activité préférée de ce petit cafard.

Il y avait cependant des avantages à ce nouvel intérêt de mon frère pour Justin : Benji ne m'avait pas harcelée pour que je joue avec lui ou, pire, que je l'écoute me parler de ce qu'il avait lu dans ses magazines scientifiques.

Je ne me faisais pas d'illusions : il se rattraperait en Suède.

Tuppa et Justin se sont mis à chercher des signes du passage des furets à bottes noires, pendant que Benji tripatouillait son appareil photo et que Poppy faisait globalement n'importe quoi, comme d'habitude. J'ai tenté de détendre un peu l'atmosphère.

– Oh, il y a vraiment des femelles ! me suis-je écriée.

– À quoi vois-tu ça ? a demandé Justin.

– Aux empreintes de talons.

Personne n'a ri.

Josh l'aurait fait, lui.

Mais Josh était passé du mauvais côté de la barrière. Il avait trahi. À une autre époque, et dans d'autres lieux, il aurait été couvert de miel et livré aux fourmis rouges, pendu par les pieds, en plein soleil.

Cette intéressante perspective m'a permis de tuer cinq minutes, assise sur un rocher, devant la petite cascade adorable qui se déversait dans un bassin à mes pieds, pendant que Poppy, à côté de moi, s'évertuait à remplir d'amandes la cage que personne n'avait réussi à lui faire abandonner.

– Alors, Justin ? a demandé soudain Tuppa, tandis qu'ils revenaient vers nous.

– Je pense qu'ils passent par ici, a affirmé Justin. Mais leur habitat doit être un peu plus en amont.

– Pas trop, j'espère.

Tuppa avait l'air sérieux. Je ne savais pas qu'il se préoccupait autant du sort des furets à bottes noires. En général, les animaux ne l'intéressaient pas. Il était plutôt tourné vers les grands engagements humains, comme la paix dans le monde, l'égalité interraciale ou le droit de faire de la moto sans casque.

– Je reviendrai cette nuit, tout seul, a repris Justin.

– Becca n'est plus motivée, hein ?

– Pas vraiment. Je crois qu'elle n'aime pas trop marcher.

– Quand elle était petite, la seule façon de l'emmener en promenade était de lui promettre un pique-nique. Dis-lui qu'il y aura des sushis à l'arrivée et tout ira bien.

– Ça marcherait sans doute aussi avec des M&M's.

Et ils ont rigolé.

Justin était donc capable d'avoir de l'humour et même de se ficher de ma mère, même si j'ai bien noté qu'il y mettait une certaine prudence. Tuppa, quant à lui, était un traître mais je n'étais pas plus étonnée que ça. Ça expliquait qu'il s'entende aussi bien avec Josh.

Ce Judas.

– Est-ce qu'on va aller à l'arbre du grand homme et de la femme plus grande encore ? a soudain glapi Poppy.

Il fallait absolument faire diagnostiquer cette enfant.

– Tu connais ça, toi ? a demandé Tuppa en souriant et en ébouriffant les cheveux déjà bien emmêlés de Poppy.

Il a vite retiré ses doigts pour les essuyer sur son pantalon.

– C'est quoi, l'arbre du grand homme ? a aussitôt embrayé Benji qui déteste être en reste, surtout face à Poppy.

– Ah ah, a répondu Tuppa. Et de la femme plus grande encore. C'est un grand secret qui implique de grandes responsabilités.

– Et vous l'avez confié à Poppy ? a ricané Benji. Excellente stratégie.

(La suffisance de ce gamin !)

La lèvre inférieure de Poppy s'est mise à trembler. J'ai bien cru qu'elle allait se mettre à hurler comme seule elle sait le faire mais, soudain, elle a serré la mâchoire et s'est dirigée vers Benji pour lui pointer un index vindicatif sur la poitrine.

– Exactement, c'est un grand secret qui implique de grandes responsabilités, Benjamin, a-t-elle lancé, et j'ai reconnu le ton de Granny quand elle est en colère. C'est Mark qui m'y a amenée.

C'était donc là qu'ils allaient tous les deux ! Un instant, je me suis sentie vaguement jalouse. Mon oncle, celui-là même qui n'avait jamais daigné m'accorder une quelconque autre forme d'intérêt que des questions sur ma scolarité, avait emmené Poppy dans un endroit secret. Le fait que l'endroit en question devait être un vieux tronc d'arbre planqué dans la forêt était parfaitement secondaire.

– C'est un secret pour qui ? a questionné Benji en se tournant vers Tuppa. Est-ce que Harper est au courant ?

– Non, ai-je répliqué.

– Et Josh ?

Je me suis retenue de dire que si Josh avait été au courant, il se serait empressé de le partager avec la terre entière plutôt qu'avec moi.

Ou simplement avec Beatrice.

Sa petite amie.

Cette idée m'a soulevé le cœur.

– Justin, ça te dérange si j'emmène les enfants à l'arbre ? a demandé Tuppa.

– Pas du tout ! a répliqué Justin, avec un air particulièrement soulagé. Sauf si Harper veut rester avec moi, évidemment.

Oh, super, j'étais élue interlocutrice officielle du club des observateurs de furets.

– Ça aurait été avec plaisir, Justin, ai-je répondu. Mais Tuppa tient visiblement à ce que je regarde un arbre avec lui et je ne voudrais pas le décevoir.

Justin a soupiré, déçu.

– Crie si tu as besoin de nous, ai-je continué. On ne sait jamais, avec tous ces ratons laveurs qui traînent dans le coin...

Et j'ai emboîté le pas de Tuppa, un peu moins satisfaite de moi que d'habitude. Sans Josh, c'était beaucoup moins drôle de torturer Justin.

Sans Josh, tout était beaucoup moins drôle de toute façon. Et cette pensée m'a encore plus énervée contre lui.

Chapitre 22

L'arbre en question s'élevait, gigantesque, quasiment jusqu'au ciel.

(Notez la licence poétique, vu qu'on ne peut pas vraiment délimiter où commence le ciel.)

Poppy a poussé un cri de mouette en le voyant et s'est aussitôt mise à y grimper, suivie de Benji qui avait du mal à la suivre et en hurlait de rage.

– C'est un arbre, ai-je marmonné.

– C'est donc vrai, tu es bien surdouée ! a rigolé Tuppa, agaçant.

J'ai de nouveau observé l'arbre. Il avait des branches énormes, dans lesquelles Poppy piaillait comme l'espèce d'oiseau qu'elle était.

– Tu ne vas donc pas me le demander ? a enchaîné Tuppa.

– Quoi donc ?

– Pourquoi on l'appelle « l'arbre du grand homme et de la femme encore plus grande que lui ».

– Je sens que tu vas me le dire quand même…

– Il faudrait que tu grimpes dedans, Harper. Tu crois que tu peux ?

Ces vacances partaient carrément à la dérive. Bientôt, ils allaient me lâcher en forêt avec un couteau pour observer mes facultés de survie. Je n'étais pas montée à un arbre depuis mes neuf ans, et encore, c'était pour échapper au chien du voisin. On peut donc mettre ça sur le compte de l'adrénaline.

(Pour info, je n'ai jamais réussi à redescendre toute seule et papa a dû aller chercher une échelle.)

– Pour quelle raison, exactement ? ai-je demandé à Tuppa.

– Pour que ton cerveau s'aère un peu, espèce de saint Thomas, a répliqué Tuppa. L'air est meilleur en haut.

J'ai soupiré, assez fort pour qu'il comprenne que je ne soutenais pas ses idées stupides. Il est passé devant moi pour me montrer les prises.

Objectivement, j'aurais pu mourir vingt fois, malgré tout ce qu'en a dit Tuppa.

Quand il a enfin décidé qu'on était assez haut pour que je me rompe le cou en tombant, je me suis accrochée à une branche. Tuppa rigolait comme un perdu.

– On dirait un koala épileptique... Redresse-toi. Regarde, bon sang !

L'horreur ! J'allais avoir droit au speech « Regarde le monde, Harper ! » pour la millième fois depuis le début de mon existence.

J'ai regardé, pour y échapper.

Bon, c'était assez beau.

On voyait la rivière qui scintillait dans la montagne, les arbres serrés les uns contre les autres, comme s'ils avaient décidé de se regrouper contre le reste du monde, sous la protection de la montagne.

Soudain, la tête de Poppy est apparue. Elle faisait le cochon pendu sur la branche au-dessus de nous. J'ai cru que j'allais vomir de trouille.

– Cool, non ? a-t-elle dit.

– Supercool, ai-je marmonné. Arrête ça.

Tuppa s'est étendu, le dos contre le tronc, sur la branche la plus proche de la mienne. Sans se tenir. Ma vue s'est brouillée.

– C'est peut-être le plus bel endroit du monde, a-t-il murmuré.

Je me suis agrippée plus fort à ma branche et du coup, j'ai remarqué quelque chose. Dans l'écorce, il y avait le prénom de ma mère, gravé.

– Maman a grimpé jusque-là ? ai-je demandé, dubitative.

– Plus d'une fois, a lâché Tuppa, enthousiaste. C'est notre arbre, Harper.

Il a montré le tronc, un peu plus bas.

– De ce côté-là, tu verras le prénom de ta grand-mère et le mien. Plus haut à gauche, celui de Mark. Là, celui de ta mère et, regarde mieux, celui de ton père. Et sur les plus petites branches, le tien et celui de Benjamin. Sur cette autre branche devant moi, il y a Brittany, Penelope et Beatrice. Et puis tout à fait de l'autre côté, tu verras ceux de Granny et Pranny, de Sean et de Lauren, de Josh et...

– Le mien ! a hurlé Poppy, quelque part dans le feuillage.

– Le tien ! a répondu Tuppa, en lançant un sourire vers les branches plus haut. C'est notre arbre généalogique. Tu saisis ?

Oui, je saisissais.

– Comme c'est un vrai arbre, ce serait plus un arbre biogénéalogique, non ? ai-je dit.

Il m'a souri.

– Il se pourrait bien que tu sois un génie, en fait, mon poussin...

Avant que j'aie pu faire un geste pour le repousser, il m'a entouré l'épaule de son bras et m'a serrée contre lui, me déstabilisant de ma branche au passage. J'ai vu ma vie défiler devant mes yeux, avec un ralenti spécial sur l'épisode du poisson mort dans le short et la fois où Josh m'a surprise en train de recevoir un Oscar devant la glace de ma salle de bains.

– Peut-être qu'on gravera celui de Justin cette année ! a bramé Poppy, toujours invisible.

– Peut-être, a répondu Tuppa, songeur.

Je lui ai jeté un regard noir.

– Ne sois pas aussi vindicative, Harper ! m'a-t-il dit. Justin est un chouette gars. Ta mère a l'air heureuse avec lui.

Ma mère avait l'air azimutée, surtout. Mais bon, pas plus que d'habitude, effectivement.

– Justin n'a rien à voir avec notre arbre généalogique, sauf s'il décide d'avoir un bébé avec maman, ai-je argumenté. Et si ça arrive, permets-moi de te dire qu'il faudrait aussitôt faire un signalement, vu qu'il serait capable de passer son temps à l'observer.

Tuppa n'a pas ri. Il fronçait les sourcils.

– Justin a autant à voir avec notre arbre généalogique que Sean ou Josh, Harper. Une famille, ce n'est pas simplement des liens du sang. C'est la réunion de ceux que nous aimons et que ceux que nous aimons aiment. Ta mère aime Justin.

J'ai mimé une nausée, à court de mots. Où était ce traître de Josh, quand j'avais besoin de lui ?

– Tu peux être très drôle, Harper, a dit Tuppa, toujours les sourcils froncés. Mais pas là.

Puis son visage s'est éclairé, comme lorsqu'il veut être malicieux et qu'il est juste superflippant.

– Mais j'avais oublié la pudibonderie des gens de ton âge. À ce propos, où est ton double masculin ? Vous êtes fâchés ?

– Josh sort avec Beatrice, a dit Poppy depuis les feuillages.

Mon Dieu…

– Ah bon ?! s'est exclamé Tuppa. Je ne comprendrai jamais les garçons adolescents, et pourtant, j'en ai été un ! Que trouve-t-il à Beatrice ?

– Elle a des seins, a répondu Poppy, d'un ton totalement innocent.

Tuppa a éclaté de rire. Moi aussi, j'avoue.

– Toi non plus, tu n'as pas été oubliée au partage de l'intelligence, hein ? C'est ça, d'éveiller les enfants ! On vous aurait collés devant la télé, on aurait eu la paix…

Il rigolait toujours. J'étais bien contente qu'il considère Beatrice pour de la quantité négligeable.

– Et toi, ça t'ennuie non ?

– Que Beatrice ait des seins ? Je suppose que c'est dans l'ordre des choses.

J'avais parlé d'une voix solennelle, en espérant que Tuppa comprenne que je n'avais pas vraiment envie d'épiloguer sur le sujet. Peine perdue, Tuppa était le père de maman. Il fallait bien que certaines choses soient aussi explicables par la génétique.

– Pourquoi il s'appelle le grand arbre du grand homme et de la femme plus grande ? ai-je demandé, précipitamment, pour détourner la conversation de Josh et Beatrice.

– L'arbre du grand homme et de la femme plus grande encore, a rectifié Tuppa. À ton avis ?

– J'imagine que c'est parce que ton nom de famille veut dire grand.

– En partie. Mais pas seulement. Tu sais comment j'ai rencontré Mumma ?

Je le savais, depuis une éternité. Mumma était étudiante à l'université de Washington et Tuppa y traînait, avec ses copains Hells Angels, pour draguer les filles. Il l'a invitée à prendre un café et c'est elle qui a payé.

Je résume, évidemment.

Mumma m'a raconté cette histoire une bonne dizaine de fois, je la connais presque par cœur.

« – J'ai vu ce type qui se prenait pour Jack Kerouac, sur sa moto, avec sa bande de copains aussi poseurs que lui. Quand je suis passée, il m'a sifflée et je lui ai dit que je ne lui permettais pas ce genre de comportement. Alors, il a sifflé ma copine Janis et après, ils sont sortis ensemble. Janis était une gentille fille mais un peu idiote. Je la fréquentais uniquement parce que nous étions allées au catéchisme ensemble – nous étions obligées, à l'époque – et qu'elle était un peu perdue en première année. Bref, ton grand-père a fini par me proposer d'aller boire un café, et j'ai accepté à la condition que je paie ma part. Il a tenté de m'impressionner, mais je t'assure, ma petite chérie, je n'étais pas impressionnée du tout. Nous étions en 1967 ! La révolution était en marche ! Je ne l'ai plus vu par la suite. Mais au début du semestre suivant, il a débarqué dans mon cours de linguistique comparée. Il s'était inscrit à l'université et il se laissait pousser les cheveux. Il avait quitté Janis l'idiote. »

En me rappelant cette anecdote (si tant est qu'on puisse appeler « anecdote » un événement qui est à l'origine de sa propre existence), soudain, j'ai compris.

Janis ! C'était donc ça ! Le bateau de grand-père s'appelait *Janis* à cause d'une fille un peu idiote avec qui il était sorti pour rendre ma grand-mère jalouse !

Ça ne m'étonnait tellement pas de lui. Tuppa, quand il n'était pas encore Tuppa, était un garçon ! C'était peut-être même un Josh !

Écœurant !

J'ai eu envie de lui demander ce qu'il avait trouvé à cette Janis mais j'étais certaine qu'il me répondrait « Elle avait des seins » et j'ai préféré m'épargner ce nouveau traumatisme. Je me suis focalisée sur cette histoire d'arbre, maintenant que Tuppa avait terminé sa propre version de l'histoire (dans laquelle il n'avait évidemment pas mentionné Janis ni le fait qu'il se prenait pour Jack Kerouac).

– Et donc, j'ai fini par demander ta grand-mère en mariage mais elle ne voulait pas, parce qu'elle trouvait ça trop traditionnel et que nous pouvions vivre ensemble. Ma mère s'en est mêlée, parce qu'elle était furieuse à l'idée que nous vivions à la colle. « On n'a pas besoin d'être validés » lui a répondu ta grand-mère, ce parangon de diplomatie. Alors, ma mère, en rage, m'a dit que j'avais eu une très mauvaise idée de me mettre avec une fille pareille, qui en plus était plus grande que moi.

– Dur, ai-je commenté, sincèrement choquée.

(Je suis bien contente de ne pas avoir connu cette arrière-grand-mère-là.)

– Tu parles ! a rigolé Tuppa. C'est devenu une blague entre nous. Quand nous avons acheté la maison du lac et découvert l'arbre, j'ai gravé nos noms sur le tronc. Et ta grand-mère m'a dit : « Tu vois, Waldo, pourquoi vouloir un papier pour prouver que nous nous aimons, quand on peut avoir tout un arbre ? »

(On peut dire beaucoup de choses sur Mumma mais elle assure quand même un peu.)

– Je lui ai répondu : « Une forêt ne serait sans doute pas suffisante ». C'est peut-être la seule fois où j'ai vu ta grand-mère pleurer.

– Pourquoi elle pleurait ? a demandé Poppy, depuis sa branche.

– Parce que les gens amoureux sont idiots, Poppy, a-t-il murmuré, les yeux humides.

– Est-ce que Mumma te manque ? a encore demandé Poppy.

Tuppa a secoué la tête, doucement.

– À chaque instant, ma belle. Mais aimer, c'est être libre et laisser l'autre libre, tu vois ?

– Non, a répondu Poppy.

Il parlait à une enfant qui avait construit une cage avec des élastiques et qui attrapait des têtards pour les donner à manger à une larve de libellule.

– Voilà. Cet arbre est celui de deux grands hommes, Pranny et moi, et de deux femmes encore plus grandes qu'eux.

– J'avais saisi, Tuppa, ai-je précisé, sans mentionner que je percevais aussi l'ironie de l'histoire.

À ce moment-là, Poppy a poussé un cri perçant. J'ai cru qu'elle avait glissé et je la voyais déjà le crâne fracassé sur une racine, trois mètres plus bas.

Mais ce n'était que Mark, qui montait vers nous, son journal coincé entre les dents. Il a eu l'air étonné de nous voir. Quand Poppy est descendue de sa branche pour lui claquer un bisou sonore sur la joue et le serrer dans ses bras, il a esquissé son espèce de sourire.

– Tu cherchais la paix ? a demandé Tuppa.

Mark a soupiré puis il a assis Poppy à côté de lui.

– Je viens ici pour la vue, a-t-il affirmé.

Tuppa m'a fait un clin d'œil.

– Bien entendu. Il est temps de céder la place, les nains !

J'ai vu Benji redescendre précautionneusement, des feuilles plein les poches. Tuppa m'a demandé si j'arriverais à me débrouiller, j'ai failli répondre non mais en voyant Poppy dégringoler le long du tronc comme un ouistiti, j'ai eu un peu honte.

Tant bien que mal, j'ai touché la terre ferme, non sans avoir réécrit mentalement mon testament une bonne quinzaine de fois.

(J'y léguais mes livres à Lauren, la seule personne capable de les apprécier, ma chambre à Benji parce que sinon, ma mère en ferait un dressing et rien à Josh, par principe. Même pas mes DVD. Rien, à part le remords et la culpabilité de m'avoir trahie.)

– Merci, Tuppa, s'est écriée soudain Poppy, en se jetant contre mon grand-père.

Il lui a souri, gentiment mais a laissé sa main en suspens au moment de lui ébouriffer les cheveux. Il devait sûrement être frustré de ne pas pouvoir décoiffer un pauvre enfant, sous prétexte de lui exprimer de l'affection.

– Tu es une chouette gamine, pop-song, a-t-il chuchoté, en se penchant sur elle.

Il avait raison. Poppy, malgré son côté inquiétant, était vraiment chouette.

– Merci pour la promenade, Tuppa, ai-je dit à mon tour.

– Pas de souci, Harper, a-t-il répondu.

Évidemment, il m'a ébouriffé les cheveux.

Chapitre 23

Donc, Tristan avait disparu de ma vie depuis deux jours. Quarante-huit heures. J'avais épuisé tous les scénarios possibles, dont deux au cours desquels il était mort en hurlant mon prénom (une fois noyé dans le lac, une fois trucidé par Quinn).

Josh l'avait peut-être vu, maintenant qu'il était populaire et heureux en couple.

(Même maintenant, j'en ai la nausée.)

Ou alors, Tristan était parti, comme Heathcliff, chercher fortune ailleurs, et il reviendrait pour acheter tout le lac et me reconquérir parce que, contrairement à Cathy, j'aurais évité de périr entre-temps. J'aurais résisté puis, finalement emportée par les élans de mon cœur, lui aurais pardonné sous le regard attendri de nos proches. (Pardon, pardon, Emily Brontë.)

Ou alors, il était écœuré de s'être aperçu de ma frivolité. N'osant défier Jon par respect pour le sport de haut niveau dont il défendait les valeurs, il avait plongé dans une amère mélancolie, avant de s'engager dans la marine.

Ou alors, Quinn, déçue par le peu d'intérêt que Jon lui montrait, l'avait obligé à se remettre en couple avec elle et à s'acheter une sacoche Vuitton.

Bref, il fallait que je m'en assure, même s'il était hors de question que je débarque de l'autre côté du lac sans un plan efficace.

C'était Josh, le spécialiste des plans efficaces.

Je le détestais.

Surtout à ce moment précis, lorsque nous sommes rentrés de l'arbre du grand homme et de la femme encore plus grande que lui, et qu'il était évidemment devant la maison, en train de fayoter avec Brittany – sa future belle-mère, après tout. En me rapprochant, j'ai constaté, avec une certaine satisfaction, que la souffrance se lisait sur son visage. Il portait la table de salle à manger, tout seul, et elle mettait un certain temps à lui dire où la poser.

– Sous les arbres ? hésitait-elle. Josh, montre si elle irait là. C'est bien trop près des buissons, le vert jure avec la nappe...

Je suis passée devant lui, sans lui décrocher un mot et en espérant qu'il voie bien à quel point son sort ne m'intéressait pas.

Beatrice est sortie de la maison en portant une chaise. Quand elle m'a vue, son visage a changé.

– Jolie, ta nouvelle coiffure, Harper, a-t-elle lâché, assez bas pour que personne d'autre que moi ne l'entende. Dommage qu'elle aille si mal avec ton genre de nez.

Cette bonne vieille Beatrice était revenue, avec son cortège habituel de remarques fielleuses sur mon physique. J'allais lui répondre quand maman a surgi sur la terrasse et m'a hurlé de venir donner un coup de main.

– Ta tante Brittany a décidé de déjeuner dehors, a-t-elle annoncé. C'est une merveilleuse idée, n'est-ce pas ?

Elle avait l'air franchement agacée mais continuait d'afficher ce sourire crispé qui est sa marque de fabrique.

Nous avons tous vécu un grand moment de tumulte, pour préparer le déjeuner, mettre la table dehors, trouver un moyen de faire tenir la nappe et de se protéger du soleil, lancer le barbecue improvisé par Sean, empêcher Poppy de nous courir autour en poussant des cris, et Benji de l'imiter (parce qu'il a la personnalité d'une moule), le tout pendant que Tuppa buvait des bières, vautré sur son rocking-chair et souriant.

Justin a réussi à transporter l'énorme tourne-disque des grands-parents sur la terrasse et a sorti tous les vinyles. Il semblait trouver ça au-delà du cool. Poppy et Benji ont commencé à fouiller dedans, en mettant tout et n'importe quoi, fascinés par les disques qui tournaient.

Nous sommes tous passés à table. L'humidité et le soleil étaient supportables, parce qu'un petit vent frais s'était engouffré sur le lac. Je me suis assise entre Tuppa et Sean.

Tout était parfait.

Mais comme à chaque fois que tout est parfait, dans ma famille, un élément imprévu est venu transformer ce qui, chez les autres, est un moment normal en champ de bataille.

Une fois le déjeuner terminé, Beatrice, Brittany et l'ombre de Penelope ont disparu, prétextant « des courses à faire », sans même débarrasser, ce que Lauren a souligné avec une mesquinerie que je soutenais.

Benji et Poppy ne lâchaient plus le tourne-disques, attaquant une autre pile de 33 tours que ceux de Tuppa. Ceux-là appartenaient visiblement à ma mère et Sean quand ils étaient ados. Tout le monde s'est mis à rigoler en entendant des groupes comme Duran Duran, The Cure ou encore Bronski Beat. Moins quand le disque a émis des scratchs violents, parce que Benji et Poppy venaient de comprendre qu'ils pouvaient faire bouger la tête de lecture (ou peu importe comment s'appelle ce truc).

– Si vous rayez ces 33 tours, je vous fous à l'eau ! a bramé Tuppa, depuis la table.

Poppy et Benji ont aussitôt arrêté de jouer avec l'aiguille.

Et, soudain, ils ont mis *Careless Whisper* de Wham ! Après un solo de saxo interminable, George Michael s'est mis à chouiner. Ma mère a commencé à s'agiter sur sa chaise.

– Ah ah, celui-là, vous pouvez le bousiller ! a dit Tuppa. Cette satanée chanson ! On s'en souviendra, de l'été où Becca a brisé le cœur de Sean !

Chapitre 24

Sean a regardé Lauren. Lauren a regardé maman. Maman a regardé son assiette.

– Comment ça, brisé le cœur de Sean ? a murmuré Lauren, sans quitter ma mère du regard.

– Je n'ai pas eu le cœur brisé ! a dit Sean.

– Ce sont de vieilles histoires, a confirmé Tuppa.

Il avait cet air chafouin que je lui connais bien, comme quand il a envie de regarder la télé le jour de Thanksgiving et qu'il sait que le seul moyen de le faire sans attirer les sarcasmes de Mumma est de suffisamment l'énerver à propos de sa méditation transcendantale pour qu'elle quitte la pièce.

Il y a eu un ricanement à l'autre bout de la table, que j'ai immédiatement identifié comme celui de mon ex-meilleur ami, ce traître.

Josh savait ! Il le savait depuis tout ce temps et il ne m'avait rien dit ! La traîtrise coulait dans ses veines plus vite que les larmes de sa nouvelle petite amie, le jour où je lui ai appris que les licornes n'existaient pas.

– Justement, on ne va pas parler de ces vieilles histoires, papa, a grogné ma mère.

Tuppa a pris un air pincé.

– Voudrais-tu imposer le tabou dans ma propre famille, Rebecca ? Qu'y a-t-il de mal à ça ? Qu'est-ce qu'un été, dans toute une vie ?

– Oh, je t'en prie, a soupiré maman.

– Attends, suis-je intervenue. Je croyais que vous vous étiez juste embrassés une fois ?

– Est-ce qu'on est obligés de parler de ça maintenant ? a supplié Sean.

– Oui, a affirmé Josh, exactement au même moment que Lauren.

– Ne te mêle pas de ça, Josh ! a aboyé Sean.

– Vraiment ? a sifflé Lauren.

Ça se voyait qu'elle avait du mal à se contenir.

– C'était il y a longtemps, a dit maman, gênée. Et puis brisé le cœur, n'exagérons pas.

Tuppa a rigolé.

– C'est pas toi qui t'es coltiné cette chanson en boucle pendant toute la fin des vacances, a-t-il répondu à maman qui lui a jeté le regard le plus furieux de la terre. On parle du cœur brisé de ce pauvre Sean mais on oublie que nos oreilles ont morflé aussi.

– Je croyais que *Careless Whisper* te rappelait Suzy Rivero, a lâché Lauren, en fusillant Sean des yeux. Mais j'aurais dû tiquer.

Juste à cet instant, George Michael a déploré les chuchotements indélicats d'un bon ami (qui avait visiblement balancé son infidélité chronique). Question timing, nous étions parfaits.

Maman a encore tenté de relativiser le cœur brisé de Sean mais c'était trop tard.

J'ai senti que c'était le moment de lui donner un coup de pouce.

– Raconte, maman ! Tout le monde a des enseignements intéressants à tirer du fait que vous nous avez menti pendant des années.

Elle a fait semblant de m'ignorer. Pas Tuppa.

– 1984… a-t-il commencé. L'année où Sean et Becca ont commencé à disparaître de la maison sans prévenir.

– Je me souviens, a dit Mark, en levant le nez de son journal.

Tout le monde avait oublié sa présence, ce qui est tout de même la principale compétence de mon oncle.

– Tu n'étais pas là cette année ! a lancé maman, avec une intonation mesquine. Tu étais à un campus d'économie politique et personne n'avait le droit de prononcer ton prénom à la maison.

Je voyais très bien ce qu'elle tentait de faire. C'était génial, sauf quand on a un vieux renard comme Tuppa pour père.

– Ne dévions pas du sujet, Becca. Et Mark n'a pas été rayé de l'arbre généalogique. Ta mère a juste eu du mal à accepter l'idée que son fils aîné veuille devenir Ronald Reagan puis nous avons accepté cette forme de crise d'adolescence. N'est-ce pas, Mark ?

– Oui, oui, a marmonné Mark en replongeant dans son journal.

De toute évidence, il y avait eu quelque chose de pourri dans le royaume du Danemark. Mais moins que le fait que ma mère et Sean nous cachaient leur liaison tumultueuse depuis des années.

– Donc, 1984, année où le groupe Wham ! a sorti cette chanson qui a dû se faire retourner Jimi Hendrix dans sa tombe. Wham !

Il a encore rigolé, très fort.

– Dire que personne n'a imaginé que George Michael était homosexuel !

– Ses shorts en jean et ses sweats roses auraient dû pourtant vous mettre sur la voie, a dit Mark, sans quitter la protection nécessaire de son journal.

– Nous savions qu'il était homosexuel ! s'est insurgée ma mère. Et c'était Sean qui écoutait Wham ! Il avait même leurs coupes de cheveux. Des deux à la fois ! Ah ah !

Personne n'a ri.

Les yeux écarquillés toujours fixés sur Lauren, Sean ne bougeait pas plus qu'un lapin face à un boa constrictor.

– Bon, a continué ma mère en attrapant son assiette et en se levant. Quelqu'un m'aide pour la vaisselle ?

Lauren lui a posé la main, très calmement, sur le poignet, sans quitter son mari des yeux.

– Rassieds-toi, Rebecca.

Ma mère a obtempéré.

– Moi, je veux entendre ça, a repris Lauren, glaciale. Je m'intéresse beaucoup aux cœurs brisés.

– Je n'ai pas eu le cœur brisé, bon Dieu ! a explosé Sean. Comment veux-tu que j'aie le cœur brisé ? C'était Becca !

Ma mère a tiqué.

– Comment ça, c'était Becca ? C'est-à-dire ?

Sean a eu un rictus paniqué. Lauren et ma mère le contemplaient, toutes les deux en colère maintenant.

– Oui, papa, que veux-tu dire ? a demandé Josh. Tu te serais servi de ta meilleure amie ?

– Servi ? Tu parles, a lancé ma mère, les narines frémissantes de défi. Il me courait après comme un chiot. Et il a eu le cœur brisé.

– Je n'ai pas eu... bordel ! a éructé Sean.

George Michael n'en finissait pas de chouiner que personne ne voudrait plus jamais danser avec lui. À table, le silence s'appesantissait de façon assez inquiétante.

– D'accord, a fini par lâcher ma mère, excédée. Nous sommes sortis ensemble un été. Et après ? Qu'est-ce que ça change ?

– Rien, rien... a répondu Lauren, en tripotant les miettes de pain sur la nappe, d'un geste frénétique.

– Écoute, Lauren, a repris ma mère. Ça n'avait pas d'importance ! Nous avions quatorze ans ! J'ai fini par comprendre que j'adorais Sean mais que je ne le trouvais pas attirant.

– Sympa, a murmuré Sean. Merci beaucoup, Becca, de dire enfin la vérité après toutes ces années.

Lauren a poussé un petit cri plein d'ironie furieuse.

– Ne commence pas, a répondu ma mère à Sean.

L'oncle Mark a choisi ce moment pour faire claquer son journal.

– Le type que Becca trouvait vraiment attirant, c'était mon copain Andrew.

Sean a penché la tête.

– Pardon ? Pas Andrew « Gel ultra-coiffant » Reese, j'espère !

– Il n'y a rien de plus efficace pour briser une amitié que de laisser sa petite sœur sortir avec son meilleur ami, a annoncé Mark, toujours derrière son journal. Surtout pour le larguer au bout d'un mois...

J'ai contemplé ma mère, cette femme inconséquente qui était passée de garçon en garçon l'année de ses quatorze ans. D'un certain côté, cette révélation expliquait beaucoup de choses sur mon propre comportement. Je pourrais toujours plaider la cause génétique auprès de Tristan.

Sean a glapi.

– Tu es sortie avec Andrew Reese ? Tu m'avais juré le contraire !

Ma mère a expiré un grand coup, assez mal à l'aise.

– Tu avais le cœur brisé... Que voulais-tu que je te dise ?

– Je n'avais pas le cœur brisé ! a scandé Sean.

Lauren a eu un petit rire.

– Je ne voudrais pas interrompre votre petite dispute mais j'aimerais revenir à cet intéressant moment où j'apprends que mon mari et ma meilleure copine m'ont menti pendant plus de quinze ans. Après tout, tu as bien choisi cette chanson. Elle parle de trahison et de mensonge.

J'ai eu envie de faire remarquer que si j'avais chopé les gènes frivoles de ma mère, tout devenait aussi cohérent concernant Josh : il avait sans doute reçu ceux du double jeu de son père. Mais finalement, cette théorie l'aurait largement dégagé de toute responsabilité à propos de ses errances labiales avec Beatrice.

– Il y a prescription, Lauren, a affirmé Sean, fermement.

– Ne me parle pas sur ce ton ! a bramé Lauren en se levant. Et dire que tu as crié sur Josh uniquement parce que tu n'as pas réussi à oublier que Becca t'avait brisé le cœur !

Elle a applaudi, très fort.

– Ça n'a rien à voir avec ça, a grincé Sean. Tu sais très bien que Josh est...

Il a stoppé net. Josh a sifflé entre ses dents et, en moins de temps qu'il ne faut pour le dire, s'est éjecté de sa chaise et a disparu dans la maison.

– Merveilleux, a murmuré Lauren.

Elle l'a suivi. Sean s'est levé à son tour pour lui courir après, en hurlant : « Et je n'ai pas eu le cœur brisé, à la fin ! »

George Michael s'était tu. Benji avait mis un autre disque et dansait avec Poppy, tous deux complètement inconscients du drame qui s'était déroulé quelques mètres plus loin. De nouveau, un silence gênant s'est installé à table.

– Cela dit, c'est une très jolie histoire, a dit Justin, de son ton coach de vie.

Maman lui a demandé de se taire. Il a dit « très bien » et s'est dirigé, vexé, vers le chemin du bois. À ce moment-là, j'ai vu que Mark rigolait, parce que son journal tressautait légèrement.

– Merci beaucoup, papa ! a aboyé ma mère.

Puis elle a attrapé rageusement son assiette pour quitter la table à son tour. Tuppa s'est tourné vers moi.

– Tu vois, Harper, a-t-il dit d'un ton dramatique. Les gens ne savent pas contrôler leurs émotions, et ce sont toujours d'innocentes personnes âgées qui trinquent.

Et il a levé son verre.

Chapitre 25

Vu l'ambiance, j'ai préféré m'éclipser assez rapidement. Histoire d'éviter tout autre membre de cette charmante tribu, et uniquement pour ça, je le promets, je suis allée du côté droit du lac, sur le chemin qui mène au parking, munie de mon exemplaire des *Hauts de Hurlevent* dont il ne me restait que vingt pages à lire.

Je me suis d'abord assise sur une petite plage derrière la barrière de buissons, face au lac.

Je l'ai regardé.

Passé le moment où tout est tellement beau, pour être sincère, on commence à se casser franchement les pieds.

J'ai ouvert mon livre mais sans beaucoup d'entrain.

Heathcliff s'enferrait dans sa folie destructrice, torturant tout être à sa portée, sur le seul motif d'avoir complètement raté sa vie et de ne pas avoir été capable d'avouer plus tôt à Cathy qu'il l'aimait, ce qui m'a fait penser qu'Heathcliff ne pouvait pas être Josh.

Le genre de Josh, face à une telle situation, aurait plutôt été de s'allonger sur un de ces sofas en velours que les gens avaient à l'époque et de demander si la gouvernante avait prévu quelque chose à manger.

De toute façon, Josh ne pouvait pas être Heathcliff, parce que sinon, ça voudrait dire que Beatrice était Cathy. Même si elle était aussi vaniteuse qu'elle et bien capable d'épouser un type qu'elle n'aimait pas sous prétexte de devenir la femme la plus riche de l'État, elle ne possédait certainement pas la carrure d'une Cathy.

J'ai laissé tomber mon livre sur le sol. J'étais furieuse. Que venait faire mon insupportable cousine, entre Emily Brontë et moi ? Elle avait réussi à s'immiscer partout, tout en faisant sa sainte-nitouche.

Je me suis levée pour marcher un peu et m'éclaircir les idées. Je n'avais pas fait trois mètres que je les croisais, Brittany et elle, les bras chargés de sacs de courses.

– Nous avons trouvé des capsules pour la machine à café ! s'est écriée ma tante, d'un air à la fois extatique et soulagé. Et un appareil pour la faire fonctionner !

J'ai levé le pouce hypocritement. Puis elles ont continué à trottiner sur le chemin, remorquant derrière elle Penelope qui, elle, ne portait rien à part sa propre douleur.

J'ai marché jusqu'au bout du chemin, en m'interrogeant sur le sens de tout cela et surtout sur la réaction de Justin et Tuppa lorsqu'ils s'apercevraient que Brittany avait introduit une machine à capsules en douce à la maison du lac (100 % écolo, 100 % recyclable, 100 % inepte).

Sur le parking, un pick-up blanc venait de se garer. Tristan a sauté lestement de l'arrière, et j'ai eu le temps de remarquer qu'il portait un vieux baggy taché de cambouis et un tee-shirt bien trop moulant pour que ce soit autorisé par la loi. Puis la porte du conducteur s'est ouverte et Jon en est descendu.

Les deux dernières personnes que je voulais voir en même temps.

Tristan s'est mis à sortir une pièce en métal, probablement une pièce de moteur, de la voiture. Jon m'a vue et m'a adressé un signe joyeux.

– Bonne promenade ? a-t-il demandé.

– Super, ai-je répondu. Est-ce que tu aurais une corde à me prêter ? J'ai désespérément besoin de quitter cet endroit.

Il a ri. Tristan l'a entendu et a levé la tête.

– Oh, salut, Harper ! a-t-il claironné, comme si j'étais une vieille voisine atteinte d'arthrose à qui il essayait de transmettre un peu d'enthousiasme pour qu'elle continue à avancer. Bonne promenade ?

Est-ce qu'ils avaient lu le même manuel de conversation ?

– Excellente promenade, Tristan, merci, ai-je dit, royale.

Il est passé devant moi les bras chargés et m'a fait un clin d'œil d'une arrogance incroyable.

– On va réparer le bateau, a-t-il annoncé. Tu as envie de nous aider ?

Bien entendu. Entre ça et un atelier « soigner des lépreux, une mise en situation », mon cœur aurait sans doute balancé.

Tristan a souri.

– Je reformule… Est-ce que tu voudrais bien nous aider ?

Je venais de passer deux jours à me demander s'il n'était pas mort, s'il allait essayer d'avoir une explication, s'il pensait à moi, et tout ce qu'il trouvait à me proposer consistait à se couvrir de cambouis et à manier des outils dont je ne connaissais même pas le nom.

Tristan était un Josh, lui aussi.

Tous les garçons étaient des Josh.

– Ça va être cool, est intervenu Jon (sans doute un Josh, lui aussi). On a de la musique et de quoi boire.

Il a fait une tête de gangster.

– J'ai réussi à faire entrer des sodas en cachette.

Je n'ai pas pu m'empêcher de rire. Les yeux de Tristan ont rétréci. Est-ce qu'il se pourrait qu'il soit jaloux ?

Ni une ni deux, je me suis mise à badiner avec Jon, sollicitant tous les gènes déplorables dont j'avais hérité.

Il m'a informé qu'il y aurait une autre fête le soir, dans la maison des parents des Stewhan et que ce serait cool que nous venions, Beatrice, Josh et moi.

Et je me suis retrouvée à marcher avec lui jusqu'au ponton devant les maisons, pendant que Tristan portait la pièce détachée derrière nous.

Le bateau avait été sorti de l'eau un peu plus loin, et monté sur des piliers en bois, à l'abri d'une espèce d'avancée de pierre qui n'avait apparemment pas d'autre fonction que d'être plate et assez moche.

Jon a sorti une vieille couverture et des canettes de son sac à dos et a aidé Tristan à porter une caisse à outils hors du bateau.

Durant tout ce temps, nous continuions à parler. Tristan ne disait toujours rien.

À vrai dire, son visage n'exprimait rien non plus. Jon s'est aperçu qu'il leur manquait je ne sais quel outil. Dès qu'il est parti vers les maisons, Tristan s'est tourné vers moi, ou plus exactement vers la couverture où Jon avait laissé les sodas.

Le soleil faisait briller ses cheveux blonds. Ses yeux incroyables, couleur de lac, se sont posés sur moi. Puis il a enlevé son tee-shirt, très lentement, comme dans une pub.

Mon cœur a raté un battement.

– Pourrais-tu arrêter de me regarder comme ça ? a-t-il demandé.

– Te regarder comment ?

Il a souri. Moi aussi, bien malgré moi. C'était comme si mes lèvres avaient une vie propre.

– D'accord, Harper, a-t-il murmuré. J'aurais peut-être dû venir te voir.

J'ai relevé le nez, façon Beatrice.

– Peut-être ?

– Sûrement. J'ai préféré te laisser réfléchir à tout ça.

Oh, pratique.

– Trop aimable de ta part, ai-je répondu. Je n'ai pas eu le temps de réfléchir à... quoi, déjà ?

Le visage de Tristan s'est assombri.

– Je ne sais pas, a-t-il lâché, peu aimable. Peut-être à ce petit jeu entre Jon, Josh et moi.

J'ai fait un geste vague de la main, très grande dame. Il a rigolé, en s'avançant vers moi.

– Tu es assez pénible, comme fille, en fait.

J'ai essayé d'exprimer le plus grand mépris mais ma bouche s'est tordue bizarrement et je crois que mon rictus tenait plus de la grenouille outrée que du sourire narquois.

– Est-ce que tu as réglé le problème avec Josh ?

Sa voix était bizarre, un peu enrouée.

– J'ai un problème avec Josh ?

– Étant donné qu'il est venu seul hier, j'imagine, oui.

Josh était donc allé de l'autre côté du lac. Seul. Est-ce que ça voulait dire vraiment seul ou simplement sans moi ? Dans ce dernier cas, est-ce que Beatrice l'accompagnait ? Je me suis retenue de le demander, un peu aussi parce que Tristan s'était encore rapproché. Je pouvais sentir son parfum, par-dessus l'infecte odeur de cambouis qui émanait de son baggy.

– Josh est libre de ses mouvements, ai-je lancé.

– Encore heureux...

Sa voix n'était plus qu'un murmure mais je l'entendais parfaitement bien, étant donné qu'il se tenait à quinze centimètres de moi. Je n'avais jamais remarqué qu'il était aussi grand.

– Est-ce que tu peux reculer, s'il te plaît ? ai-je demandé.

Ma propre voix déraillait complètement.

Il a reculé. Et là, contre toute attente, c'est moi qui ai avancé. Je n'ai pas pensé à ce que je faisais. J'ai juste avancé.

Je vous jure que je n'ai pas fait exprès de trébucher. Mais je suis tombée juste sur lui et il a eu le réflexe de me rattraper. Sa peau était chaude et affreusement douce. Sans doute le soleil et euh... pour la douceur, je ne sais pas. Peut-être avait-on transmis un gène de la douceur à Tristan, alors que moi, j'avais juste eu la frivolité et le manque total d'aisance sociale.

J'aurais bien voulu me relever mais mon cerveau avait beau donner des ordres à mes jambes, elles refusaient de bouger. Le visage de Tristan n'était plus qu'à quelques centimètres du mien.

Il s'est mordu la lèvre. C'était outrageusement sexy. Puis il a refermé les bras sur moi.

– À quel moment est-ce que tu vas arrêter ça, Harper ? a-t-il chuchoté à mon oreille.

Arrêter quoi ? De sniffer son cou ? Je n'avais jamais senti une odeur aussi agréable que celle de Tristan, malgré les relents de cambouis. On avait l'impression qu'il s'était roulé dans un pot de confiture de rhubarbe et allongé dans la mousse juste après.

Ce qui aurait été une attitude un peu bizarre, je l'avoue.

Il m'a repoussée un peu, pour me contempler intensément.

– Je n'explique pas pourquoi j'ai tout le temps envie de t'embrasser.

Charmant.

Son sourire a creusé une fossette sur chacune de ses joues, ce que je n'avais jamais remarqué.

– Mais je ne vais pas t'embrasser.

Doublement charmant.

Quand il parlait, ses yeux oscillaient doucement, comme s'ils cherchaient une réponse dans les miens.

– Pas tant que la situation n'est pas claire avec Josh ni tant que tu ne sais pas si tu veux vraiment être avec moi.

J'ai entendu un hiiiii hystérique, j'ai failli me retourner et je me suis aperçue qu'il venait directement de mon cerveau.

– Je te le promets, a-t-il affirmé. Je ne suis pas le genre de type qui sort avec une fille pour un soir. Je ne suis ni Jon, ni Josh.

J'ai reculé la tête.

Non mais ce toupet… J'avais embrassé Jon ! Que voulait-il dire exactement ? Que moi, j'étais un genre de fille qui embrassait un type pour un soir mais que comme il avait des principes, il voulait bien sortir avec moi ?

– Attends… Tu veux sortir avec moi, pas parce que je te plais ou parce que je suis exceptionnellement drôle et intéressante, juste parce qu'on s'est embrassés et que tu as des valeurs ?

Mumma aurait été tellement fière de moi ! Il a eu un air franchement sonné.

– Ce n'est pas ce que j'ai voulu dire !

– C'est pourtant ce que tu as dit.

Furieuse, je me suis dégagée définitivement de ses bras et l'ai laissé planté là.

Et ce n'était que justice, suite à l'épisode de la racine. Quinze partout.

Tout en remontant vers le parking qui séparait nos deux côtés du lac, j'avais ma réponse : Tristan était définitivement Heathcliff et j'étais Cathy.

Un bourdonnement d'exaspération m'a traversé le ventre, à cette idée.

Non, je n'étais pas Cathy. Je n'allais pas courir me jeter sur un lit pour mourir de langueur, un mouchoir à la main.

J'ai rebroussé chemin, jusqu'au bateau. Tristan et Jon, qui était revenu, contemplaient le moteur. Tristan a levé des yeux un peu effrayés vers moi, alors que je me dirigeais vers lui d'un pas décidé.

– Tu sais quoi, Tristan ? lui ai-je jeté au visage. Ce n'est pas Josh et toi qui allez décider de ce que je fais ou ne fais pas. J'irai à cette fête ce soir, parce que Jon a eu la gentillesse de m'inviter, ce que tu n'as pas fait, au passage...

– Il venait de le faire, a balbutié Tristan.

– Il venait de le faire parce que tu ne l'as pas fait !

D'accord, j'avais gagné un niveau en mauvaise foi.

– Et je récupère mon livre ! ai-je crié, en me baissant pour prendre *Les Hauts de Hurlevent*.

– Si tu veux, a murmuré Tristan.

Il faisait moins le malin. Cette fois-ci, je suis vraiment partie, la tête haute. Juste avant d'arriver à l'avancée de pierre, j'ai entendu Jon rigoler et Tristan le prier assez fermement de s'occuper de l'écrou qu'il avait serré n'importe comment.

Chapitre 26

Le dîner, comme on l'imagine, s'est déroulé dans une atmosphère épouvantable, compte tenu du froid général qui régnait depuis midi. Maman piaillait contre Benjamin qui se tenait mal, comme elle le fait généralement quand elle n'a pas envie de parler aux gens qui l'entourent. Justin répondait à Tuppa à propos de je ne sais quel projet de barrage. Brittany racontait une stupide histoire de pot en terre qu'elle avait retrouvé dans le cagibi et qui avait sans doute de la valeur, « à défaut d'avoir du cachet ».

Beatrice saoulait son père avec ce qu'elle allait porter à la fête des Stewhan. Mark répondait comme d'habitude par des sons vagues, une lueur de profond ennui au fond des yeux.

À sa place, j'aurais pris mon courage à deux mains et j'aurais abandonné Beatrice dans une forêt depuis longtemps.

J'avais envie de lui dire de ne pas perdre espoir car il était peu probable que, même maintenant, elle retrouve son chemin toute seule.

Lauren et Sean n'ont pas échangé un mot, sauf à la fin du repas. Sean a demandé à Lauren si elle savait où était son couteau suisse et Lauren lui a répondu de demander à Becca, puisque visiblement, ils partageaient des tas de secrets. Maman est intervenue (la folle !) pour signaler qu'elle pensait l'avoir vu à côté du four à pain, Justin a dit que c'était le sien, Sean a dit qu'il l'avait probablement utilisé dans l'après-midi et qu'il était désolé. Il a tellement insisté que Justin lui a demandé, agacé, s'il devait se sentir jaloux. Maman lui a ordonné de ne pas être ridicule et de ne pas s'y mettre, Justin a fait semblant d'être étonné et a demandé à maman depuis quand elle se sentait en droit de lui dicter son ressenti.

Il aurait pu utiliser le sh-sh intérieur. Mais les adultes de ma famille étant fous et contagieux, Justin avait franchi un cap. Le sh-sh appartenait à un passé dans lequel il virevoltait, léger, heureux et plein d'émotions sereines et bienveillantes.

J'ai préféré me taire, de peur que ma mère se venge sur moi comme d'habitude et m'empêche de sortir.

Comme je m'ennuyais sévèrement, j'ai concentré mon attention sur Penelope pour m'assurer, comme tous les soirs, qu'elle était encore en vie. Au bout d'un moment, elle s'est aperçue que je l'observais et m'a fait un geste grossier en douce.

Pendant la vaisselle, Brittany nous a dit de nous dépêcher. J'ai traîné exprès pour ne pas avoir à partir avec Josh le traître et ma cousine sournoise.

Et puis ma mère, toujours aussi fine, m'a pris une assiette des mains en me disant qu'elle était bien assez propre comme ça, ça ira, merci Harper, ne fais pas attendre ta tante. J'en ai pris une autre, que j'ai commencé à laver tellement lentement qu'à côté de moi, Penelope avait l'air d'avoir été diagnostiquée hyperactive.

Tuppa l'a remarqué et a annoncé qu'il lui faudrait un peu de temps pour se préparer et que comme il n'avait pas envie de faire le chemin tout seul, je pourrais l'accompagner.

Je vous ai dit que j'aimais mon Tuppa ? Même s'il était cinglé, de mauvaise foi et qu'il avait un humour des plus douteux ?

Je me suis installée sur les marches devant ma chambre, en fulminant contre la Terre entière. Sincèrement, je n'avais pas grand-chose d'autre à faire et ça me faisait oublier l'humidité qui commençait à transpercer mes vêtements, pendant le siècle que j'ai passé à attendre Tuppa.

Résultat des courses, il était habillé pareil quand il m'a rejointe en bas des escaliers.

– Ça m'a pris une heure, rien que pour me coiffer, a-t-il dit en se baissant pour exhiber son crâne chauve.

Je n'ai pas ri, officiellement par respect pour son deuil capillaire.

– On aurait pu y aller avec ma *Janis*, a-t-il fait remarquer.

J'ai tressailli. Est-ce qu'il allait me parler de son ancienne petite amie ? À qui il avait rendu hommage en baptisant une vieille barque, sous le nez de Mumma ?

– Je t'aime beaucoup, Tuppa, ai-je répondu. Et je sais que malgré ton âge avancé, tu as conservé la plupart de tes capacités. Il serait cependant très dangereux de s'embarquer dans une telle traversée, quasi de nuit.

Nous avons marché un moment en silence, puis Tuppa m'a annoncé qu'il n'irait pas chez les Stewhan avec moi.

– J'ai deux trois choses à voir avec le père de ton Tristan.

– Ce n'est pas mon Tristan, ai-je aussitôt répliqué.

Il m'a tapoté l'épaule.

– D'accord.

– C'est juste un Tristan parmi les autres.

– Parmi les autres Tristan, OK, a répété Tuppa.

Je n'ai pas du tout aimé son petit sourire narquois.

– Les garçons ne m'intéressent pas, si tu veux tout savoir, Tuppa.

– Je comprends, a répondu mon grand-père.

– Je me consacre à mes études. C'est le plus important, tu ne crois pas ?

– Je crois aussi.

Il m'agaçait, à douter de moi. Je n'allais pas me laisser tirer les vers du nez comme ça, par un homme vêtu d'un bermuda en jean et d'un tee-shirt Dire Straits tellement usé que le R et le S s'étaient effacés, ce qui fait qu'il affichait « Die Strait ». J'ai mis les choses bien au clair.

– De toute façon, Tristan ne m'intéresse pas plus que les autres.

– Tristan, tu veux dire ?

Je l'ai dévisagé. Il pédalait carrément dans la semoule.

– Ben oui, Tristan.

– Tu as dit Josh.

C'était incroyable ! Mon grand-père développait une forme de sénilité très sélective !

(Évidemment, étant donné qu'il avait toujours été à moitié fou, personne ne verrait la différence...)

– Je n'ai pas dit Josh, ai-je lancé.

– Je t'assure que tu as dit Josh. Mais peu importe, puisque tu te consacres à tes études.

Il se fichait ouvertement de moi.

– Tu ressembles beaucoup à ta grand-mère, tu sais ? a-t-il ajouté.

Super. Exactement ce qu'il me manquait.

Il s'est mis à chantonner. Je l'ai supplié d'arrêter. D'accord, rien ne laissait penser qu'on croise quelqu'un mais avec la chance que j'avais, Tristan passerait justement dans le coin. Même s'il aimait bien mon grand-père, comme il l'avait dit, et que sa capacité nerveuse devait être exceptionnelle (il était sorti avec Quinn, ne l'oublions pas), il y avait peu de chances qu'il résiste à l'interprétation douteuse de *Summertime* dont Tuppa avait décidé de nous régaler.

– C'est quand même une sacrée chanson, a fait remarquer Tuppa. Tellement pleine d'enseignements.

– Ça te dérange si je me suicide ? ai-je marmonné.

Il a plissé les yeux, en me scrutant.

– Un de ces matins, tu te lèveras en chantant et tu déploieras tes ailes. Tu connais Janis, hein ?

– Pas personnellement, ai-je répondu. Mais j'en ai beaucoup entendu parler.

Je plaisantais, pour le suicide, trois secondes auparavant. À présent, j'y pensais très sérieusement.

– Une femme merveilleuse. Nous l'avons tellement aimée, tu sais ! Disparue trop tôt, pour certains.

Super. Janis l'idiote était genre la fille facile du coin. Et mon grand-père, la larme à l'œil, voulait apparemment m'en parler, à moi.

– Moi, je ne pense pas, a-t-il ajouté.

J'ai contemplé Tuppa. Il était sorti avec cette fille ! Et connaissant Tuppa, il avait dû en faire trois tonnes !

Est-ce que tous les hommes manquaient à ce point de sensibilité ?

C'était réconfortant de savoir que peut-être un jour, après ma mort, un ex-petit ami ne regretterait pas que j'aie quitté ce monde ! J'imaginais déjà Tristan parler à ses petits-enfants :

« Harper ? Une fille super. Heureusement, elle est morte. »

Agréable perspective…

– Elle a été quelqu'un d'important dans ma vie et ça me suffit, a repris Tuppa. Peut-être que, si elle avait vécu plus longtemps, elle aurait fini par me décevoir.

La fusée sur laquelle mon grand-père était perché depuis des années venait d'appréhender les limites du glauque et avait demandé l'autorisation de les dépasser. Elle lui avait été visiblement accordée.

– Regarde ce qu'il est arrivé aux Rolling Stones, a-t-il continué.

Je ne voyais pas le rapport entre Janis l'idiote et les Rolling Stones.

– Est-ce que Mick Jagger[1] est ton ex, Tuppa ? ai-je demandé, de mon ton le plus anodin. Et si oui, est-ce qu'il y a une chance que tu me le présentes ?

Tuppa n'a pas compris. J'ai répété ma question. Il m'a regardée comme si j'étais folle.

– Mais quel est le rapport avec Janis Joplin ?

Janis Joplin ? J'étais sûre que Mumma n'avait jamais précisé le nom de famille de son ancienne copine de catéchisme, qui n'en avait d'ailleurs pas retenu grand-chose, au passage.

– La chanteuse, a précisé Tuppa, narquois. Janis Joplin, l'une du club des 27, nommé comme ça parce qu'ils sont morts à vingt-sept ans : Jimi Hendrix, Jim

1. Chanteur des Rolling Stones.

Morrison et Brian Jones. Et Janis Joplin juste avant la naissance de ta mère, d'ailleurs. Pour une raison que je ne m'explique pas, ta grand-mère a refusé qu'on l'appelle Janis. Mais qu'est-ce qu'on vous apprend, à l'école ? Et qu'est-ce qu'on t'apprend, à la maison ?

– Désolée, Tuppa, ai-je rétorqué, piquée au vif. Je pensais que tu me parlais de ton ex-petite amie, Janis, à qui tu as dédié une barque alors que tu étais déjà avec Mumma.

– Je n'ai jamais eu de petite amie qui s'appelle... ah oui. Janis. Mon Dieu, je n'avais jamais fait le rapprochement.

Il a eu une expression contrariée.

– Tu penses que ta grand-mère l'a fait ?

– Pas du tout, ai-je ironisé. Et ça ne doit pas être pour ça qu'elle a refusé que tu appelles maman comme ça. Peut-être qu'elle n'aimait pas la musique, en fait.

Tuppa a ri, mais jaune.

– Quoi qu'il en soit, tout le monde devrait prendre exemple sur Janis Joplin. Une femme qui est allée jusqu'au bout de son destin.

L'histoire me disait vaguement quelque chose, à présent.

– Est-ce qu'elle n'était pas tout le temps défoncée ? ai-je demandé, sans prendre trop de risques, étant donné que tous les artistes des années soixante-dix dont Tuppa était fan se droguaient, buvaient et étaient morts étouffés dans leur propre vomi.

À part les Rolling Stones, ce qui devait expliquer la grosse déception de mon grand-père. Un traditionaliste, au fond, ce Tuppa…

Il a hésité, puis soupiré.

– Hé hé, a-t-il dit, gêné. Oui, bon. Ne va pas dire à ta mère que je t'ai conseillé de te droguer, hein ?

Il venait pourtant de le faire. Il a pris un air très sérieux.

– Janis Joplin a tout essayé. La peinture, la sculpture, la musique. Elle peignait merveilleusement bien, tu sais ? Et puis cette personnalité… cette flamboyance ! Ce jusqu'au-boutisme ! C'était une époque où on explorait. On agissait ! On prenait des risques !

Il s'enflammait carrément, le poing levé vers le ciel. Nous sommes arrivés au parking. En voyant la lignée de voitures hors de prix garées là, et mon grand-père qui allait « discuter » avec le père de Tristan, je me suis demandé ce qu'il s'était passé pour qu'il en arrive là. Il allait vendre la maison du lac pour qu'on en fasse des complexes de vacances, d'après Quinn.

– Après sa mort, ses amis ont fait une fête gigantesque avec de l'argent qu'elle avait laissé à cet effet. Je veux exactement la même chose.

J'ai eu la gorge serrée à l'idée que Tuppa meure.

– Tu pleures ? a-t-il dit, en ayant l'air de l'espérer.

– Oui, ai-je dit froidement. Mais c'est à la perspective de devoir supporter tes amis sexagénaires défoncés à la tequila pendant toute une soirée. Trash Jojo, en particulier.

Trash Jojo était ce qui ressemblait le plus à un meilleur ami, pour mon grand-père. Personnellement, je trouvais qu'il ressemblait à un bulldog avec un chapeau. Lorsqu'il avait trop bu, il jouait du ukulélé en racontant des anecdotes de l'époque où il vivait dans une communauté. À part que personne ne se lavait, je n'ai pas retenu grand-chose.

– Pauvre Trash Jojo, a soufflé mon grand-père. Il ne boit plus une goutte d'alcool. Il porte des pantalons en velours, maintenant. Il dit que c'est confortable. Personne ne devrait vieillir.

Il a secoué la tête.

– Je t'ennuie, a-t-il constaté. Je suis un vieux schnock. Allez, va retrouver ton Tristan parmi les autres ?

Mais mon Dieu…

Comme je ne répondais pas, il a continué à divaguer sur les années soixante-dix, Woodstock et, par association d'idées, a raconté, hilare, une histoire embrouillée où Mumma ne portait pas de sous-vêtements pendant une partie de pêche. (J'avoue que dès qu'il a prononcé le mot « sous-vêtements », mon esprit est parti se cacher profond en moi en sanglotant et n'a manifestement plus reparu de la soirée, comme les événements le prouveront.)

Nous avions traversé le parking. La maison des Stewhan, la plus éloignée du bord du lac, était tout éclairée, sans doute pour montrer que la fête du soir avait lieu là. Tuppa s'est arrêté devant la maison de Tristan.

– Amuse-toi bien ! a-t-il dit sobrement.

Sans même ajouter « ne rentre pas seule », « ne prends pas froid », « si un garçon veut t'entraîner à l'écart, ne te laisse pas faire », « ne laisse pas ton verre traîner », « ne donne pas ton numéro à un inconnu, même de ton âge » et autres conseils ultra-angoissés dont ma mère m'abreuve en permanence.

Avant de me laisser, il s'est tourné vers moi.

– Et n'oublie pas : joue-la comme Janis, Harper !

Il a hésité et ajouté en rigolant :

– Sauf pour la drogue et l'alcool, d'accord ? Sinon, je vais me faire passer un de ces savons par ta mère.

Chapitre 27

La maison des Stewhan n'avait rien à voir avec les autres. Plus petite, il en émanait pourtant une impression de confort dont j'avais trouvé les autres complètement dénuées. Un rocking-chair faisait face à une rangée de pins. Le salon, tout aussi grand que celui des autres maisons, était encombré d'étagères pleines d'objets et de trophées. L'ambiance semblait bien plus décontractée. Les mères de Quinn et de Tristan portaient de simples robes et des petits cardigans à manches courtes, tout comme la mère des Stewhan, brune, les cheveux mi-longs, un peu plus ronde que ses copines, et typiquement mère américaine.

– Les enfants sont dans le jardin d'hiver, a-t-elle dit, d'un petit ton pincé.

J'ai traversé un couloir parsemé de guéridons et de photos de famille, ainsi que de toute une collection de tasses à fleurs.

Les Stewhan, Tristan, Jon et Josh regardaient un match de basket sur l'immense écran de télé en se gavant de chips. De temps en temps, Josh lançait des cris vers l'écran, en crachant des miettes un peu partout. Jon et les Stewhan l'imitaient. Tristan, quant à lui, restait stoïque, les jambes croisées, superclasse dans son bermuda blanc et son tee-shirt bleu, de l'exacte couleur de ses yeux.

Il m'a fait un petit signe, vite caché par un nouveau bond vociférant des autres.

Écœurée par cette vision de masculinisme sportif, j'ai tourné la tête de l'autre côté, là où les filles s'étaient entassées. Elles feuilletaient des magazines de mode. Un instant, j'ai hésité à aller m'asseoir avec les garçons.

Mais ça ne se faisait pas. Elles penseraient que je tentais de me placer, ce qui n'était pas le cas. Même si je ne comprenais rien au sport, je trouvais ça plus acceptable que de faire des commentaires sur des robes que je ne porterais jamais.

Quand elles m'ont vue arriver, Beatrice et Quinn ont eu une petite moue, entre la résignation et la vague politesse. Beryl m'a accueillie avec l'enthousiasme d'un bébé labrador, la bave en moins, Dieu merci.

– Cette collection automne-hiver ! s'est-elle écriée. Tu as vu ?

Je n'avais aucune idée de quoi elle parlait.

– C'est très surestimé, est intervenue Quinn. Je ne suis pas certaine de valider tout ce prune.

Beatrice a acquiescé, en reniflant d'un air méprisant.

– Je trouve que toute une partie de la collection est très 2011, a-t-elle affirmé.

Je n'ai jamais eu autant hâte que quelqu'un invente la téléportation.

– Sauf celle de Chloé, comme d'habitude.

J'avais l'impression d'entendre des versions miniatures des amis de mon père. J'ai jeté un œil sur le magazine que Beryl regardait, histoire de faire semblant de m'intégrer.

– Typiquement, je ne comprends pas ce tombé, a repris Quinn. Quand je vois ce que les créateurs norvégiens sont capables de faire !

J'ai attendu qu'elle finisse.

– C'est mon père qui a pris cette photo, ai-je murmuré à Beryl.

Elle a eu un moment d'arrêt.

– Ton père est photographe ?

Je ne savais plus quoi faire d'elle.

– Professionnel ?

J'ai eu envie de lui répondre que non, qu'il l'avait prise avec son smartphone et que Vogue y avait vu une opportunité de couvrir la semaine de la Mode à moindres frais. Mais j'ai eu pitié.

– Oui. Et là, sur cette autre photo, c'est Inger, sa petite amie.

J'avais presque oublié comme elle avait l'air d'avoir seize ans, quand elle montait sur un podium.

– Est-ce que c'est vrai, Beatrice ? a questionné Quinn qui n'avait pas perdu une miette de la conversation.

Beatrice a confirmé, à contrecœur, je peux le dire.

Les yeux de Beryl se sont embués et soudain, elle a éprouvé l'irrésistible besoin de me faire un câlin. Je l'ai accueilli à mon corps défendant, en reculant le plus possible sur le canapé.

– Ma pauvre ! s'est-elle écriée. Ta belle-mère est top-model ? Ma pauvre, pauvre chérie...

Elle m'a empoignée fermement par les épaules.

– Écoute-moi bien, Harper. Personne n'a le droit de te faire de remarques sur ton physique, tu m'entends ? Personne ! Tu as le nez que tu as, la peau que tu as et le tour de taille que tu as !

Je me suis sentie un peu vexée, à ce moment-là.

– Répète après moi ! a bramé Beryl, telle une suffragette frémissante de courroux. Je suis ce que je suis ! Je suis fière de mon corps, même s'il est imparfait !

Quinn et Beatrice m'observaient, un rien moqueuses.

– Répète : personne ne peut me donner des complexes, même pas mon crétin de petit ami !

– Son petit ami ? l'a interrompue Beatrice, en sourcillant. Quel petit ami ?

– Josh, ce sale sexiste !

Je regrettais salement mon mensonge sur les raisons pour lesquelles je pensais larguer Josh. En entendant son prénom, il a tourné la tête vers nous, imité par tous les garçons.

– Josh n'est pas le petit ami de Harper ! a bramé Beatrice, bien fort et en feignant – assez mal – l'indignation. Ils sont quasiment frère et sœur !

Quinn a poussé un « uh » dégoûté.

– Tu sors avec ton demi-frère ? a demandé Beryl.

– Pas du tout ! ai-je crié à mon tour.

J'avais beau me défendre, toutes les trois continuaient à me contempler comme si j'étais une erreur de la nature. Le son de la télé a baissé d'un seul coup, au moment où je m'exclamais :

– Josh n'est pas mon demi-frère ! C'est mon meilleur ami !

À peine ces mots ont-ils dépassé mes lèvres que j'ai eu envie de me lever et partir en courant, encore une fois.

– Parfois, on a l'impression que son petit ami est aussi son meilleur ami, a dit Beryl qui ne percutait toujours rien, soudain conciliante et affectueuse. Mais c'est l'intimité physique qui fait ça. Crois-moi, va de l'avant, Harper. Ce n'est pas facile mais tu en sortiras grandie.

Elle a posé sa main sur mon épaule, bienveillante.

– On peut tout supporter par amour, j'en sais quelque chose, a-t-elle repris. Mais on ne peut pas rester avec quelqu'un qui a dit qu'on était grosse.

Beatrice a poussé son espèce de cri de mouette indignée au même moment que Quinn. Leur numéro semblait parfaitement rodé et sans doute le fruit de plusieurs années d'entraînement, commun à toutes les pom-pom girls du monde. Elles se sont tournées vers Josh.

– Oui, je parle de toi, Josh, a dit Beryl, presque tristement. Dire que je me suis intéressée à toi… et que j'ai failli trahir une amie !

N'exagérons rien. Je me suis tournée vers les garçons. Josh a haussé les épaules. Tristan me fixait, pas content du tout, les paupières plissées.

– Je n'ai jamais dit que Harper était grosse, a murmuré Josh.

Beryl m'a encore attrapée par l'épaule. Cette habitude de toucher les gens !

– Moi, quand je regarde Harper, je ne vois pas juste une fille qui ne sait pas s'habiller ou qui n'a pas encore découvert les bienfaits du Pilates. Je vois une fille brillante et qui mérite d'être aimée comme elle est !

J'avais envie de rentrer encore plus profond en moi mais la voix hystérique de Beryl ramenait sans cesse mon ego à la surface, pour lui mettre une nouvelle gifle salvatrice. Rien ne pouvait l'arrêter :

– Toi, en revanche, quand je te regarde, Josh, je vois un abruti incapable de voir la beauté où elle est. Ta vie sera terriblement moche, tu le sais ?

– D'accord, a répondu Josh, de son ton de Josh.

Tristan a choisi ce moment pour intervenir à son tour.

– Donc, vous n'êtes jamais sortis ensemble ?

Josh a encore haussé les épaules, comme le lâche qu'il est.

– Joli bobard, a ricané Quinn.

– Je suis dévastée de faire partie de la même famille que toi, Harper, a annoncé Beatrice, une main sur le cœur.

Cette sale petite fouine...

– Je pense que j'ai droit à une explication, a dit Tristan, en se levant.

– Pourquoi aurais-tu droit à une explication concernant Josh et Harper ? a demandé Quinn.

Elle a écarquillé les yeux. Puis ils ont rétréci.

– Vraiment ? a-t-elle sifflé. Mon petit ami ?

– Laisse tomber, Quinn, a grondé Tristan en arrivant à mon niveau. Ce n'est plus le cas maintenant.

– Tu n'es vraiment pas une belle personne, Josh, a dit Beryl à ce moment-là, complètement hors de propos.

Josh a haussé les épaules pour la troisième fois.

– Viens, m'a dit Tristan. S'il te plaît.

J'avais les jambes flageolantes mais mon envie de quitter cet endroit au plus vite m'a donné un regain d'énergie.

Tristan m'a attrapé la main et m'a entraînée vers le couloir.

Avant de sortir, j'ai entendu Beatrice qui disait à Quinn qu'elle n'était au courant de rien et qu'elle s'excusait de nouveau d'avoir du sang en commun avec moi. Quinn lui a répondu qu'on n'était pas responsable de sa famille et qu'elle-même avait une cousine qui avait dévié en épousant un conducteur de bus, que plus personne ne lui parlait et qu'on vivait très bien comme ça.

Chapitre 28

Tristan m'a lâché la main dès que nous sommes passés devant le salon. Nous avons traversé l'espace entre les maisons et le bord du lac, sans nous dire un mot. Arrivé au ponton, il a sauté dans un des bateaux et m'a répété :

– Viens, s'il te plaît.

Puis, comme j'hésitais, il a ajouté :

– Je ne vais pas te noyer ! Je veux juste qu'on soit dans un endroit où personne ne pourra nous interrompre.

J'allais lui proposer de nous catapulter au-delà de l'atmosphère mais j'ai bien senti que ce n'était pas le moment de faire la maligne. J'ai glissé dans le bateau.

Tristan a démarré. Je voyais, de profil, sa mâchoire serrée.

Lorsque nous sommes arrivés au ponton caché, il m'a quand même aidée à descendre, parce qu'on n'y voyait pas grand-chose. Puis il s'est appuyé contre un arbre et m'a dit :

– Je t'écoute.

Je ne savais pas trop par où commencer et surtout où il voulait en venir. J'ai réfléchi quelques secondes. Qu'aurait fait Cathy, dans ce cas ? À part se draper dans son orgueil et mourir bêtement en accouchant, je veux dire ?

Objectivement, il était impossible de savoir ce qu'elle aurait fait, puisque Heathcliff ne lui aurait jamais dit « je t'écoute » de cette voix neutre, appuyé contre un arbre. À ce stade de la conversation, il aurait déjà été en train de détaler dans la lande en hurlant contre le sort et la duplicité des femmes.

J'ai rassemblé mon courage, prête à affronter mon destin, telle l'héroïne de roman que je voulais être.

– C'était une idée de Josh.

Bien. Du bon et grand Harper. Merveilleux.

– Il a dit ça et après, c'était trop tard, ai-je expliqué.

– Trop tard pour quoi ? a soufflé Tristan. Pour être honnête ?

– Josh a pensé que ça titillerait ton esprit de compétition.

– Évidemment…

Il n'avait pas l'air de me croire, ce qui m'a agacée.

– Josh a fait ça pour t'aider, donc ? a-t-il repris.

– Je n'avais pas besoin d'aide !

Du moins pas d'une aide aussi débile, bien dans le genre de Josh.

– Tu es bien naïve, a-t-il craché soudain.

Naïve ? Oui, en effet. J'avais été naïve de croire qu'un garçon comme Tristan pouvait vraiment s'intéresser à moi. Tout ce qu'il voulait, à cet instant, c'était soigner les petits bobos de son ego blessé.

– Je ne voulais pas être malhonnête, ai-je plaidé. Et je suis désolée qu'on t'ait menti, Josh et moi. Je t'assure que je ne suis pas comme ça. Tu pourrais peut-être... je ne sais pas... essayer de me faire de nouveau confiance ?

– Par pitié ! a-t-il explosé. Je te connais depuis trois jours et tu m'as déjà trompé !

Il y allait un peu fort.

– Tu sortais avec Quinn !

– Et après ?

Je suis restée bête, devant lui. Et après quoi ?

Il a traversé l'espace qui nous séparait, en quelques enjambées. Ses jambes étaient vraiment immenses. Il avait l'air d'avoir vingt ans, et pas seize.

Ma mère aurait probablement fait un infarctus.

Il m'a pris le visage entre les mains. Une boucle de cheveux blonds est tombée sur son front. J'ai plongé dans ses yeux couleur de lac, sans même m'en défendre.

– On s'en fout, tu ne crois pas ? a-t-il murmuré.

C'était donc ça ? Maintenant, on s'en foutait ? Est-ce qu'il souffrait d'un trouble du comportement ? Ça aurait bien été mon style.

– Est-ce que tu as envie de m'embrasser, là, tout de suite ? a-t-il ajouté.

Son souffle caressait mes lèvres. Avec un frisson, je me suis aperçue qu'il sentait le caramel.

Je n'ai pas pu lui répondre, tant j'avais la gorge nouée. J'ai ouvert la bouche. La sienne s'est rapprochée. J'ai mis mes bras autour de son cou, presque par instinct.

Il m'a embrassée. Tout doucement, d'abord, puis un peu plus fort. Ses cheveux me chatouillaient le front.

Je lui ai rendu ses baisers.

Puis il a reculé la tête, a souri et m'a serrée contre lui.

Nous étions seuls, sur la rive du lac, cachés par les branches tombantes des arbres, sereins et heureux.

J'ai presque été étonnée de ne pas voir Josh tomber d'un arbre comme un chimpanzé, pour nous rigoler au nez.

– À quoi tu penses ? m'a demandé Tristan, très gentiment.

Je n'allais pas lui dire que je pensais à Josh en train de faire le singe devant nous.

– À la situation au Moyen-Orient, ai-je répondu.

Et j'ai ri comme une dinde.

Tristan m'a passé le bras par-dessus l'épaule. Comme un amoureux. Un amoureux officiel. J'ai regretté qu'il n'y ait personne pour nous voir.

– Je suis vraiment content qu'on ait réglé tout ça, Harper, a-t-il dit.

Tellement sérieusement que je me suis demandé s'il fallait appeler les enfants tout de suite pour leur annoncer que papa et maman n'allaient finalement pas divorcer.

– Nous avons franchi les obstacles, ai-je rétorqué, solennelle. Nous n'avons pas eu peur de nous dévoiler et de reconstruire sur nos propres ruines.

Il a ri.

– Tu es quand même bizarre, comme fille. Mais marrante.

Je n'étais pas certaine que ce soit vraiment un compliment.

– Mais c'est vrai, a-t-il ajouté, jouant le jeu. Tu as su faire preuve de maturité et finalement de franchise. Ce que je ne comprends pas, c'est pourquoi tu ne m'as pas cru, moi, quand je t'ai dit que tu me plaisais vraiment.

– Grave manque de confiance, sans doute dû à un traumatisme d'enfant – mes parents m'ont obligée à faire de la danse classique quand j'avais quatre ans, tu le savais ?

– Horrible, a souri Tristan.

J'ai évité de lui raconter qu'ils avaient fini par m'enlever du cours, après mon premier spectacle, un condensé du *Lac des Cygnes*. Ils s'étaient piqué un fou rire abominable qui les avait obligés à sortir de la salle, sous les regards outrés des autres parents.

Mon père dit encore en rigolant qu'il n'avait jamais vu un aussi joli envol de pintade.

– Du coup, évidemment, qui dit manque de confiance dit manque d'aisance sociale, ai-je continué, soudain incontrôlable. Ce qui n'a pas aidé. J'avais beau essayer de te croire, il...

Tristan a tourné la tête vers moi, apparemment pour m'embrasser de nouveau. Comme j'étais sur ma lancée, sa bouche a raté la mienne et j'ai eu le temps de conclure :

– ... il y avait cette petite voix qui me répétait : « Tristan n'est pas fait pour une fille comme toi. »

Tristan s'est arrêté net, avec une expression choquée, suivie d'un rictus ironique.

– Josh ?

– Quoi, Josh ? ai-je aboyé.

– Tu viens de dire « Josh n'est pas fait pour une fille comme toi ».

– Évidemment, que Josh n'est pas fait pour une fille comme moi !

Il m'a regardée comme il aurait regardé Beryl.

– Tu te rends compte que tu as dit Josh ?

– Je n'ai pas dit Josh !

Mais je comprenais mieux pourquoi il aimait bien Tuppa. Il était aussi dur de la feuille que lui.

– Je crois que tu as encore pas mal de choses à découvrir sur toi-même, Harper, a-t-il soupiré.

Exactement du même ton que Justin.

Au secours, je sortais avec Justin ! Je ne voyais déjà dans dix ans, dévalant les rues d'une ville du Michigan sur nos vélos, pour aller chercher nos légumes bio à la ferme coopérative, vêtus de vêtements fabriqués par des artisans colombiens ! Il allait peut-être même me forcer à manger des racines !

– Je te ramène, à moins que tu veuilles rentrer à la nage.

Je n'avais pas vraiment le choix. Au ton de sa voix, j'ai compris que l'idée l'avait tenté.

Ma relation avec Tristan semblait être vouée à de perpétuels allers-retours.

Si je l'avais su avant, j'aurais pris un abonnement.

Chapitre 29

Pas la peine de décrire la bonne ambiance qui régnait dans le bateau, jusqu'à ce que Tristan me dépose à mon propre ponton, en contournant la *Janis*.

Je ne savais pas du tout comment me comporter. Je suis descendue de son bateau, en essayant de rester la plus digne possible.

– Salut, a dit Tristan, fâché.

Super. Je payais pour ses problèmes d'oreilles.

Il a donné un coup d'accélérateur rageur et a disparu. J'ai écouté le bruit du moteur un moment, en espérant qu'il revienne pour s'excuser.

En vain.

En rentrant, j'ai bien cru me perdre vingt fois. Le chemin sauvage avait l'inconvénient d'être sauvage, très justement, et pas du tout éclairé. Mon cerveau, jamais avare d'un mauvais coup, a aussitôt imaginé le pire des scénarios.

Sans doute retrouverait-on mon corps à moitié rongé par les furets à bottes noires. Ma mère profiterait de mon enterrement pour faire un discours préventif sur la liberté qu'il ne faut pas octroyer aux adolescents.

Il devait être drôlement tard, puisque les deux maisons étaient plongées dans l'obscurité, à part la terrasse.

J'ai entendu des rires qui provenaient de la terrasse.

Sean et ma mère étaient vautrés côte à côte, les pieds sur la rambarde, une bouteille de bière à la main. Sean portait une casquette de base-ball et ma mère était enroulée dans une vieille couverture bariolée.

– Voilà Harper ! s'est écrié Sean.

– Sans déconner ? a dit ma mère en recrachant sa bière. Toute seule ? Josh n'est pas avec elle ?

– Dieu merci, non !

Ils se sont mis à rigoler, de façon totalement incompréhensible. Je me suis demandé s'ils n'avaient pas définitivement pété un plomb.

Et puis Sean a tenté de se redresser et son rocking-chair est parti en arrière. Ma mère a ricané.

Ils n'avaient pas pété un plomb.

Ils étaient saouls.

Complètement saouls.

J'aurais pu me liquéfier de honte pour eux.

– Fais attention, Harper ! a bégayé Sean, en levant sa bière et en renversant la moitié sur son tee-shirt. Il paraît qu'il y a des rongeurs qui attaquent la nuit !

– Ne me parle pas des furets à bottes noires ! s'est exclamée ma mère. Est-ce que tu sais combien d'heures je suis restée assise, les fesses dans l'eau, à attendre de voir une de ces saletés de rongeurs débiles ? Oh, tu as vu, c'est Harper !

Je l'ai regardée, éberluée.

– Oui, tu me parles depuis trois minutes. Ça va, maman ?

– Et toi, mon bichon ? a-t-elle répondu d'une voix pâteuse.

– Bien, bien. Tu veux que je t'apporte une bassine ?

Ma mère a secoué la tête, de façon presque épileptique. Ses nouveaux cheveux blonds sont restés à moitié dressés sur son crâne. J'ai commencé à rigoler.

– Cette insolence ! a-t-elle marmonné. Tu as vu comme ma fille est insolente, Sean ?

– Ne m'en parle pas, a répondu Sean. Ces ados arrogants ! Est-ce qu'on était aussi arrogants à leur âge ?

– Bien sûr que non ! s'est écriée maman. Nous avions de vraies valeurs.

Ils ont encore éclaté de rire, sans raison.

– Enfin moi, surtout, a précisé Sean, en tentant de reposer les pieds sur la rambarde, en vain. Toi, tu m'as quand même brisé le cœur.

Ma mère a regardé autour d'elle, affolée.

– Chut ! Chut ! a-t-elle lâché, avec la discrétion d'un pachyderme dans un magasin de grelots. Lauren va nous entendre ! Je vais chercher une bière.

Sean l'a aidée à sortir de son fauteuil, sans cesser de glousser.

Il avait les paupières tellement lourdes qu'on aurait pu y poser des pancartes de signalisation sans qu'il s'en aperçoive. Vacillante, ma mère a disparu dans la cuisine.

– Je vais me coucher, ai-je grogné, écœurée par ce spectacle dégoûtant.

– Attends, Harper, m'a apostrophée Sean, un index légèrement tremblant en l'air. J'ai quelque chose à te dire.

J'ai entendu un bruit de chute et ma mère a étouffé un juron. Il a tourné la tête et a haussé les épaules.

– J'en étais où ?

– Au moment où tu allais me prévenir des dangers de l'alcool ?

Il a grimacé.

– Ouais, a-t-il répondu. L'alcool. C'est bien. Il ne faut pas en boire. Enfin si, mais évite la vodka. Ça fait mal au crâne. Mais c'était pas ça, ce que je voulais te dire.

Il a encore cherché quelques secondes.

– Tu dois résister à ta nature, a-t-il ordonné, dans une imitation de paternalisme bienveillant. Ne crois pas que l'absence de valeurs morales de ta mère soit une fatalité. Et si tu n'y arrives pas, j'aimerais autant que tu restes loin de…

Il a cherché un moment ses mots, les yeux vagues.

– Ah oui, Josh ! Que tu restes loin de Josh !

Quel culot ! Je passais ma vie à l'éviter !

– Excellente idée, a dit ma mère en revenant avec un rouleau d'essuie-tout, des paquets de M&M's. Parce que nous, on brise les cœurs de mère en fille, tu le savais ?

Elle avait oublié les bières en route. En revanche, elle portait ses lunettes de soleil.

Sean a hélas sorti deux autres bouteilles de la glacière posée à ses pieds et en a tendu une à ma mère, en bramant :

– C'est la vérité ! Et après, on se retrouve comme un couillon à danser tout seul, comme George Michael !

Ma mère lui a entouré le cou de ses deux bras en répétant « Ne dis pas ça ! Ne dis pas ça ! »

Ils se sont consolés pendant au moins une minute (ressenti vingt ans). J'ai senti que j'avais une ouverture pour m'éclipser. Au moment où je me dirigeais vers les escaliers de ma chambre, Sean m'a interpellée de nouveau :

– Hé, Harp' ! Est-ce que tu ne trouves pas que c'est ultra-cool d'avoir des parents ultra-cool ?

Ils avaient pris une pose de chanteurs de rap, debout côte à côte, ma mère avec ses lunettes de soleil et Sean avec sa casquette à l'envers.

– Vous êtes surtout pathétiques, ai-je répondu.

Ils m'ont rigolé au nez.

Chapitre 30

Le lendemain matin, j'ai cru que tout était redevenu normal.

Justin était assis en tailleur sur la terrasse et pétrissait un amalgame grisâtre qu'il devait prendre pour de la pâte à pain. Assise dans un fauteuil en rondins, face au lac, Brittany buvait un café (sans doute son quatrième) dans une tasse en porcelaine qu'elle avait trouvée Dieu sait où. À ses côtés, Mark lisait un autre journal, jambes croisées. À leurs pieds, roulée en boule contre un arbre, Penelope était perdue dans un livre sans titre sur la couverture. Vraiment perdue, puisque ses yeux suivaient des lignes dont elle ne semblait pas comprendre le moindre mot, tant ils étaient vides. Les cris qui provenaient du bois attestaient que Poppy et Benji survivaient en torturant l'adulte en charge de leurs insignifiantes et épuisantes personnes. Tuppa ronflait sur son rocking-chair, un magazine posé sur le visage.

(Charmante vision.)

Pas de trace de Beatrice, ni de Josh, ni de Lauren, ni de ma mère, ni de Sean. Ces deux derniers devaient cuver quelque part, en se rappelant, je l'espérais, leur dramatique prestation de la veille.

Personne ne prêtait attention à moi. J'aurais même pu avoir disparu, personne ne l'aurait remarqué.

Il n'y avait rien à faire, à part se promener, d'un côté ou de l'autre du lac. J'ai préféré prendre le chemin du bois sauvage, cette fois-ci. Tristan n'oserait sans doute pas traîner de ce côté-là, si tant était qu'il avait une quelconque envie de me revoir.

Presque arrivée au ponton de Tuppa, j'ai soudain entendu la voix superénervée de Beatrice et le rire de Benji. Je me suis approchée.

Les deux petits étaient face à Beatrice, rouge de colère, sur le bord du lac.

Benji grimaçait, avec la tête à claques que je connais bien, parce qu'il la prend quand il a vraiment envie de me faire sortir de mes gonds. Poppy riait à côté de lui.

J'ai demandé ce qu'il se passait.

– Cette peste a pris et écrasé mon plus beau rouge à lèvres ! a crié Beatrice.

J'ai esquissé un sourire intérieur. Bien fait pour elle. Beatrice le méritait amplement, après son attitude de la veille.

Poppy hurlait à présent, en mimant une petite danse burlesque devant ma cousine. Un bref, très bref instant, j'ai admiré Beatrice pour son calme. À sa place, j'aurais explosé de rage.

Mais Beatrice n'a pas explosé, non. Elle a fait pire.

Elle a contemplé froidement Poppy et elle a dit, d'une voix très calme, bien trop calme :

– Ça te fait rire ? Vraiment ? Tu sais ce que tu es ? Un monstre. Un monstre à qui on fait croire qu'elle est adorable alors qu'elle est juste anormale.

La lèvre inférieure de Poppy s'est mise à trembler. Elle ne dansait plus du tout. Ses yeux se sont remplis de larmes.

– Arrête immédiatement, Beatrice, ai-je ordonné.

– Arrêter quoi ? a dit ma cousine, les yeux traversés d'éclairs de cruauté. De dire la vérité ? C'est un monstre anormal, et c'est tout. Voilà pourquoi ses parents ne lui ont même pas appris à nager. Ils savent bien qu'on ne peut pas apprendre grand-chose à un monstre.

Je me suis avancée, au moment où Poppy s'est mise à pleurer. Benji avait aussi arrêté de crier et regardait la scène d'un air éberlué.

– Retire ce que tu viens de dire, tout de suite, ai-je grondé.

Beatrice a fait un petit geste détaché.

– Et pourquoi, Harper ? Tu veux défendre la sœur de ton petit ami ? Oh, non, attends, excuse-moi… De mon petit ami ? C'était amusant de te voir ramer toutes ces années, alors qu'il m'a fallu… quoi ? Une soirée ?

Je retrouvais la vraie Beatrice, méchante, menteuse et sournoise. En temps normal, je lui aurais juste répondu une phrase sarcastique dont elle aurait compris la moitié du sens, avant de prendre Poppy par la main et de la laisser là, seule avec son fiel.

Mais Poppy sanglotait maintenant, plantée sur la rive, les bras le long du corps. Cette image m'a tellement fendu le cœur que je me suis retournée et j'ai bondi sur Beatrice.

Littéralement.

La surprise ne lui a pas laissé le temps de m'esquiver. Je l'ai attrapée et, je ne sais pas comment, j'ai réussi à la mettre à genoux.

Elle a ouvert grand la bouche pour hurler, juste au moment où je lui collais le visage dans la vase.

Chapitre 31

Si le front de Beatrice n'avait pas vaguement heurté cette racine, elle n'aurait pas eu cette micro-effilochure que tout le monde a appelée « une plaie » et ma mère ne m'aurait pas punie. Ou peut-être moins.

C'était Beatrice, la vraie plaie.

J'ai essayé de raconter ce qu'il s'était passé, mais personne ne m'a écoutée. Poppy pleurait trop pour pouvoir articuler deux mots cohérents. Tout le monde a pensé qu'elle était traumatisée par « ma violence ». Benji a tenté de me défendre mais personne ne l'a écouté non plus, et maman a fini par lui dire de sortir.

J'ai bien cru que ma tante Brittany allait me passer à la moulinette. Mark nettoyait la « blessure » de Beatrice dans la pièce à côté et j'entendais ma cousine couiner :

– Est-ce que je suis défigurée, papa ? Dis-moi la vérité ! Est-ce que je suis défigurée ?

Mark répondait par des « non » agacés et a fini par lui demander de se tenir tranquille. Les sanglots de Beatrice ont redoublé, ce qui a permis à Brittany de demander à maman que je sois sévèrement punie pour ce que j'avais fait.

Lauren ne disait rien et serrait Poppy dans ses bras. Mais elle me regardait attentivement, depuis le canapé. Je lui ai lancé un regard suppliant. Elle a haussé les épaules, l'air désolée. Assis à côté d'elle, Tuppa avait pris la main de Poppy et la serrait dans la sienne.

Josh était planqué dans les escaliers, je pouvais voir son ombre sur le mur en face. Il n'en perdait pas une miette.

Quand j'ai enfin réussi à en placer une, j'ai tenté de faire valoir mon point de vue :

– Beatrice a été horrible avec Poppy !

– Ne crie pas comme ça, a dit maman, en se tenant la tête entre les mains. J'ai un mal de crâne épouvantable.

– Tu ne me crois jamais ! ai-je crié encore plus fort.

– Rien ne justifie la violence, Harper ! a hurlé ma mère, avant de lâcher un cri de douleur et de se masser frénétiquement les tempes.

C'était toujours pareil ! Comme lorsque nous avions cinq ans, que Beatrice me torturait avec ses jeux débiles, qu'elle me poussait à bout en m'humiliant et qu'elle faisait semblant de pleurer dès qu'un adulte entrait dans la pièce ! Et ma mère était encore de son côté, pour ne pas froisser son frère et sa belle-sœur.

Je me suis levée, à mon tour rendue enragée par cette injustice. Manque de chance, j'ai été un peu vive et la chaise sur laquelle on m'avait dit de m'asseoir est tombée derrière moi.

– Elle a bien un problème de violence, a commenté ma tante Brittany, perfide.

Si ses yeux avaient été des lasers, j'aurais été transpercée sur place.

– Va dans ta chambre, Harper, a dit froidement ma mère. Nous avons à statuer sur ton cas.

Tuppa est intervenu. Il avait perdu son habituelle expression de gaîté, sur ce coup-là.

– Nous ?

Il s'est planté devant ma mère. Non, il ne rigolait pas du tout.

– Est-ce que tu comptes réunir un conseil de famille, Rebecca ?

Ma mère a maugréé quelque chose.

– Je crois que nous sommes tous concernés, a affirmé ma tante Brittany.

Tuppa a levé un sourcil et, les mains sur les hanches, s'est tourné vers Brittany. Certes, il était plus petit que la moyenne mais soudain, je l'ai trouvé impressionnant.

– Personne ne constituera un conseil de nazis sous mon toit pour juger une de mes petites-filles.

– De nazis ? a bramé Brittany. Parce que vous trouvez normal que Harper se conduise comme une sauvage et estropie sa propre cousine, peut-être ?

Tuppa a grogné.

– Écoute, Brittany, j'aime mes petits-enfants de la même façon mais il faut bien avouer que Beatrice ne fait pas tellement d'efforts pour être agréable avec Harper.

Comme ma tante ouvrait la bouche pour l'interrompre, il a levé une main autoritaire.

– Pas plus que Penelope ne fait d'efforts pour communiquer avec le reste de l'univers, a-t-il continué. Harper a eu tort de se laisser aller à la violence envers sa cousine mais dans tous les cas, je ne permettrai pas que quelqu'un d'autre que ma fille décide de la punition qu'il convient de lui donner.

Je n'ai jamais autant aimé mon grand-père, même s'il se conduit comme un cinglé, la plupart du temps. Brittany a sifflé d'exaspération.

– Bien. Puisque nous en sommes aux grandes déclarations, permettez-moi d'en faire une aussi, Waldo. Vous avez toujours montré un favoritisme dérangeant pour Harper et Benjamin au détriment de mes propres enfants et je l'ai toujours accepté. N'étant qu'une pièce rapportée, je suppose que je devrais encore accepter l'injustice dont est victime ma fille.

– Brittany… a commencé Tuppa.

– Non, a tranché Brittany, les lèvres serrées. Je ne resterai pas une seconde de plus dans une maison où mes enfants sont maltraitées.

– Tu vas un peu loin, a murmuré maman. Ce n'est pas très juste. Avec tous les efforts que j'ai faits…

Brittany s'est levée, un peu pâle.

– Parce qu'il faut faire des efforts pour nous supporter, Rebecca ? Parfait. Penelope, va préparer tes affaires.

Puis elle est allée chercher Beatrice dans la pièce du fond. Elles sont sorties toutes les trois, dans un silence de mort.

– Et toi, tu ne dis rien ? a lancé ma mère, d'une voix malheureuse, à mon oncle qui sortait de la pièce du fond, du coton maculé de boue à la main.

L'oncle Mark n'a pas répondu et a jeté le coton dans la poubelle. J'ai vu Justin qui passait furtivement derrière lui pour l'en sortir et le mettre dans le bon bac de recyclage.

Sans regarder personne, Mark a quitté la maison en bousculant Sean qui rentrait à ce moment-là.

– Que se passe-t-il ? a murmuré ce dernier, éberlué devant nos têtes.

Il a contemplé Lauren et Poppy, inquiet.

Poppy s'est jetée sur lui et s'est remise à pleurer. Entre deux sanglots, j'ai entendu qu'elle disait que c'était sa faute. Sean l'a prise dans ses bras, très doucement, et a commencé à la bercer comme un bébé.

– Qu'est-ce qu'on a fait à ma Poppy ? a-t-il demandé, plus fort, l'air mécontent.

J'ai voulu intervenir mais ma mère m'a ordonné de me taire avant même que j'ouvre la bouche.

Après un temps interminable durant lequel on n'entendait plus que les reniflements de Poppy, elle m'a dit d'aller dans ma chambre. Il n'y avait plus aucune affaire de Beatrice sur l'étagère. Je me suis sentie affreusement mal, pour la première fois de ma vie.

Chapitre 32

J'ai sangloté une bonne partie de la journée. Tout se mélangeait : Tristan, Josh, Beatrice, ma mère, le fait que mon père serait extrêmement déçu s'il l'apprenait.

Mon père a une sainte horreur de la violence. Quand nous nous battions avec Josh ou Benji, il ne criait pas, comme Sean et ma mère. Il se contentait de me rappeler que les guerres commençaient exactement de cette façon, d'un air triste qui était largement pire que les hurlements de maman.

J'ai fini par m'endormir, ivre de larmes.

Un peu plus tard dans la nuit, j'ai été réveillée en sursaut. J'ai cru – ou j'ai rêvé – que Beatrice entrait dans la chambre et je me suis levée d'un bond, sans trop savoir si j'étais soulagée ou terrorisée par son retour.

Dans la semi-obscurité, j'ai reconnu la silhouette de Josh. Je suis retombée sur le matelas, avec un soupir.

– Eh bien, joli travail, a-t-il chuchoté.

Il a vaguement trébuché sur l'assiette que Benji m'avait montée, étant donné que j'étais consignée jusqu'à nouvel ordre, et à laquelle je n'avais pas touché. Puis il s'est assis sur mon lit en époussetant ses baskets maculées de blé cuit. Et il m'a regardée.

– Cette tête de grenouille ! a-t-il lâché, en rigolant.

– Ne commence pas, Josh, ai-je dit, avant de m'apercevoir que j'avais employé les mêmes intonations que Sean.

Il a soupiré.

– Poppy s'est enfin endormie, m'a-t-il informée. C'était terrible. Elle criait je ne sais quoi à propos du tronc et des branches cassées d'un arbre. Elle n'arrêtait pas de dire que c'était sa faute et que tu ne devais pas être punie.

– Et ?

– Et ta mère ne l'a pas crue. Mais la mienne, si. Ça a encore un peu frité, en bas. Justin a pris ta défense et a dit à ta mère qu'elle était psychorigide et ça ne lui a pas tellement plu. Ils se sont encore disputés.

Je suis tombée, la tête dans mon oreiller. Je vivais les pires vacances de ma vie. J'avais ruiné la vie sentimentale de ma mère, en plus de ruiner le début de la mienne. Non pas que je tenais vraiment à ce que Justin-le-vegan soit encore plus impliqué dans nos vies mais il fallait reconnaître que ma mère était moins pénible depuis qu'elle l'avait rencontré.

– Et puis, c'est le bazar aussi pour la maison du lac. Après le dîner, Tristan et son père sont venus chercher Tuppa et Justin. Ils sont partis tous les quatre. Ils avaient l'air sérieux. Tuppa n'a rien voulu dire.

– Comme d'habitude…

À ce stade-là, mon grand-père pouvait bien avoir vendu ce qu'il voulait aux parents de Tristan. Ça ne faisait que confirmer la triste réputation de ma famille et sa tendance irrépressible au n'importe quoi.

J'ai senti les doigts de Josh sur les miens. Puis il a retiré sa main rapidement, comme s'il ne l'avait pas fait exprès et qu'il venait de s'en apercevoir.

Comme si mon contact l'avait brûlé.

Il avait raison ; j'étais un être destructeur et je ne méritais que le dégoût de ceux qui m'aimaient.

J'étais Heathcliff.

– On n'avait jamais passé deux jours sans se parler comme ça, a dit Josh, d'une voix bizarre.

J'ai relevé le visage à demi.

– Je t'en veux toujours, Josh.

– Je comprends, a-t-il répondu calmement.

Il a hésité un moment puis a ajouté :

– De quoi, exactement ?

Je me suis assise, bien en face de lui. Perdu pour perdu, autant tout nettoyer d'un coup. Ma mère me détestait sans doute pour l'avoir brouillée avec son frère, sa belle-sœur et son petit ami, Tristan me méprisait, et j'avais défiguré ma cousine, réduisant son seul intérêt à son cerveau, c'est-à-dire au néant.

– Tu as embrassé Beatrice ! ai-je lâché.

Il a pris un air choqué.

– Tu as embrassé Tristan. Et Jon !

– Et ?

Josh s'est redressé.

– Et quoi ?

– Qu'est-ce que ça peut te faire ?

Josh a soupiré.

– Franchement, Harper, quand on me dit que tu es surdouée, je doute sérieusement de la crédibilité du système éducatif américain.

– Est-ce que tu sors encore avec Beatrice ?

Il a haussé les épaules. Ce qu'il pouvait m'énerver…

– On ne va pas en faire un drame, non ? a-t-il asséné. Je me suis déjà pris un speech de ma mère.

– J'ai une nouvelle théorie sur les parents, ai-je affirmé. Je pense qu'ils ont eu des enfants uniquement pour pouvoir torturer d'autres êtres humains en toute impunité. Elle t'a speeché à quel propos ?

Il a baissé la tête.

– À propos des sentiments qu'il fallait savoir exprimer.

– Elle veut que tu retournes chez le psy ?

Josh avait passé quelques mois chez le psy, lorsqu'il était petit, pour régler son problème d'acclimatation sociale. Puis Lauren avait lu les écrits d'un pédiatre canadien qui affirmait que les enfants ne devaient pas être contraints à se fréquenter, parce que, globalement, ils étaient tous des animaux sauvages.

(Je résume, hein.)

Josh m'a jeté un regard désolé.

– Sérieusement, Harper ? Tu te fiches de moi ? Ou alors, c'est moi qui suis complètement débile de croire que tu me connais ! Un vrai crétin ! Je devrais peut-être continuer de sortir avec Beatrice alors !

Cette dernière phrase m'a fait totalement sortir de mes gonds.

– Comment peux-tu dire une chose pareille ? me suis-je mise à hurler. Beatrice a ruiné ma vie !

Josh m'a fait signe de baisser d'un ton. Trop tard. Je ne pouvais plus m'arrêter.

– Tu es mon meilleur ami ! ai-je repris.

Il a grimacé.

– Et tu sais ce que j'ai ressenti, quand je t'ai vu embrasser Beatrice ?! Ça m'a donné la nausée !

– Je t'ai entendue ! s'est exclamé Josh. Heureusement que tu t'es retenue de vomir, le temps de coller ta bouche à celle de Tristan, l'homme idéal ! J'admire ton sang-froid, Harper ! Tu as vraiment pris sur toi !

Nous étions face à face, furieux, exactement comme lorsque nous étions petits. C'était plus simple, à cette époque. Josh se jetait sur moi, je me jetais sur lui, et nous nous battions jusqu'à ce que l'un de nous finisse en larmes et que nos parents interviennent.

Là, c'était juste impossible. Quelque chose me retenait, malgré mon envie de lui coller des gifles. Il était juste en face de moi, le souffle court, les yeux rivés dans les miens. Je ne savais pas du tout comment débloquer la situation.

Alors, le visage de Josh a changé d'un seul coup. J'ai retenu mon souffle.

C'était Josh, sans être Josh.

Son regard, sans être son regard.

Le regard de Josh pouvait être plein d'humour, méprisant, nonchalant ou lassé mais jamais je n'y avais vu de douceur.

– Ce que je veux te dire, Harper, c'est…

La porte de ma chambre s'est ouverte violemment. Sa phrase est restée en suspens.

Sean nous a regardés, un peu étonnés, puis il a attrapé Josh par le bras.

– Est-ce que Poppy est avec vous ?

J'ai lu l'affolement sur le visage de Josh. Ses yeux ont cherché sa sœur partout dans la chambre.

– Elle a disparu ! s'est exclamé Sean, fou de panique. Elle n'est plus dans son lit.

Il a dévalé les escaliers, dans l'autre sens, suivi par Josh comme une fusée.

Je les ai rattrapés.

– Attendez ! ai-je crié. Je sais où elle est !

Chapitre 33

Elle se tenait effectivement dans l'arbre du grand homme et de la femme plus grande encore. On voyait ses jambes dépasser des feuillages, toutes menues, à côté d'autres jambes, bien plus grandes. Quand nous l'avons appelée, sa tête est apparue, et celle de Mark à côté.

– J'étais en train de convaincre cette jeune fille de rentrer se coucher, nous a-t-il dit. J'espérais la ramener avant que l'un de vous ne remarque son absence.

Il a souri puis s'est tourné vers Poppy.

– Hop ? a-t-il simplement murmuré.

Poppy a sauté sur son dos.

Il est descendu en s'accrochant au tronc, Poppy attachée par les mains à ses épaules, comme un bébé singe. Sean l'a attrapée et serrée contre lui.

– Cette trouille que j'ai eue, ma puce, murmurait-il en boucle, le nez dans ses cheveux pourtant dégoûtants. Ne fais plus jamais ça à papa, surtout quand il a la gueule de bois...

Très responsable, comme d'habitude. Mais j'étais contente de retrouver Sean tel que je l'avais toujours connu, marrant et cool.

Il a dégagé une main pour la poser sur l'épaule de Mark et l'a remercié.

– Pas de quoi, mon vieux, a répondu Mark, un étrange sourire aux lèvres, les yeux brillants. Je devais bien ça à Poppy. Ta fille m'a fait comprendre certaines choses.

– Mark m'a appris à nager, a annoncé Poppy.

– À nager ? Et ta peur de l'eau, Poppy ? a demandé Sean.

– On n'a pas peur de l'eau quand on est un poisson, a répondu Mark. N'est-ce pas, Poppy ? Je suis désolé, Sean, j'aurais dû te prévenir. J'étais furieux, tout d'abord. J'ai cru que tu négligeais Poppy et j'ai eu peur pour elle. Alors, j'ai décidé de lui apprendre à nager moi-même, sans rien vous dire.

– Poppy a une peur panique de l'eau, a précisé Sean. Jamais elle ne se serait approchée à moins d'un mètre. Avec Lauren, nous avons décidé de la laisser faire. La surveiller en permanence n'aurait fait que renforcer son inquiétude.

– Tu as peur de l'eau ? ai-je demandé à Poppy. Et pourquoi je ne suis pas au courant ?

C'était dingue, quand même ! J'ai eu un profond sentiment de compassion pour la pauvre Poppy qui avait porté ce secret courageusement, sans rien dire. Elle m'a fait un sourire adorable, tellement adorable que j'ai regretté qu'elle ne soit pas ma sœur, à la place de mon abominable petit frère.

– Peut-être parce que tu es trop occupée à te regarder le nombril, a-t-elle répondu.

C'était un cafard, tout comme son pote Benji, finalement.

Sean et Mark ont rigolé. Un jour, il faudrait que les adultes arrêtent de systématiquement rire aux insolences de ces deux gamins, sans quoi nous ne pourrons plus rien en faire.

– Et toi, Mark ? a questionné Sean. Que faisais-tu ici ?

Mark a soupiré.

– Je suis venu chercher un peu de paix. Brittany et les filles sont chez leurs nouveaux amis. Je venais déjà ici quand nous étions petits et que Becca et toi étiez insupportables. J'étais aussi venu pour réfléchir. Ces derniers jours, je me suis beaucoup occupé de Poppy, pour lui apprendre à nager. Je me suis rendu compte que je n'avais jamais fait ça avec Penelope ou Beatrice. Brittany a raison : je suis un père irresponsable.

Sean a souri, faiblement.

– Ne sois pas trop dur avec toi-même, Mark. On fait tous ce qu'on peut. Je n'ai pas été génial non plus ces derniers temps. (Il a regardé Josh, furtivement.) Et toi, si tu as réussi à apprendre à nager à Poppy, tu as accompli un véritable miracle.

– Excusez-moi, ai-je fini par lâcher. Vous voulez qu'on chante pour donner un peu plus d'ampleur dramatique à la scène ou vous préférez qu'on vous laisse seuls ?

Mark et Sean m'ont dévisagée, assez mécontents.

– Harper a raison, a repris Mark, avec une voix douce que je ne lui connaissais pas. Il est tard.

Josh ne disait rien. Il regardait l'arbre, étonné.

– C'est quoi, ici ? a-t-il fini par demander.

– Viens, je te montre ! a bramé Poppy.

– Oh non, a murmuré Sean. Toi, tu vas au lit.

Poppy a vaguement rechigné.

– Un endroit que j'avais oublié, a répondu Mark. Un endroit essentiel.

– Superessentiel, a ricané Sean. C'est là que ta sœur m'a largué. Ce matin, je me suis souvenu de ce qu'elle m'avait dit à l'époque. « Un meilleur ami est plus précieux qu'un amoureux. » Elle avait raison.

Puis il a eu l'air de se souvenir que nous étions là. Je crois bien qu'il a rougi.

– Ma petite sœur a toujours raison, a murmuré Mark, de son air toujours rêveur.

– Est-ce qu'on peut rester, papa ? a demandé Josh.

Et là, je n'ai pas compris pourquoi, tout de suite, Josh a regardé longuement son père, Sean a regardé longuement son fils. Il a murmuré :

– Tu gères.

Comme si Josh savait gérer quoi que ce soit !

– Je gère, papa, a-t-il pourtant répondu.

Si j'avais su à ce moment-là que ce message me concernait, je n'aurais certainement pas ricané.

Chapitre 34

Nous avons grimpé jusqu'à la branche de ma mère et de Sean et Josh ne s'est pas fichu de moi, alors que franchement, je devais avoir l'air d'un orang-outan asthmatique. Arrivés en haut, nous nous sommes assis côte à côte. Je lui ai raconté l'histoire.

Il a fait le tour pour voir les noms de son père, de sa mère, de Poppy et le sien, gravés dans leur côté du tronc. Il se déplaçait tellement facilement entre les branches que je n'ai pas pu m'empêcher de l'admirer.

Quand il est revenu, il souriait.

– Nos grands-parents sont complètement tarés, a-t-il affirmé. Mais quand même chouettes.

– N'empêche, ai-je dit. Ils auraient bien été embêtés si ton père avait épousé ma mère.

– À cause du risque de tares congénitales ?

J'ai ri.

– Pour écrire le nom de leurs enfants sur une seule branche, andouille.

Josh n'a pas apprécié de se faire traiter d'andouille et m'a donné un coup d'épaule. J'ai poussé un hurlement.

– Est-ce que tu veux ma mort ?

– Oui, a-t-il répondu. Pour plein de raisons.

J'ai rigolé, malgré moi.

– J'ai encore fait quelque chose de terrible, dans l'univers ultra-restreint de Joshua le susceptible ?

Josh n'a pas du tout ri. Il m'a dévisagée avec une intensité étrange. De nouveau, son regard est devenu plus doux.

Puis une lueur espiègle l'a éclairé.

– Tu sais ce que Beryl m'a dit, hier soir ?

– Que tu étais un sale macho sexiste et qu'elle te dénoncerait sur son blog ?

– Non. Elle m'a dit qu'elle avait vraiment cru qu'on sortait ensemble.

J'ai haussé les épaules. Vu l'état du cerveau de cette pauvre Beryl, je ne voyais pas bien en quoi son avis avait une quelconque autorité.

– Beryl m'aurait crue si je lui avais dit que tu étais le fils caché du Prince Charles.

Josh a ri.

– Tu n'aimes pas mes oreilles ? a-t-il demandé d'un ton comique. Non, sans rire, je pense vraiment que tout le monde y a cru.

– Il n'y a rien d'étonnant à cela, ai-je marmonné. On se connaît bien. Je te rappelle que tu es mon meilleur ami.

Josh a grimacé.

– Arrête de dire ça, Harper.

– Quoi ?

– Que je suis ton meilleur ami. Et puis arrête aussi de faire ça.

Tristan m'avait dit la même chose. Ils m'agaçaient, à me dire tout le temps ce que je devais faire ou ne pas faire.

– De faire quoi ? ai-je grondé.

– Ce truc avec la bouche.

Une chaleur subite a envahi mes joues. Il avait dit ça d'une voix un peu enrouée, que je ne lui connaissais pas. Il a penché la tête. Ses yeux plissés brillaient doucement.

Je me suis sentie aussi idiote que les filles de l'école.

– Tu fais tout le temps ce truc avec la bouche, a-t-il murmuré. Je suis sûr que tu vas finir avec une déformation de la lèvre inférieure.

Quel crétin ! Et j'y avais cru ! J'ai rougi encore plus fort et je me suis maudite. Évidemment, Josh ne pouvait que rigoler. C'était Josh !

– Et puis surtout, a-t-il continué, ça me donne envie de t'embrasser.

Comme je n'ai rien trouvé à répondre, il s'est rapproché.

Mon cerveau s'est rebellé – après avoir noté que les garçons de mon entourage ne résistaient pas à un truc que je faisais avec la bouche sans même m'en rendre compte et qu'il faudrait que je regarde dans une glace – contre cette idée. Josh l'a senti et a tressailli.

Au moment où il allait relever la tête, une volonté plus forte que mon cerveau a pris les commandes. Je n'avais jamais vu Josh aussi perdu. Son sourire habituel, ironique, avait disparu. À la place, il y avait un nouveau sourire, presque doux, et ses yeux incroyablement grands et qui cherchaient une réponse dans les miens.

Il ne bougeait plus.

Alors, c'est moi qui l'ai embrassé.

Josh a eu l'air plutôt surpris mais il m'a embrassée à son tour. Ça m'a agacée, qu'il tente de prendre le dessus comme ça. Tout simplement parce qu'il ne peut pas s'en empêcher.

Je l'ai embrassé de nouveau. Comme il était surpris – et sans doute vexé –, ses lèvres étaient un peu serrées. La sensation était très bizarre. Ce baiser ne ressemblait pas à un vrai baiser.

J'ai voulu reculer la tête. Après tout, on n'embrassait peut-être pas son meilleur ami, même s'il avait les yeux rieurs, un sourire désarmant et l'air absolument craquant quand il ne savait pas où il en était.

Et puis soudain, il s'est passé quelque chose. Josh a arrêté de lutter pour être celui qui m'embrasse. Ses lèvres sont devenues infiniment douces. Il a passé une main derrière ma tête, dans mes cheveux et l'autre dans mon dos.

Je n'ai pas pensé au vide sous moi. Ses bras me semblaient particulièrement sûrs. Il m'a renversée un peu et sa bouche s'est entrouverte.

La mienne aussi, en mode automatique.

Comment était-ce possible ?

Et surtout : où avait-il appris à embrasser comme ça ? (Sans doute avec cette idiote de Katy Finns, avec qui il est sorti l'année dernière après le bal de fin d'année et qui l'a largué juste après, ce qui fait qu'on n'a plus le droit de prononcer son nom.)

La façon dont il m'a embrassée m'a fait perdre la notion du temps.

De temps en temps, mon cerveau tentait encore de m'envoyer des messages d'alerte, pour me rappeler que ce garçon dont la langue faisait ce truc incroyable était Josh.

Puis les messages se sont faits plus mous et visiblement, mon esprit a décidé d'aller faire une pause du côté de la machine à café, écœuré par mon manque de réactivité.

Et on aurait pu continuer comme ça pendant des heures, si la position n'avait pas été terriblement inconfortable. Mes jambes hurlaient de douleur.

Je me suis redressée. Josh a reculé.

– Voilà, a dit Josh tranquillement.

– Bien, ai-je répondu.

– Et maintenant, on fait quoi ?

J'avais une bonne idée d'activité mais la prudence me retenait de l'exprimer ouvertement. Josh devait avoir la même parce qu'il n'arrivait pas à détacher ses yeux de mes lèvres.

– Tu as un plan ? a-t-il continué.

– D'abord retrouver un peu de sensibilité à la cuisse droite, ai-je répondu.

Il a rigolé. Je me suis enhardie.

– Et peut-être à la bouche aussi.

Il a rougi, sans cesser de sourire.

– Note que j'avais juré de ne jamais sortir avec toi, a-t-il lâché soudain.

– Quand ça ? ai-je glapi.

– Quand j'avais huit ans. J'étais persuadé que nous serions obligés de nous marier, parce que nos parents étaient amis. Et j'étais amoureux de Shiny Robinson. Je me suis juré ça et ça m'a fait sentir très rebelle.

Shiny Robinson ! Josh était déjà un traître, doublé d'un hypocrite, à huit ans !

– Shiny, Beatrice... ai-je dit, mauvaise. On peut dire que tu les choisis bien dotées niveau Q.I. Dois-je m'inquiéter ?

– Plutôt, a répliqué Josh, sa lueur la plus narquoise dans le regard. Mais peut-être pas exactement pour ça. Je te préviens que je ne suis pas Tristan.

– Je n'avais pas remarqué.

Il a eu l'air vexé.

– J'ai encore un peu de dignité.

J'avais peur de comprendre. Ou j'étais contente. Je ne savais pas exactement.

– Ce que je veux dire, Harper, c'est que contrairement à ce que Mumma – et Granny, je te rassure – peuvent dire, je pense que…

Il a cherché ses mots.

– … je préférerais que tu évites le chocolat.

Est-ce qu'il était en train d'utiliser une des images moisies de ma grand-mère ? Pour me demander de sortir avec lui ? Vraiment sortir avec lui ? C'était extrêmement gênant et bien… et gênant…

Comme à chaque fois que je suis mal à l'aise, mon cerveau a fait un double salto arrière pour brouiller les pistes.

– Je savais que tu me trouvais trop grosse ! me suis-je écriée.

Josh n'a pas ri.

– Pas du tout ! En revanche, si tu faisais des étirements de temps en temps, tu aurais moins mal aux cuisses. Je te montrerai, si tu veux.

Je lui ai jeté un regard consterné.

– Oublie ça ! a-t-il soupiré.

Puis, en serrant un peu les dents, il a ajouté :

– Mais en tout cas, si tu veux que je continue à t'embrasser (il a souri à ce moment-là, d'un vrai sourire provocant, à la Josh), il n'y aura pas de Jon ou de Tristan ou de Stacey, garçon ou fille.

– Et pourquoi crois-tu que je voudrais que tu continues à m'embrasser ? ai-je demandé, piquée par le retour de Josh-le-flambeur.

– Pas de ça, ma cocotte, a-t-il répondu. Tu as fermé les yeux.

– C'était pour ne plus voir les tiens. Tu louchais.

Il a sifflé entre ses dents.

– Et puis, pourquoi voudrais-tu continuer à m'embrasser ? ai-je lancé d'un ton détaché.

Il a pris une grande inspiration et m'a contemplée. La petite lueur douce avait repris sa place.

– Parce que, andouille, il y a quelque chose qui a changé entre nous.

J'ai ouvert la bouche pour dire quelque chose mais Josh m'en a empêchée, en m'embrassant brusquement. Puis, aussi vite, il a reculé.

– Je… ai-je commencé.

– Non ! J'ai pas fait tout ça pour que tu m'embrouilles façon Harper. Tu vas bien m'écouter, maintenant. Et n'imagine pas une seconde que je le fais totalement de mon plein gré. Si ma mère ne m'avait pas fait promettre de t'en parler, je peux te dire que tu serais encore à courir dans les bois en hurlant « Tristan ! Tristan ! » et que j'aurais probablement pété un câble. Et ne crois pas que c'est parce que je ne me sentais pas à la hauteur ! Cette espèce de crétin… (j'ai voulu intervenir mais il a levé la main, solennel.) Les choses ont changé depuis, très exactement le jour où tu es venue à la maison parce que tu n'avais plus de connexion chez toi.

– C'était quand, ça ? ai-je questionné, très sincèrement parce que je n'en avais plus aucun souvenir.

– C'était le jour où tu portais cet horrible jean déchiré et ce tee-shirt noir avec un nom d'auteur dessus.

– Mon tee-shirt Dick… ens ?

Que ma mère m'a interdit de porter au lycée, parce qu'elle n'a aucun humour.

– J'adore ce tee-shirt ! me suis-je exclamée. Et ce jean aussi ! En plus…

– Laisse-moi parler, m'a interrompue Josh en baissant la tête. Ce jour-là, tu t'es assise à mon bureau et tu as commencé à trifouiller dans mon ordinateur et puis à un moment, tu t'es tournée vers moi et… ben, je ne sais pas… c'est ta faute, aussi !

– Quelle intéressante anecdote, ai-je ricané. Je peux savoir de quoi je suis coupable ?

– Tu as fait ce truc avec la bouche. Tu as dit un truc superdrôle.

– Je suis toujours drôle, ai-je objecté.

– Tu ne l'es pas en ce moment, a grincé Josh. Pour finir, c'était un peu pénible, après ça, d'être tout le temps à côté de toi, avec mon père qui m'engueulait parce qu'il pensait que je faisais une espèce de fixation malsaine et que la gentille petite Harper allait imiter sa mère et me briser le cœur.

J'ai tout perçu d'un coup. Je me suis aussitôt maudite. Harper la surdouée, incapable de comprendre quoi que ce soit dès qu'il s'agit de sentiments…

Sean était déjà au courant. Depuis un bon moment. Il l'avait vu ! Et ma mère aussi. Sauf que ni l'un ni l'autre n'avait su comment réagir. Sean avait harcelé Josh. Ma mère avait fait comme si elle ne voyait rien.

J'ai contemplé Josh. Il faudrait qu'on parle de ça aussi.

– Alors, si tu veux bien, on peut continuer à s'embrasser, a-t-il lâché d'un ton hyperpoli, surtout pour un Josh.

Il m'a observée à son tour, du coin de l'œil.

– Voilà, a-t-il conclu.

Je ne savais pas quoi répondre.

Je l'ai embrassé.

Au bout d'un temps qui m'a semblé trop court, nous avons décidé que respirer pouvait s'avérer nécessaire.

Nous avons continué à parler, en essayant de ne pas être trop sarcastiques (mais tout de même drôles à mourir) et j'ai fini par réussir à dire à Josh qu'il n'avait pas à se sentir en compétition avec Tristan. Je n'étais pas tellement capable de développer à ce stade. Ça n'a pas plu à Josh :

– Je ne me suis jamais senti en compétition avec Tristan ! Je te l'ai dit !

– Menteur, ai-je ricané.

Il a eu l'air offensé.

– Je te dis que non. Je me suis senti envieux, surtout.

J'ai senti mon cœur se serrer, au souvenir de toute la colère que j'avais éprouvée envers Beatrice et de l'erreur de jugement que j'avais faite sur mes propres sentiments.

– Je suis désolée, Josh, ai-je murmuré.

Il m'a serrée contre lui puis a dit :

– Maintenant que tout doute est levé entre nous concernant cette stupide histoire de compétition, je peux te poser une question ?

J'ai acquiescé.

– Est-ce que j'embrasse mieux que lui ? a-t-il demandé.

Franchement, si je n'avais pas eu conscience qu'une chute de trois mètres ne l'aurait pas tué sur le coup, je l'aurais poussé.

Chapitre 35

J'ai embrassé Josh avant de descendre de l'arbre.

Je l'ai embrassé au pied de l'arbre, exactement là où Tuppa avait dit à Mumma qu'il l'aimait. (Cette idée m'a semblé particulièrement dérangeante, je l'ai dit à Josh qui m'a demandé si je pouvais me taire deux minutes, merci.)

Je l'ai embrassé sur le chemin du retour, tous les deux mètres.

Je l'ai embrassé juste avant d'arriver aux maisons.

Après, nous avons marché à un mètre l'un de l'autre, comme des idiots

Il m'a raccompagnée à ma chambre et il est resté un moment en bas des escaliers, à me regarder monter, en silence.

Ça m'a rendue un peu triste, sur le coup. J'ai compris que Josh ne débarquerait plus jamais dans ma chambre sans crier gare. On ne pourrait plus jamais être dans la même pièce sans y penser. On ne pourrait même peut-être plus jamais lire un comics, vautrés sur le lit de Josh, l'un à côté de l'autre. Il y aurait toujours le fait de s'embrasser.

Ou de ne pas s'embrasser.

Quelque chose avait changé, et pour toujours.

Alors, j'ai pensé à ce qu'avait dit ma mère à Sean.

« Je me suis dit qu'un meilleur ami était plus précieux qu'un amoureux. »

Si quelque chose devait mal se passer, je perdrais Josh, tout comme ma mère avait failli perdre Sean.

J'ai regardé par la fenêtre.

Josh était toujours là, accoudé à la rampe bringuebalante de l'escalier. La lumière de la lanterne laissée sous la véranda, sans doute par Sean, se reflétait sur son visage. À ce moment-là, il était bien plus beau que les filles de l'école pouvaient l'imaginer. Pas seulement à cause de ses cheveux épais ou de son regard intelligent, ou des effets de son entraînement de basket.

C'était Josh, sans être Josh.

Mon cerveau n'a pas tenté de s'en sortir avec une pirouette.

Il a juste dit :

« Bien. D'accord. »

Chapitre 36

– Il va falloir que tu arranges tout ça, Harper.

J'étais tranquillement assise sur les marches de la véranda, en train de regarder Josh et Sean se débattre avec la table que Poppy avait cassée en sautant dessus, quand ma mère est venue s'asseoir près de moi.

– Je ne veux pas te faire culpabiliser, évidemment, a ajouté maman. Mais quand même… Il faut que tu m'aides avec ta tante. On ne s'en sortira pas cette fois-ci avec de simples excuses.

– Je ne vais pas m'excuser, ai-je affirmé.

Maman a émis un son désespéré.

– S'il te plaît, Harper ! Tu as quand même frappé ta cousine.

Je me suis tournée vers ma mère.

– Beatrice mériterait qu'on la fesse en place publique, pour l'ensemble de son œuvre depuis sa naissance. Quant à tante Brittany, elle t'insupporte autant que moi.

– Pas du tout ! a glapi maman.

– Elle t'agace, avoue-le.

Ma mère a soupiré.

– Évidemment, qu'elle m'agace ! Avec ses twin-sets blancs et son petit air de tout gérer. Et ses cadeaux de Noël ! Si je dois encore la remercier pour un parfum d'intérieur, je crois que je vais hurler. Elle me donne l'impression qu'elle veut me faire passer un message sur l'odeur de ma maison... En plus, elle a donné ma chambre à Penelope. Mais tu vois, Harper, il se trouve que j'aime mon frère qui aime Brittany. Alors, je prends sur moi.

Josh est passé à ce moment-là et m'a souri.

– Oh attends ! a-t-elle soudain murmuré, en écarquillant les yeux. Est-ce que tu sors avec Josh ?

J'ai essayé de ne pas rougir. L'expression éberluée puis rigolarde de maman m'y a bien aidée.

– Je ne vois pas ce que tu veux dire, ai-je répondu, piquée. Au fait, où est Justin ?

Ma mère a grommelé. Puis, elle a eu l'air un peu triste. J'avoue, mon cœur s'est serré en la voyant comme ça.

– J'aime bien Justin, ai-je dit.

Elle a clairement sursauté.

– Malgré son rapport ambigu avec les rongeurs de toutes sortes, me suis-je empressée d'ajouter. Peut-être que toi, tu pourrais t'excuser auprès de Justin. Et arrêter de faire comme si ce qu'il faisait t'intéressait.

Elle a semblé réfléchir.

– Tu as raison. Je déteste porter des bottes en caoutchouc.

Elle a passé son bras autour de mon épaule.

– Je t'aime, ma puce, a-t-elle dit.

– Oh là, calme-toi ! me suis-je aussitôt écriée. Ce n'est pas parce qu'on parle cinq minutes que tu dois te croire obligée de tomber dans le sentimentalisme.

Je me suis levée, comme si j'avais un truc très important à accomplir soudain.

– J'irai parler à tante Brittany. D'accord ?

Une voix est sortie alors de la maison :

– Certainement pas !

Lauren a débarqué, d'un seul coup.

– Ça suffit maintenant ! a-t-elle crié, ce qui nous a laissées un peu bêtes, maman et moi, parce que nous n'avions jamais entendu Lauren crier. J'en ai marre de cette tyrannie ! Poppy et Sean m'ont tout raconté. Je suis désolée de te le dire, mais ta nièce est une peste et la gamine la plus sournoise que j'ai vue de ma vie ! Elle a traité Poppy de monstre, uniquement par jalousie, parce que Mark lui apprenait à nager ! Harper a très bien fait de lui plonger la tête dans le lac. C'est une enfant merveilleuse qui défend ceux qu'elle aime.

Je me suis sentie un peu mal à l'aise, étant donné que je savais désormais que ce n'était certainement pas la seule raison.

– Alors, Harper, non seulement tu ne vas pas t'excuser mais en plus, tu vas laisser ton oncle et ta mère se débrouiller un peu comme des grands ! a continué Lauren. C'est vrai, quoi ! La barbe, de vous conduire comme si vous aviez toujours douze ans !

Sean est arrivé précipitamment, inquiet.

– Il y a un souci ? a-t-il demandé.

Il devait penser que ma mère et Lauren se disputaient encore à propos de George Michael et de son cœur brisé.

– Il n'y a pas de souci, Sean, a rétorqué Lauren. J'explique juste à Rebecca que son frère a le droit de l'aimer malgré sa femme. Cette emmerdeuse !

Je n'avais jamais entendu Lauren être grossière, non plus. Josh est revenu de la remise, un peu étonné.

– Vous n'avez rien compris à cette maison ! Vivre et laisser vivre, ça vous dit quelque chose ? Alors, toi, Becca, tu lâches un peu ta fille avec ta trouille permanente qu'elle se casse un bras, elle grimpera peut-être mieux aux arbres.

Josh a rigolé. Je lui ai jeté un regard noir.

– Et moi, maman ? a miaulé Poppy qui s'était glissée entre nous pour ne rien perdre du spectacle, avec Benji, lui aussi passionné.

– Non, toi, tu es parfaite, mon poussin, a répondu Lauren en lui attrapant le menton.

Poppy a affiché un sourire parfaitement écœurant d'hypocrisie enfantine. Benji, Josh et moi avons levé les yeux au ciel.

Lauren s'est alors tournée vers Sean et ma mère.

– Et arrêtez de prendre ces mines contrites dès que vous me voyez ! Si vous voulez tout savoir, moi, je m'en fiche complètement, que vous vous soyez embrassés. Je m'intéresse un peu plus à ce que mon fils ressent. Alors, Sean, tu laisses ton fils se briser le cœur s'il en a envie ! Ce n'est pas parce que Becca t'a largué il y a trente ans que Harper fera la même chose !

J'ai rigolé à mon tour. Josh a soupiré.

– Oh, vous deux, vous pouvez bien ricaner. Entre toi qui es incapable de dire à ton père qu'il te casse les pieds et toi, Harper, qui parles comme à un chien à Justin, alors que je n'ai jamais vu un homme aussi adorable et qu'il est fou amoureux de ta mère, j'en ai jusque-là aussi.

Tuppa est arrivé à ce moment-là, en se marrant, comme d'habitude, avec Justin. J'espérais qu'il n'avait pas entendu la dernière phrase mais, à voir sa tête, j'en doutais fortement.

– C'est le Vietnam ici ! a lancé Tuppa.

Lauren l'a dévisagé.

– Tu tombes bien, Tuppa. Dieu sait que je t'aime, mais j'en ai marre que tu prennes tout à la rigolade ! Ta famille va très mal ! Va voir ton fils et accepte-le comme il est, au lieu de faire comme s'il était normal qu'il n'adresse la parole à personne, même pas à ses propres filles. Parce que sinon, ton arbre du grand homme, il va se faire ratiboiser quelques branches, plus vite que tu ne le crois !

Elle s'est arrêtée, hors d'haleine. Nous devions faire de drôles de têtes.

– Autre chose ? a questionné Tuppa, un peu fâché.

– Oui ! Fais installer l'électricité dans cette foutue baraque si tu veux nous y revoir ! C'est vrai, à la fin, on ne peut même pas lire sans s'arracher les yeux !

Elle est rentrée dans la maison, en continuant de vociférer à mi-voix.

Il y a eu une vague de soulagement général.

– Sacrée nana, a dit Tuppa à Sean, en lui donnant un coup de coude dans les côtes.

– Effectivement, a soufflé Sean. Je vais attendre un peu avant de rentrer, je crois.

– À part ça, quoi de neuf ? a repris Tuppa.

– Josh et Harper se sont embrassés, a balancé Poppy, avant de piquer un sprint, par pure prudence.

La nouvelle n'a pas eu l'air d'émouvoir beaucoup mon grand-père.

– Est-ce qu'on a une chance d'échapper à Justin Bieber ou à tout autre chanteur chouinassant dans la semaine à venir ?

Josh et moi avons haussé les épaules, scandalisés. Tuppa a tapé ses mains l'une contre l'autre.

– En tout cas, moi, j'ai une bonne nouvelle. Ce garçon ici présent a accompli un véritable miracle.

Il a fait avancer Justin qui rougissait un peu en se défendant.

– Il a sauvé votre héritage, mes enfants !

– Justin a racheté Apple ? ai-je demandé.

Tuppa m'a ignorée.

Puis il nous a tout expliqué, non sans réclamer une bière avant.

Chapitre 37

Tuppa et Justin nous ont donc tout expliqué.

D'abord, les parents de Tristan et de Quinn ont bien voulu acheter la maison du lac à Tuppa mais, malgré de nombreuses entrevues et négociations, mon grand-père a toujours refusé (tout en vidant leur bar, je suppose).

L'année dernière, le gouvernement a décidé de construire un barrage en amont du lac, pour des raisons tout à fait louables, d'après Justin, de développement durable et d'approvisionnement en eau.

(Ne me demandez pas de répéter, c'était vraiment trop pénible. J'ai failli tourner de l'œil pendant cette partie-là et Josh a essayé de faire semblant d'être mort pour que ça s'arrête.)

Or, petit souci : le lac qui est dans une cuvette devait être inondé. Visez l'ironie de cette histoire...

Donc, l'État du Montana proposait à Tuppa, Mumma, Granny, Pranny et tous les propriétaires de l'autre côté du lac de racheter leurs maisons un prix dérisoire, pour les faire disparaître sous des litres d'eau.

Évidemment, personne ne le voulait. Mais la seule façon d'éviter l'expropriation, c'était de trouver une raison encore meilleure que l'approvisionnement en eau de la vallée, une raison contre laquelle l'État du Montana ne pourrait rien faire, à moins de se mettre à dos toutes les associations de protection de la nature des États-Unis.

Comme une espèce protégée, par exemple.

C'est là que Justin est intervenu, avec ses furets à bottes noires.

Une espèce très très rare et très très protégée.

La veille, Justin avait réussi à en voir un, pas très loin de la rivière, ce qui était plutôt bien tombé, puisque le père de Tristan venait de recevoir un message annonçant que tous les propriétaires seraient effectivement expropriés, le plus rapidement possible.

Bref, le père de Tristan, Tuppa et Justin sont partis en urgence voir l'avocat du père de Tristan et lui apporter les premières preuves de la présence des furets à bottes noires.

A priori, la maison du lac était sauvée.

Pendant tout le temps de l'explication, ma mère regardait Justin avec les yeux brillants et, à la fin, elle est allée l'embrasser devant tout le monde. Benji a fait semblant de vomir. Moi aussi, pour le principe, mais j'étais plutôt contente.

Par la suite, j'ai été un peu plus sympa avec Justin. J'ai même promis à maman de ne plus évoquer l'histoire du raton laveur. (Et pourtant, cette rigolade...)

Un après-midi, Josh et moi les avons même retrouvés collés contre l'arbre du grand homme et de la femme plus grande encore.

Je lui ai fait remarquer qu'elle était un peu indécente d'amener son petit ami à l'arbre où elle avait brisé le cœur de Sean. Elle m'a demandé si je voulais être consignée dans ma chambre. Josh a répondu que non, sauf s'il pouvait être consigné avec moi. Ma mère n'a pas du tout trouvé ça drôle. Justin nous a priés assez fermement de dégager. Évidemment, là, elle a gloussé.

– Nos parents sont des adolescents, lui ai-je fait remarquer un peu plus tard, sur notre ponton, devant la *Janis*. Comment veux-tu que nous soyons équilibrés, avec ça ?

– Ne m'en parle pas, a-t-il répondu. Les miens sont restés enfermés dans leur chambre toute la matinée. Je trouve ça répugnant. Et merci pour le sens des responsabilités... On pourrait faire n'importe quoi pendant ce temps, ils ne s'en rendraient même pas compte. Poppy a récupéré d'autres larves de libellule. Elle les a stockées dans ma chambre !

Il s'est allongé, les bras derrière la tête.

– Est-ce que tu as envie de faire du bateau ? a-t-il demandé, d'une voix détachée, façon Josh.

– Pas tellement. Tu as un autre plan ?

– Aucun. Mais je crois que l'idée, ici, justement…

Il m'a attrapée par la taille et m'a fait tomber sur lui.

– … c'est qu'il n'y a pas vraiment de plan !

Je lui ai souri. Puis, après avoir soigneusement vérifié que personne n'était dans le coin, je l'ai embrassé.

Josh a soudain arqué un sourcil et tourné la tête.

– Sauf celui où tu parles à ton ex-petit ami, a-t-il dit, avant de me pousser et de se lever très tranquillement.

J'ai tourné la tête à mon tour et vu, de loin, le bateau de Tristan et Tristan à l'intérieur.

– Est-ce que tu es en train de t'en aller ? ai-je crié à Josh, incrédule.

Il marchait d'un pas nonchalant sur le ponton. Sans se retourner, il m'a fait un petit signe d'adieu de la main.

Quel sale lâche…

– Tu me le paieras, Josh ! ai-je de nouveau hurlé.

Sa main a virevolté dans l'air, négligemment.

Le bruit de moteur s'est amplifié. Tristan a rapproché son bateau du ponton.

– Salut, a-t-il dit.

Toujours sobre.

Le soleil lui avait marqué le nez d'un tout petit coup de soleil, qui faisait ressortir son bronzage et ses yeux couleur de lac. Ses cheveux blonds bouclaient, tout emmêlés par la baignade.

Il ne portait évidemment pas de tee-shirt.

– Je viens voir si tout va bien, a-t-il ajouté tout simplement.

Je lui ai dit que tout allait bien. Et que je sortais avec Josh. Il a souri, même pas tristement, et m'a répondu que j'étais vraiment la seule à ne pas l'avoir su avant. J'ai été vexée.

– C'est cool, a-t-il conclu.

Je m'étais attendue à un peu plus d'émotions, voire à un drame. Mais rien. Tristan prenait la chose extrêmement bien. Peut-être même trop bien.

– J'ai repensé aux *Hauts de Hurlevent,* a-t-il repris brusquement. En fait, je pense toujours que Heathcliff est un crétin.

– Et Cathy une sale prétentieuse ?

Il a hoché la tête. Puis il m'a dit au revoir et aussi qu'il espérait qu'on viendrait à la fête de ses parents le soir même. J'ai dit que je verrais avec Josh mais je connaissais déjà sa réponse.

– Hors de question, a-t-il répondu, vautré sur mon lit avec un comics.

J'ai évité de lui demander de quel droit il entrait comme ça dans ma chambre. Je me suis allongée à côté de lui en râlant parce qu'il n'avait rapporté qu'un *Batman*. Je déteste Batman.

– Tu dis ça parce que tu es Robin, m'a balancé Josh, narquois.

– C'est tellement toi, Robin, ai-je répondu.

Nous avons commencé à nous battre mollement. Puis je suis tombée sur Josh, le visage à un centimètre du sien. Nous avons eu un moment de surprise, comme si nous avions oublié que nous nous embrassions désormais.

Josh a posé ses mains sur ma taille et m'a rapprochée de lui. Mon ventre s'est collé au sien. Ses lèvres ont caressé mes lèvres, très doucement.

Puis j'ai senti ses mains qui remontaient sous mon tee-shirt. Ses doigts caressaient mon dos, très lentement. C'était délicieux et étrange. Je me suis sentie bête, j'ai eu envie de rire mais la bouche de Josh était toujours collée à la mienne. Il a refait ce truc incroyable avec sa langue et puis il a commencé à avoir du mal à respirer. Je me suis demandé s'il n'avait pas le nez bouché. Il a soudain écarquillé les yeux et a retiré ses mains, d'un seul coup.

– Je crois qu'il vaut mieux que tu..., a-t-il murmuré. Oh mon Dieu, Harper, tu... tu m'écrases !

Il n'avait pourtant pas l'air de souffrir. Mais il était rouge pivoine et soudain, j'ai compris ce qui était en train de se passer. Et j'ai trouvé ça intéressant.

Mais Josh s'est mis à se tortiller pour se dégager et je suis tombée sur ma partie du lit, en manquant évidemment de m'écrouler un mètre plus bas. Il n'a pas rigolé.

Il avait une expression toute bizarre et soudain, s'est de nouveau passionné pour son comics.

J'ai regardé bêtement la même case (où Batman sautait dans la batmobile) et là, je me suis dit que plus jamais je ne considérerais la lecture des comics de Josh comme une activité ennuyeuse et que plus jamais je ne râlerais quand Josh n'avait pas envie de prendre un « vrai livre ».

(Très franchement, il se pourrait même que je ne connaisse jamais la fin des *Hauts de Hurlevent*.)

J'ai voulu dire quelque chose de drôle, histoire de détendre l'atmosphère, mais la porte de ma chambre s'est ouverte d'un seul coup.

(Dieu merci, pas une minute plus tôt, quand j'étais sur Josh et qu'il me caressait le dos et qu'il… bref…)

Beatrice est entrée d'un pas volontaire, son sac dans les bras. Elle portait un pansement rose sur le front, sous une frange toute nouvelle.

– Dégage, Josh, a-t-elle dit. Et toi, dis à ton petit ami de ne plus mettre les pieds ici.

Josh a fui, sans même une repartie bien sentie à l'égard de Beatrice.

Presque penaud.

Je me suis promis de me payer sa tête plus tard.

– C'est mon père qui nous a obligées à rentrer, m'a informée Beatrice, en rangeant ses vêtements sur l'étagère. Et il paraît que je dois être gentille avec toi. N'imagine pas une seconde que ça va arriver. Je ferai semblant et tu as intérêt à faire pareil.

– Pas de souci, ai-je rétorqué. Nous serons des modèles de gentillesse l'une envers l'autre. Si tu veux, pour montrer à quel point nous sommes devenues proches, je peux même t'appeler Bea en public.

Elle m'a lancé un regard hargneux.

J'ai préféré la laisser déballer ses affaires tranquillement.

Devant la maison du lac, ma tante Brittany venait d'arriver et sautait dans les bras de ma mère, un peu sur son quant à soi, en poussant des petits cris et en s'excusant, Mark derrière elle, soufflant sous des tonnes de bagages. Ils se sont mis à parler tous les trois. Évidemment, ma mère a commencé à chouiner et à embrasser son frère. Justin hochait la tête, l'œil mouillé.

Penelope regardait les arbres, sans doute pour trouver celui auquel elle avait le plus de chances de réussir à nouer une corde.

Tout était redevenu normal.

J'ai senti brusquement une main se poser sur mon épaule. C'était Tuppa.

– Petit, réfugie-toi dans le ciel, s'est-il mis à chantonner. Seigneur, le ciel, jusqu'à ce matin, rien ne peut te nuire, maintenant… Summertime…

Il chantait atrocement faux. Je lui ai demandé si ça ne le dérangeait pas de tuer une deuxième fois Janis Joplin. Il a ri.

– Tu es heureuse ? a-t-il demandé.

– Encore plus quand on me sortira de ce trou boueux, ai-je rétorqué par principe. Est-ce que c'est toujours comme ça, la maison du lac ?

Tuppa n'a pas rigolé, exceptionnellement. Son visage a pris une espèce d'ombre particulièrement sérieuse.

– Non, a-t-il dit. Après, ce sera l'automne.

D'accord, il se payait ma tête.

– Et après, l'hiver, pour nous tous. D'abord pour moi. Ainsi va la vie…

Pour la première fois, j'ai eu envie de le serrer dans mes bras.

– Ne t'inquiète pas, grenouille, a-t-il ajouté. Tant qu'il y aura un grand homme, et une femme plus grande encore pour écrire leurs noms sur un arbre, tout ira bien.

À ce moment-là, Josh est passé en mimant un solo de violon.

Et il m'a souri.

Mon cœur a fait un bond.

L'auteure

Hannah Bennett pourrait être l'un de ses personnages : elle aime ce qui est drôle, romantique, sarcastique et légèrement décalé. Et comme elle le déclare : « Pas étonnant, quand on n'a jamais quitté l'adolescence ! »

Retrouvez toutes nos nouveautés sur le site :
www.rageot.fr

PAPIER À BASE DE FIBRES CERTIFIÉES

RAGEOT s'engage pour l'environnement en réduisant l'empreinte carbone de ses livres. Celle de cet exemplaire est de :
750 g éq. CO_2
Rendez-vous sur www.rageot-durable.fr

Cet ouvrage a été composé par IGS-CP
à L'Isle-d'Espagnac (16)

Achevé d'imprimer en France en mai 2017
chez Normandie Roto Impression s.a.s., Alençon
Couverture imprimée par Boutaux (Le Theil-sur-Huisne)
Dépôt légal : juin 2017
Numéro d'édition : 5337 - 01
Numéro d'impression : 1702078